ALISSA DEROGATIS

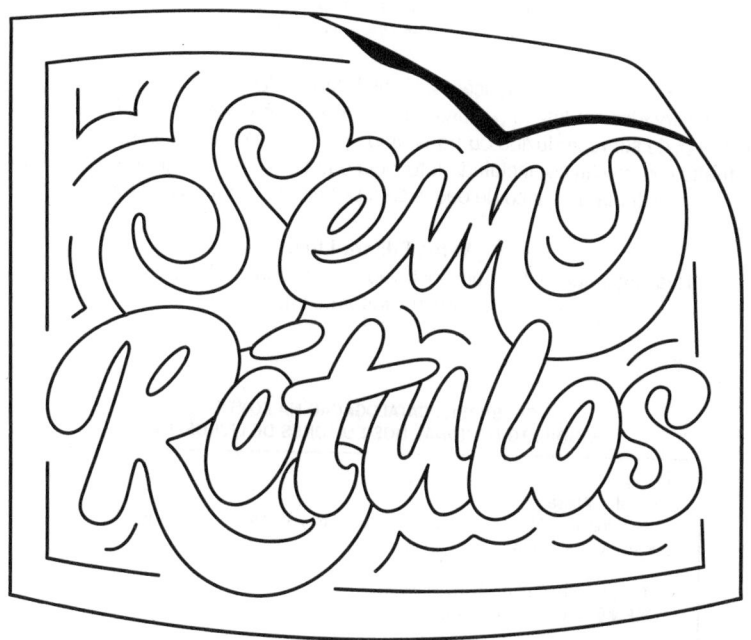

Tradução
Ray Tavares

1ª edição
Rio de Janeiro-RJ / São Paulo-SP, 2024

VERUS
EDITORA

Título original
Call It What You Want

ISBN: 978-65-5924-324-2

Copyright © Alissa DeRogatis, 2024
Todos os direitos reservados.

Tradução © Verus Editora, 2024
Direitos reservados em língua portuguesa, no Brasil, por Verus Editora. Nenhuma parte desta obra pode ser reproduzida ou transmitida por qualquer forma e/ou quaisquer meios (eletrônico ou mecânico, incluindo fotocópia e gravação) ou arquivada em qualquer sistema ou banco de dados sem permissão escrita da editora.

Verus Editora Ltda.
Rua Argentina, 171, São Cristóvão, Rio de Janeiro/RJ, 20921-380
www.veruseditora.com.br

CIP-BRASIL. CATALOGAÇÃO NA FONTE
SINDICATO NACIONAL DOS EDITORES DE LIVROS, RJ

D479s
DeRogatis, Alissa
    Sem rótulos / Alissa DeRogatis ; tradução Ray Tavares. - 1. ed. - Rio de Janeiro : Verus, 2024.

    Tradução de: Call it what you want
    ISBN 978-65-5924-324-2

    1. Romance americano. I. Tavares, Ray. II. Título.

24-92849   CDD: 813
                    CDU: 82-31(73)

Gabriela Faray Ferreira Lopes - Bibliotecária - CRB-7/6643

Revisado conforme o novo acordo ortográfico.

Seja um leitor preferencial Record.
Cadastre-se no site www.record.com.br e receba informações sobre nossos lançamentos e nossas promoções.

Atendimento e venda direta ao leitor:
sac@record.com.br

Para uma versão mais jovem de mim mesma

PRÓLOGO

Sloane

Dezembro de 2018

O sol entra pela pequena janela do meu quarto conforme me viro e adio o alarme das seis da manhã. A maioria dos nova-iorquinos já está acordada, pegando seus cafés com leite de aveia e torradas com abacate. Sinto a minha cabeça latejar, resultado de muitas taças de vinho e apenas três horas de sono. Em um instante, as lembranças dos eventos de ontem à noite retornam, e sinto uma nova onda de agonia.

A dor ainda persiste. Lembro o quanto doeu apenas olhar para ele. O Ethan sempre foi a pessoa que me fez me sentir segura, mas ontem foi diferente. Foi como se ele tivesse pego uma faca e me esfaqueado repetidas vezes no peito. Toda vez que eu olhava para ele, a ferida reabria, a dor fresca e nova, como se fosse a primeira vez. Foi como morrer sendo retalhada em mil pedaços.

Ele me interrompeu no meio de uma frase.

— Não consigo mais, Sloane. Acho que isso precisa acabar.

Eu estava segurando uma taça com o meu cabernet favorito e, em segundos, ela já estava no chão. Rápida e instintivamente, me curvei para a frente para recolher os cacos. Odeio bagunça e certamente eu preferia focar qualquer outra coisa que não aquela conversa. Olhei para as minhas mãos e vi que a palma direita jorrava sangue. *Por que eu não consigo sentir? Por que eu não consigo sentir nada?* Fiquei parada, só olhando, enquanto ele pegava o celular para pedir um Uber. Ele se movimentava muito rápido, mas, no meu mundo, era como se o tempo tivesse parado.

Eu o encarei enquanto ele andava de um lado para o outro pela minha cozinha, pegando qualquer coisa que talvez precisássemos para ir ao pronto-socorro, e eu me perguntei para onde teria ido o cara que eu conheci na faculdade — o cara que usava uma camiseta velha dos Yankees, com um sorriso gentil e olhos que passavam confiança. Nunca pensei que pudesse odiá-lo e, naquele momento, mal conseguia olhar para ele. Eu nunca mais queria vê-lo na minha frente, mas, ao mesmo tempo, eu não queria que ele fosse embora. Nunca. Eu o amei por dois anos. Como ele pôde terminar dois anos com três palavras?

Não consigo mais.

As palavras se repetiam na minha cabeça, como se fossem um novo álbum da Taylor Swift em que eu tentava decorar todos os refrões. Acho que a pior parte foi perceber que, no fundo, eu já sabia. Eu sabia que não conseguiria fazê-lo assumir um compromisso, mas tinha esperança de que estivesse errada.

Não, nós nunca namoramos. Ele não é um ex-namorado. Ele é um quase ex. Talvez isso seja tudo o que vamos ser: uma frase incompleta ou um livro que alguém parou na metade e nunca mais continuou, uma história que terminou sem final.

PARTE UM
ANTES

1

Sloane
Agosto de 2016

E, de repente, o primeiro dia do meu último ano na faculdade havia chegado. Acordei cheia de entusiasmo e na expectativa do que o ano me traria. Lavei o rosto, passei um pouco de rímel e escovei meu cabelo liso e castanho-avermelhado. Normalmente, eu não usava muita maquiagem, e, para ir para a aula, preferia sempre o mínimo possível. Vesti uma camiseta larga da sororidade, shorts esportivos e tênis antes de pegar minha mochila e sair do quarto.

O apartamento estava silencioso. Minhas duas colegas de quarto — almas mais corajosas do que eu — optaram pelas aulas das oito da manhã e já tinham saído para começar o dia. Eu, por outro lado, era mais de acordar às nove e meia. Procurei uma garrafa térmica na cozinha e preparei uma xícara de café, checando o celular e batendo o pé enquanto a cafeteira trabalhava.

Depois que finalmente saí, corri até o ponto de ônibus, o coração batendo mais rápido quando notei as portas se fechando. Eu odiava me atrasar para qualquer coisa, e me imaginar entrando em uma aula sozinha e atrasada fez as palmas das minhas mãos suarem.

— Segura a porta! — gritou uma voz atrás de mim.

Eu me virei e vi um cara alto e (pelo que pude perceber) bonito, correndo em direção ao ônibus. Ele passou por mim com um sorriso tão charmoso que fez o motorista reabrir as portas fechadas.

— Primeiro as damas — disse ele, parado no degrau, fazendo sinal para eu entrar.

Alto, moreno e bonito não lhe fazia justiça. O cabelo castanho-escuro ondulado emoldurava um rosto esculpido, de mandíbula marcada. Os olhos castanhos profundos tinham um certo charme, impossível de ignorar. Ele tinha uma aura confiante e descolada que fez meu coração disparar.

Passei por ele enquanto meus olhos percorriam rapidamente os assentos disponíveis, até que encontraram dois na fileira do fundo. Eu sabia exatamente com quem iria dividi-lo. Deslizei para o assento da janela e o observei caminhar pelo corredor, seguro de si. Tentei não encarar, até que notei sua camiseta.

— Posso me sentar? — Ele se aproximou da minha fileira.

— É o mínimo, depois de você ter garantido que o ônibus não sairia sem a gente — respondi, com um tom de nervosismo na voz. — Você é de Nova York?

Ele pareceu surpreso com a pergunta.

— Sua camiseta. — Apontei para a camiseta cinza bastante gasta, com o emblema dos Yankess de Nova York estampado na frente. Embora parecesse ter passado por muitas lavagens, ela ainda se ajustava ao seu corpo de uma forma lisonjeira.

— Ah, isso. — Ele olhou para baixo para ver o que estava usando. — Não. Meu pai é torcedor dos Yankees. Você é?

— Torcedora ou de Nova York?

— Um ou outro? Ambos? — Ele riu.

— Nenhum dos dois. Mas sempre quis me mudar pra lá.

Enquanto ele se espremia no assento, sua perna roçou na minha, e meu corpo se acendeu. Como eu podia me sentir tão atraída por alguém de quem nem sabia o nome?

Ele se apresentou, como se pudesse ler minha mente.

— Me chamo Ethan. Ethan Brady.

— Sloane Hart.

— É o seu primeiro ano morando no Ascent? — perguntou ele. — Acabamos de nos mudar pra um dos prédios perto da piscina.

— Eu e as minhas colegas de quarto também moramos lá! Apartamento 3221. É nosso segundo ano no prédio. Nós amamos. Tentamos conseguir uma casa em Wrightsville, mas não demos muita sorte. Elas são alugadas muito rápido — falei.

Seus olhos se arregalaram.

— Acho que somos vizinhos... Eu moro no apartamento de baixo. Por favor, não chama a polícia se as nossas festas ficarem muito barulhentas.

— Nós nunca chamaríamos. A não ser que você não convide a gente...

— Anotado. — Ethan concordou com a cabeça. — Qual o seu curso?

Enquanto eu respondia, percebi como seus olhos se franziam quando ele sorria e como ele era autoconfiante.

— Comunicação. Eu queria fazer jornalismo, mas a faculdade Wilmington não oferece esse curso, então precisei me contentar com algumas eletivas. Deixa eu adivinhar... Você faz economia ou administração? — Levantei uma sobrancelha.

— Não julgue o livro pela capa, Hart. — Meu nome deslizou de sua língua como se ele tivesse esperado a vida inteira para dizê-lo. — Estou fazendo comunicação também. Eu larguei o curso de administração depois que reprovei duas vezes em cálculo.

— Você não sabe quantas vezes eu já ouvi isso. Sou péssima em matemática, então não consigo nem imaginar estudar cálculo uma vez, que dirá duas. Eu mal passei em estatística. — Senti que estava me abrindo muito rápido.

— Que aula você tem agora? — Gostei do seu jeito de fazer muitas perguntas. Fez eu me sentir importante.

— Escrita criativa avançada. E você?

— Introdução ao discurso público. — Ele conseguiu falar sem rir.

— Mas esse curso não é do primeiro período?

— Fiquei adiando. Odeio falar em público. Agora eu queria ter me livrado disso há quatro anos.

— Pensa pelo lado positivo: provavelmente você vai falar na frente de uma sala cheia de garotos de dezoito anos que se sentem mais intimidados por você do que você por eles.

— Uma ótima maneira de ver as coisas, Hart.

Outra vez. O nome que fez meu coração bater mais rápido.

O ônibus parou no lado norte do campus. Esperamos todos saírem, até ficarmos só nós dois. Ethan foi na frente e eu o segui, sabendo que estávamos indo para o mesmo prédio, onde acontecia a maior parte das aulas de comunicação.

— Bom, eu fico aqui. — Precisei esticar o pescoço para olhar para ele conforme continuávamos a caminhar. Ele devia ter um pouco mais de um metro e oitenta.

— Você tem aula depois dessa ou vai voltar pro Ascent?

— Tenho outra aula e depois uma reunião.

— Acho que vou voltar pra casa sozinho. Te vejo por aí, Hart? — perguntou ele, já sabendo a resposta.

. . .

Voltei para Ascent um pouco depois das três, e, conforme subia os degraus para chegar ao nosso apartamento, escutei minhas colegas de quarto ouvindo Drake bem alto. Eu queria que o tempo passasse mais devagar. Por mais que estivesse animada pelo ano que teria pela frente, não queria que a faculdade acabasse.

Conheci Lauren Ellis e Jordan Coleman por sorte, quando a universidade nos mandou para o *pior* dormitório de calouros: o Moore Hall. Era o único prédio do campus que ainda não tinha sido demolido e reconstruído, e estávamos entre os poucos sortudos que moraram nele durante seu ano final de pé. Eu gostava de pensar que a experiência que costumávamos chamar de "Moore, o inferno" nos aproximou.

Lauren era minha melhor amiga. Ela era incrivelmente bonita, tinha cabelo comprido, loiro-platinado, e um sorriso superdoce. Sempre que alguma coisa ruim (ou boa) me acontecia, Lauren era a primeira pessoa para quem eu contava a novidade. Ela fazia pedagogia e era apaixonada por formar mentes de jovens alunos. Ela era sincera, mas sempre falava as verdades difíceis com carinho. Lauren era realmente a pessoa mais autêntica que eu já tinha conhecido. Jordan era a alegria do grupo. Ela era quem mais possuía um espírito livre e era a mais altruísta entre nós. Seu jeito de deixar a vida levar combinava com as ondas praianas de seu cabelo loiro-escuro e sua pele bronzeada; só de olhar para ela, dava para saber que ela era de Wrightsville Beach. Nós três éramos muito diferentes, mas, ainda assim, nos entendíamos superbem.

— Ah, meu Deus, finalmente você chegou! — Uma das coisas de que eu mais gostava na Lauren era seu lado dramático.

— Ela já começou a beber? — Eu me virei para a Jordan.

— Ainda não, mas logo vai começar. — Jordan riu.

— Muito engraçadinho da sua parte — zombou Lauren. — Uma garota não pode só estar animada? Acabamos de terminar nosso penúltimo primeiro dia de aula! Isso é demais, mas também é triste. Mas vamos tentar não pensar nisso. Não quero que nada estrague nossa primeira noite do nosso último ano!

— Não é estranho ir ao Jerry's numa quarta-feira? Estou surpresa que os caras da fraternidade não estejam fazendo uma festa de início de período — disse Jordan.

— Gente. — Lauren se jogou no sofá. — O pessoal do último ano nunca vai a festas de início de período, elas são só para os menores de idade. Finalmente temos vinte e um! É por isso que o Jerry's tá bombando hoje. Se liguem.

— Isso faz muito sentido — respondi enquanto Jordan concordava com a cabeça.

— Ainda temos três horas pra começarmos a nos arrumar. O que vocês querem jantar? Sei que temos uma tonelada de coisas que nossos pais trouxeram junto com a gente. Pizza congelada? — Definitivamente, Lauren era a planejadora do grupo.

— Sim, pizza congelada é perfeito — Jordan concordou.

— Espera — interrompi. — Preciso contar do cara que eu conheci no ônibus.

— Ei, você chegou há exatos cinco minutos e escondeu isso da gente?! Conta logo! — Lauren se animou. Ela amava o amor e sabia como era difícil eu me apaixonar.

Eu me mudei muito de casa na minha infância e adolescência. Minha mãe é cirurgiã e, no começo da carreira, vivia sendo transferida de hospital. Isso dificultou muito fazer amigos, que dirá encontrar um namorado. O mais perto que cheguei disso foi com Carter.

O Carter foi, de muitas formas, um sopro de ar fresco. Nossos encontros eram espontâneos, toda noite com ele era carregada de adrenalina, eu vivia me perguntando o que viria a seguir — estar com ele me deixava animada e nervosa ao mesmo tempo. Mesmo que o nosso relacionamento fosse mais casual, ele me convidou para o baile de formatura. Ele apareceu na minha casa com a mãe dele e um pequeno arranjo de flores que não combinava com o meu vestido, mas, claro, eu o usei mesmo assim. Tiramos fotos e entramos em uma limusine com os meus amigos, passando vinho gelado e pequenas garrafas de bebida de mão em mão. Perdi minha virgindade naquela noite. Pensei que fosse acontecer de um jeito muito diferente. Eu esperava um grande gesto romântico, mas, em vez disso, foram só alguns minutos no quarto de visitas da casa de um amigo que resultaram em uma camisinha estourada.

Algumas semanas depois da formatura do ensino médio, os meus pais me fizeram sentar e me contaram que estavam se divorciando. Fui pega de surpresa. Vinte anos de casamento terminados em um piscar de olhos. Como eu não percebi? Claro, eles discutiam, como todo casal, mas não pensei que eles quebrariam seus votos. E como se o divórcio não fosse o bastante, a época em que isso aconteceu não poderia ser menos conveniente para mim. Eu estava a meses de ir para a faculdade, algumas horas distante de casa, e agora eu não sabia mais o que era um lar. Meus pais estavam tão focados em dividir os bens e vender a casa que não tiveram tempo de me apoiar durante a minha mudança, quando eu realmente precisei deles.

Passei o restante do verão transando com Carter. Nos encontrávamos sempre que dava — enquanto nossos pais estavam no trabalho, em carros parados em estacionamentos, nas festas, depois das festas —, eu estava disposta a fazer tudo em qualquer lugar, porque pensei que isso o faria me amar. Eu estava desesperada para não ficar sozinha. *Spoiler: sexo nunca faz alguém te amar.* Embora não estivéssemos "juntos", eu ainda saía com Carter quando voltava para casa nos feriados, principalmente para evitar ficar perto dos meus pais, que já estavam namorando outras pessoas. Passei meu primeiro ano da faculdade esperando que fôssemos mais do que apenas ficantes, e o ano seguinte tentando encontrar algo que se comparasse à empolgação que ele me fazia sentir. O terceiro ano começou, e tirei férias de tentar conquistar o amor. Atribuí isso à ideia de que o amor da minha vida não estava em Wilmington. Talvez ele estivesse em uma cidade grande ou do outro lado do país. Eu o encontraria algum dia. Nos últimos dois anos de faculdade, eu estava determinada a focar os estudos e encontrar meu trabalho dos sonhos para sair da Carolina do Norte. A vida ficou muito melhor quando parei de buscar amor em todo cara que conhecia.

— Bom, graças à nossa cafeteira, eu estava um pouco atrasada. Juro, demora dez minutos pra fazer só uma xícara. A gente realmente devia comprar uma nova. — Enrolei, antes de prosseguir.

— Conta logo! — Jordan interrompeu.

Animada, me apressei para chegar na parte mais importante da história.

— Enfim, eu estava indo até o ônibus, quando as portas começaram a fechar. Eu tinha certeza que não ia dar tempo e que eu ia chegar atrasada na aula, até que esse cara apareceu atrás de mim e fez o motorista parar. Só tinha dois bancos livres, um do lado do outro, então a gente sentou e foi conversando o caminho todo até o campus. Ele é veterano, está cursando comunicação que nem eu, e a melhor parte é que ele mora aqui, no andar de baixo.

— Mentira! — Os olhos da Lauren se arregalavam conforme ela ouvia cada palavra.

— Espero que os colegas de quarto dele sejam gostosos — comentou Jordan.

— Quando eu digo que ele deve ser o cara mais gato que eu já conheci...
— Fiquei envergonhada. — Sem zoeira. Ele tem cabelo castanho macio, um sorriso lindo, e dá pra ver que treina pelo menos cinco vezes por semana.

— Bom, então ele é como qualquer outro cara de fraternidade babaca do campus. — Lauren revirou os olhos.

Mas Jordan já estava rendida à fantasia.

— Ele parece um gostoso!

— Você perguntou pro cara do ônibus se ele vai no Jerry's hoje à noite? — perguntou Lauren.

— Não... Merda, eu devia ter perguntado! — Peguei uma almofada do meu lado e enfiei o rosto nela.

— Tenho certeza que ele vai estar lá! — Jordan sempre foi a mais otimista. — Pelo que a Lauren disse, todos os veteranos vão estar.

— Verdade, e a gente precisa estar gostosa. Então chega de enrolar e vamos nos arrumar!

Fomos para os nossos quartos e colocamos nossas playlists de preparação. Sorri só de pensar em encontrar o Ethan duas vezes no mesmo dia. *Um brinde às expectativas.*

2

Ethan
Agosto de 2016

Depois que fui para a aula, só consegui pensar na Sloane. Ela era quieta, mas parecia que te contaria qualquer coisa se você pedisse. Ela era linda, mas não do jeito que a maioria das garotas no campus era. Eu diria que ela não se esforçava muito nem se levava muito a sério; ela não precisava disso. Nunca me senti atraído por ruivas antes, mas alguma coisa nela era diferente. Tentei parar de pensar nisso. Eu não era esse tipo de cara; não me apaixonava. Especialmente por garotas que eu respeito. Sei como isso soa, mas é verdade. Eu era meio fodido da cabeça de muitas maneiras e não saberia identificar o que é um relacionamento saudável nem se ele me desse um tapa na cara. Podia agradecer aos meus pais por isso.

Sloane estava certa; na minha aula de discurso público só tinha calouros. Percebi isso quando notei todos com livros didáticos. Nunca que eu desperdiçaria o meu dinheiro com livros didáticos. Os amigos da fraternidade e as garotas bonitinhas que se sentavam ao meu lado na aula serviam para isso. Ouvi enquanto o professor tagarelava sobre os seis discursos que cobriríamos ao longo do semestre: informativo, persuasivo, divertido, demonstrativo, motivacional e improvisado. Deus, eu realmente me odiei por ter adiado tanto essa disciplina.

Nosso professor encerrou bem antes do horário de uma hora e quinze, me dando bastante tempo para matar antes da próxima aula, então fui para a biblioteca. Não sabia se teria alguém lá no primeiro dia de aula, mas o terceiro andar era onde o pessoal das repúblicas normalmente passava o tempo durante o dia.

— Brady! — alguém gritou na sala. Virei o boné para trás e vi melhor quem eu estava prestes a encontrar. Eram os meus colegas de quarto, Graham e Jake.

— O que vocês dois estão fazendo no campus tão cedo? Especialmente você. — Apontei com a cabeça na direção do Jake.

— Você está falando como se fossem oito da manhã — zombou Jake.

— Vamos comer alguma coisa. O Chick ainda serve café da manhã se a gente chegar lá nos próximos cinco minutos — Graham disse e nos guiou.

Graham era como um irmão para mim. Morei com a família dele desde o nono ano, então me sentia à vontade dividindo o quarto com ele na faculdade também. Ele era o mais inteligente de nós três. Além de ter uma boa genética, o fato de ter uma família milionária ajudava bastante. Nós éramos o oposto em quase tudo, mas, ainda assim, ele era a única pessoa que eu já havia deixado se aproximar de mim. Conhecemos o Jake no primeiro ano, quando tentamos entrar na Pi Kappa Alpha — as lembranças às vezes me causavam arrepios. Não é preciso dizer que nos conectamos de uma forma que a maioria das pessoas não consegue. O Jake era o tipo de cara que gostava de caçar e pescar, enquanto eu e o Graham preferíamos jogar futebol ou pegar onda.

— Porra, ainda bem que a fila não está muito grande — Jake disse quando entramos no centro estudantil. — Eu poderia devorar dez sanduíches de frango agora.

Conforme esperávamos na fila do café da manhã, minha recente interação com Sloane começava a tomar conta da minha mente. Como eu nunca a tinha visto antes em nenhuma das nossas festas ou no bar? Com certeza eu me lembraria dela. Uma pequena parte de mim esperava que ela fosse aparecer no Jerry's naquela noite, ou, melhor ainda, no nosso esquenta na casa Pike.

3
Sloane
Agosto de 2016

— O Uber chegou! — gritei por cima da música. Nosso apartamento estava mais cheio que o normal. Por mais que a gente tenha saído da nossa sororidade na metade do terceiro ano, permanecemos próximas da maioria das garotas que entraram com a gente. Taylor e Hailey também moravam no Ascent, mas em um prédio mais na frente do complexo. Eu podia sempre contar com elas para um esquenta antes de qualquer evento, mesmo que o esquenta fosse para outro esquenta.

— Beleza, meninas, vamos lá. — Lauren desconectou o celular da caixinha de som e colocou os copos vazios na pia. — Sloane, você pediu um Uber XL, né?

— Sim, vamos poder ir as cinco sem precisar sentar no colo uma da outra — garanti.

Guiei as meninas escada abaixo, até o estacionamento, onde a minivan nos esperava.

— Não tem ninguém passando mal, né? Minha nota no Uber não vai sobreviver a outra avaliação de uma estrela depois que eu vomitei voltando pra casa do White Trash Bash no primeiro ano. — Estremeci só de pensar na cena.

— Ah, Deus, nem me lembra disso. — Taylor fingiu vomitar. Todas negaram com a cabeça e depois entramos no carro, uma por uma. Sentei no banco da frente, e o motorista me ofereceu um cabo auxiliar.

— Algum pedido? — perguntei, enrolando-o no dedo.

— A nova música do Chainsmokers! — pediu Jordan. — Estou obcecada!

— "Closer"! Sim! — Lauren reiterou.

— *From your roommate back in Boulder, we ain't never getting older!* — gritamos a plenos pulmões. Eram momentos como *esses* que eu não queria esquecer.

Demorou cerca de quinze minutos do Ascent até o bar, e tocamos "Closer" durante todo o trajeto. Tenho certeza de que o motorista nos odiou, mas tudo bem. A música era viciante, e tentávamos corresponder às nossas expectativas da primeira noite do último ano. Ele não poderia nos culpar por isso.

Chegamos ao Jerry's estrategicamente vinte minutos mais cedo, para não precisar esperar na fila. Fiquei satisfeita com a nossa decisão. Os seguranças mal olharam a nossa identidade, embora fosse uma das primeiras vezes que íamos como maiores de idade. Estava mais lotado do que eu esperava.

Logo antes da entrada, havia um pátio ao ar livre onde eu geralmente adorava passar o tempo, mas não em uma noite úmida de agosto. O Jerry's era como qualquer outro bar universitário. À noite, eles tiravam as mesas altas e os bancos para ter bastante espaço para dançar. TVs de tela plana e letreiros de neon com marcas de cerveja decoravam as paredes, e eles não serviam bebidas por mais de dez dólares. Toda vez que entrava ali, eu era tomada por uma onda de nostalgia. Eu não podia acreditar que só nos restava um ano naquela cidade. De todas onde morei, Wilmington se tornou a minha favorita.

— Vamos pra fila! — A voz da Lauren ecoou por cima da música. Ela entrelaçou a mão na minha enquanto eu pegava a da Jordan, e nós fomos até o bar.

— Duas vodcas com refrigerante e uma cerveja Mich Ultra! — Lauren deslizou o cartão de débito para o bartender e se virou para nós. — Ainda não entendo como você bebe essas coisas.

— É noite de cerveja a um dólar! — argumentei. — E elas descem fácil.

— Já que a bebida da Sloane é quase de graça, eu pago a próxima rodada — a Jordan disse.

Com o canto do olho, vi a Hailey e a Taylor conversando com alguns amigos nossos. Depois de quatro anos de encontros, festas, bailes e feriados prolongados, os caras da Sigma Chi se tornaram praticamente irmãos. Com exceção daqueles com quem transamos.

— Vamos dar uma volta! — Lauren nos guiou até onde as outras garotas estavam.

— Aí estão elas! — Hailey nos cumprimentou.

— Como estamos? — Um dos caras veio até nós e colocou o braço ao redor de mim e da Lauren.

— Ah, meu Deus! — Lauren guinchou. — Não te vejo há meses! Como foi seu intercâmbio?

As conversas sobre viagens de verão, grades curriculares e planos para depois da formatura continuaram, até que pedi licença para ir ao banheiro, em seguida voltei para o bar para pegar outra bebida. Talvez a Lauren estivesse errada. Talvez nem *todos* os veteranos tinham ido aos bares à beira-mar para comemorar o primeiro dia de aula. Antes que eu pudesse pensar muito, alguém apertou o meu ombro.

— Posso te pagar uma bebida? — As cinco palavras que qualquer pessoa de vinte e um anos quer ouvir.

Eu me virei e fiquei cara a cara com o único cara que queria ver naquela noite.

— Como dizer "não" a isso? — perguntei, já sabendo o que ouviria.

A resposta do Ethan veio cheia de charme e confiança.

— É bem difícil dizer "não" para mim. — Sorriu. Seu olhar percorreu o espaço lotado e ele acrescentou: — Caramba, está cheio aqui.

— Sim, a fila pro bar não andou. — Suspirei, a espera já começando a diminuir o meu ânimo.

— Vem comigo. — Sem hesitar, ele me pegou pela mão e me guiou até os fundos do bar. Em segundos, uma das bartenders olhou na direção dele e veio até nós.

— Ethan, o que você vai querer, querido? — ela perguntou, batendo os cílios.

Querido? Claro, ele a conhecia. *Me pergunto se ele já tinha transado com ela.* Observei cada detalhe, do seu cabelo loiro falso até o jeito como seus peitos praticamente pulavam do decote. *Esse é o tipo de garota por quem ele se sente atraído? Se for, estou perdendo o meu tempo.* Por um minuto, me perguntei se devia desistir da bebida e encontrar os meus amigos... Até que ele falou meu nome de novo.

— Então, Hart — o Ethan começou —, você gosta de cerveja ou só está bebendo porque é a noite da cerveja a um dólar? Você quer uma vodca com cranberry? Vodca com refrigerante?

— Pra ser sincera, eu não ligo de beber cerveja. Minha relação com os destilados não é das melhores. Quero pelo menos lembrar da primeira noite do último ano, sabe?

— Duas Mich Ultras, então.

O zumbido da conversa nos rodeava, uma sinfonia de flertes e reencontros com velhos amigos. Uma gritaria de entusiasmo irrompeu de um grupo no canto e, quando olhei para ver por que eles estavam gritando, notei dois caras de joelhos bebendo Smirnoff Ice. Eu nem sabia que o Jerry's vendia. Anotei mentalmente o fato para poder tomar com Lauren mais tarde, era uma tradição nossa, geralmente em aniversários ou ocasiões especiais.

— Saúde — disse Ethan enquanto me entregava uma cerveja.

— Obrigada. — Sorri, conforme levava a garrafa aos lábios e tomava um pequeno gole.

— Cadê suas amigas? — ele perguntou.

— A última vez que eu vi, elas estavam perto das janelas, mas não tenho mais certeza. Não consigo ver com esse tanto de gente.

— Bom, vamos achá-las. — Ele estendeu a mão novamente e eu a segurei sem pestanejar, enquanto ele me guiava pela multidão. Mesmo conhecendo Ethan há menos de vinte e quatro horas, algo sobre ele me fazia sentir segura. Era uma sensação de calma que eu nunca tinha sentido com um cara antes.

— Ali estão elas! — Puxei a camiseta do Ethan e apontei para a Lauren. — A loira de blusa azul é minha colega de quarto. Obrigada por me ajudar.

— Você não vai se livrar de mim tão fácil. Eu devia pelo menos conhecer as minhas outras vizinhas, certo?

Meu estômago se revirou com o lembrete. Era uma boa ideia? Me apaixonar pelo meu vizinho? Afinal, ele não era alguém que eu poderia evitar, como as minhas outras transas. Seria quase impossível escapar de Ethan Brady.

— Aí está você! — exclamou Lauren. — A gente pensou que você tinha ido embora.

— Embora? Por que eu iria embora? — respondi, confusa.

— Ah, vai, Sloane — a Jordan se intrometeu, zoando. — Você é famosa por sair de fininho.

— Quem é ele? — Lauren, sociável que só, se apresentou para Ethan. — Sou a Lauren.

— Ethan. Eu e meus colegas de quarto moramos no andar de cima do apartamento de vocês. — Sua apresentação foi simples.

— Ah, então você é o cara do busão?! Sou a Jordan.

Ethan olhou para mim, buscando uma explicação.

— Cara do busão? — perguntou ele, franzindo o cenho de forma brincalhona. — Que apelido horrível.

— A culpa é da Lauren; ela que inventou. — Senti meu rosto ficar vermelho, então tomei um gole de cerveja, para forçar uma coragem a mais.

A conversa mudou de rumo quando Lauren perguntou:

— E cadê os seus colegas de quarto?

— Eles são gostosos? — A curiosidade da Jordan foi mais direta.

— Gente! — Se o meu rosto não estava vermelho antes, com certeza ficou naquele momento. *Deus abençoe a meia-luz.*

Ethan ficou na ponta dos pés no meio da multidão, sua altura proporcionando uma inquestionável vantagem.

— Eles estão por aí — disse ele, os olhos vasculhando o salão. Então ofereceu um "já volto" casual, antes de desaparecer na multidão.

Observei conforme ele se afastava, esperando que ele cumprisse com o prometido e que as garotas não o tivessem assustado. Era legal ter um novo crush. Desde o meu término com o Carter, tentei manter a minha vida amorosa bem casual, sem me apegar a nenhum ficante. Era mais fácil assim, uma vez que nenhum cara na faculdade buscava algo sério. Eu já tinha cometido esse erro antes e jurei que nunca mais cometeria. Mas algo no Ethan me fez sentir diferente, como se eu estivesse disposta a apostar o meu coração só para ver no que daria.

Em alguns minutos, Ethan voltou com dois caras igualmente bonitos.

— Graham e Jake, essas são Sloane, Lauren e Jordan, nossas vizinhas do andar de cima. — Ethan começou as apresentações. Graham, com seu cabelo loiro bagunçado, os olhos muito azuis e um bronzeado que provavelmente durava o ano todo, parecia ter saído de uma propaganda da Billabong. Era claro que ele tinha crescido na praia e não tinha nenhuma intenção de mudar. Já Jake era negro, de cabelo e barba curtinhos.

Durante a noite, nossos grupos se tornaram um só. Observei como a Lauren e o Graham se entrosavam, cortando qualquer pessoa que tentasse se intrometer na conversa. Era como se só existissem eles no bar. Jordan não pareceu interessada no Jake, então nós quatro dançamos e conversamos até que as luzes se acenderam.

Lauren implorou para que não deixássemos a noite acabar, e os caras concordaram. Então decidimos jogar alguns jogos de bebedeira no nosso apartamento. Embora eu não fosse muito de *afters*, não foi difícil me convencer a passar mais tempo com o Ethan.

— O que vocês querem beber? — perguntou Lauren olhando para todos, já agindo como anfitriã conforme tropeçávamos para dentro do nosso apartamento bagunçado.

— Vou lá em cima pegar nosso engradado de Miller. Não quero acabar com a bebida de vocês — disse Graham, e antes que a Lauren pudesse dizer que não, ele já tinha saído.

— A gente joga Círculo da Morte ou Pegue o Ônibus?

— Pegue o Ônibus — disseram Jake e Ethan, em uníssono.

— Então vai ser Pegue o Ônibus.

Graham voltou com as cervejas em tempo recorde, e todos nós conseguimos nos espremer no nosso sofá de canto enquanto Jordan nos relembrava as regras. Nada resume "época de faculdade" tão bem quanto um bando de bêbados de vinte e um anos brigando sobre quais regras usar. Perto do final da última rodada, pedi licença para ir ao banheiro. Era a vez da Lauren, e ela sempre dava muito azar, então eu sabia que tinha bastante tempo até o jogo recomeçar.

Fechei e tranquei a porta atrás de mim. Só quando me sentei na privada percebi como estava bêbada. Meu rosto estava quente, meu corpo formigava, e meus olhos começavam a ficar pesados. Mesmo que eu estivesse curtindo flertar com Ethan, eu não sabia quanto tempo ainda conseguiria ficar acordada. Quando abri a porta do banheiro, encontrei Ethan parado no meu quarto. Ele encarava as fotos que eu havia colocado na minha cômoda e as examinava com atenção, uma por uma.

— Ei — anunciei minha presença.

— São seus pais? — perguntou ele, sem desviar os olhos da foto.

— São. — Fui para perto dele para olhar melhor.

Na moldura de girassol estava nossa última foto como uma família de três. Eu estava no meio da minha mãe e do meu pai, um sorriso no rosto mesmo que estivesse de vermelho (a cor que eu menos gosto), e um capelo torto na cabeça. Eu me lembrava exatamente de como havia me sentido naquele dia: animada para finalmente tomar as rédeas da minha vida. Algumas semanas depois que a foto foi tirada, meus pais me contaram que estavam se divorciando. Meu pai tinha perdido o emprego, caiu em depressão e não se esforçava para encontrar outro lugar para trabalhar. Depois de quase dois anos tentando ajudá-lo, minha mãe disse que não aguentava mais. Não a culpei, mas fiquei com pena do meu pai.

Ethan colocou o porta-retrato de volta na cômoda e se virou para me olhar. Parecia que seus grandes olhos castanhos podiam ver através de mim. Meus batimentos cardíacos aumentavam a cada segundo, e, com uma repentina onda de confiança graças à bebida, eu fechei a porta do quarto. Seguindo a deixa, ele se aproximou de mim e colocou uma mão na minha lombar e outra no meu rosto. Gentilmente, seu dedão acariciou a minha bochecha. Senti seus outros dedos envolvendo a parte de trás do meu pescoço. Os arrepios foram instantâneos.

Quando nossos lábios finalmente se encontraram, a sensação foi de que já se conheciam.

• • •

Primeiros beijos podem ser duas coisas: incríveis ou horríveis. Não há meio-termo. Meu primeiro beijo foi horrível. Eu tinha quinze anos e era véspera de Ano-Novo. Lembro-me de sentir o gosto de pasta de dente na língua do cara e pensar que ele tinha escovado os dentes para ser educado. No final das contas, ele estava bêbado e vomitou no banheiro pouco antes da meia-noite.

Então, dei meu primeiro beijo *bom*. Foi como uma cena de qualquer filme ou livro jovem dos últimos dez anos. Em um sábado à noite, durante a primavera do último ano do ensino médio, fiquei fora de casa depois do horário. Estava tocando "Crazy Rap", do Afroman, na caixinha de som, enquanto dividíamos uísque com uma garrafa de refrigerante para acompanhar. Eu sabia que era errado deixar o Carter me levar para casa depois de beber, mas eu tinha dezessete anos e nem sempre tomava as melhores decisões. Ele parou o carro no meio-fio; então, me beijou. Ainda consigo me lembrar da forma como o meu corpo se acendeu, como se eu tivesse vivido minha vida inteira no piloto automático até aquele momento.

Não foi como o meu primeiro beijo com o Ethan. Beijá-lo parecia familiar, como se nossos lábios fossem peças de um quebra-cabeça que se encaixavam perfeitamente. Ele não me deixava nervosa como o Carter costumava me deixar. Eu me senti confortável com ele. Ele fez eu me sentir em casa.

4

Sloane
Setembro de 2016

Lauren começou a namorar Graham três semanas após o início do semestre — o que foi bem mais rápido do que eu tinha imaginado. Nós havíamos ido a apenas algumas festas na Pike ao longo dos anos, principalmente nas icônicas festas de início de período, mas, apesar disso, não era uma casa que frequentávamos. No entanto, assim que a Lauren assumiu o título de "namorada" do Graham, nós passamos a ser convidadas para tudo: esquentas, festas, encontros, jogos e muito mais.

Todas as sextas-feiras depois das nossas aulas da manhã, eu, Lauren e Jordan nos encontrávamos no pátio para irmos juntas até a praça de alimentação para almoçar. A maioria dos veteranos não comia no campus, a não ser que tivesse que pegar para a viagem, mas começamos a tradição no primeiro ano, então é claro que seguiríamos com ela até o fim. Além disso, eu nunca recusaria um Chick-fil-A.

— Ainda acho um crime a gente ter aula sexta. Um monte de faculdades não tem, ou, se tem, são poucas e espaçadas. Como os orientadores não nos avisaram? — perguntou Lauren.

— A gente exagerou ontem à noite — respondi, com um sorriso suave.

— Nem me lembra. — Ela gemeu.

— E é exatamente por isso que eles deviam servir sanduíches de frango até o meio-dia, pelo menos. Especialmente aos finais de semana — acrescentou Jordan.

— Jordan, acho que essa foi a melhor ideia que você já teve. Você devia mandar uma DM para eles no Twitter. Sempre que eles me entregam o pedido errado, eu mando uma DM, e eles me dão um cupom — falei.

— Ah, meu Deus, Sloane! Como você é malvada. — Lauren me empurrou de brincadeira enquanto Jordan ria. — Estou feliz que temos uma noite para nos recuperar. O que vocês vão usar amanhã de manhã?

— Camiseta de basquete e All Star — respondeu Jordan.

— Eu também — me intrometi.

— Boa. — Lauren riu. — Parece que a gente não vai a uma festa pós-jogo há anos.

— Acho que a última vez que a gente foi, foi na Pike. Quando foi isso? No segundo ano? — relembrou Jordan.

Lauren pensou por um segundo.

— Acho que sim.

— Vocês acham que o Ethan vai estar lá? — perguntei.

— Bom, considerando que ele não só faz parte da Pike como também é o colega de quarto e melhor amigo do Graham, eu apostaria que sim. Esse crush é sério? — Os olhos da Lauren se iluminaram.

— Não sei se eu chamaria de crush... — Recuei. — Foi só um beijo.

Jordan se inclinou para a frente, intrigada.

— Você quer que tenha mais?

— Não sei. Acho que sim? — admiti, alisando a barra da camiseta. — Eu só queria saber como ele se sente. Não quero perder o meu tempo se ele não estiver interessado.

— Lauren, agora que você e o Graham são oficiais, acho que você devia fazer um trabalho de cupido melhor com a nossa Sloane.

Assenti.

— Gostei da ideia, Jordan.

— Beleza. — Lauren deu de ombros. — Sei que não fui a melhor colega de quarto nas últimas semanas; as coisas com o Graham foram de zero a cem.

Jordan revirou os olhos.

— A gente sabe. Você não dorme no seu quarto desde que conheceu o cara!

— Seja boazinha. — Cutuquei a Jordan.

A Lauren levantou, se espreguiçando.

— Vou tentar tocar no assunto como quem não quer nada, depois da festa. Talvez ele diga alguma coisa sobre a vida amorosa do Ethan, ou melhor, como ele se sente em relação a você.

— Isso seria ótimo — falei, sentindo uma onda de alívio.

— Combinado — a Lauren disse, determinada. — Agora, vamos focar em coisas mais importantes. O que vamos beber no esquenta?

• • •

Graham nos convidou para o esquenta em seu apartamento, e depois os calouros sóbrios nos levariam até a casa onde rolaria a festa. Eu observava o lugar, procurando algum sinal do Ethan, quando, de relance, eu o vi se abaixar na varanda. Abracei Graham, enquanto Jake nos entregava um copo de SF — mais conhecido como Suco de Festa —, uma mistura de vodca, rum, tequila e ponche de frutas.

— Você é fã dos Celtics? — uma voz perguntou atrás de mim.

Me virei e fui recebida por um Ethan muito risonho. Provavelmente estava chapado.

— Acredite ou não, encontrei essa camiseta num brechó alguns anos atrás, algumas horas antes de uma festa na Pike. — Tomei um gole do SF.

— Caramba, que achado. Estou surpreso de ouvir que você já foi a uma festa na Pike. Pensei que você só saísse com os caras da Sigma Chi.

— Ei, Brady — Graham nos interrompeu. — Os calouros estão chegando; você está no nosso carro.

Nós o seguimos até o estacionamento, onde uma fileira de carros nos esperava.

— Entra aí! — Jake nos instruiu enquanto sentava no banco da frente. Jordan se enfiou no meio, e Lauren sentou no colo do Graham. Foi quando percebi que teria que fazer o mesmo.

— Cuidado com a cabeça — alertou Ethan, sua voz parecendo um pouco mais grave e íntima em um espaço fechado.

Eu entrei, e um arrepio desceu pela minha coluna, não pelo ar frio de setembro, mas pela antecipação da proximidade com Ethan. Conforme passei as pernas por cima das dele, o roçar de sua pele contra a minha enviou uma onda de eletricidade pelo meu corpo.

A mão de Ethan repousou na minha coxa, um gesto simples, mas repleto de atração. Sua outra mão encontrou um lugar no meu quadril, me segurando com uma pressão sutil que fez as borboletas no meu estômago se multiplicarem. Ele fechou a porta, e eu observei os músculos do seu antebraço se contraírem da mesma forma que o meu coração fazia sempre que eu estava perto dele. Ele tinha me beijado apenas uma vez e mal tinha encostado em mim, mas, de alguma forma, eu já tinha me derretido numa poça aos seus pés.

Quando entramos na festa, pareceu que estávamos *juntos*.

A casa era exatamente o que se esperaria que fosse. Latas de cerveja e garrafas vazias de bebida estavam espalhadas pelo chão, que já estava coberto por uma camada grudenta da última festa. Ethan me levou até um barril de cerveja na varanda dos fundos e me apresentou para todas as pessoas que passavam. Eu me senti importante e não queria que a noite acabasse.

— Obrigada pela bebida. — Sorri. — Preciso encontrar as meninas.

— Eu vou junto. Quero ver se o Graham quer jogar beer pong comigo.

Voltamos para a festa e fomos até a cozinha, onde Lauren e Graham já jogavam beer pong.

— Vamos na próxima. — Ele se inclinou e sussurrou no meu ouvido.

— Acho que preciso te contar que sou péssima. Sou mais do flip cup.

— Bom, então eu quero mesmo você no meu time.

— Boraaaa! — Graham levantou o copo e se virou para que todos na festa soubessem que ele tinha ganhado. De novo. — Brady, você é o próximo?

Ethan me guiou pela mão até o outro lado da mesa. Ele arrumou os copos enquanto eu os enchia de cerveja.

— Já volto — disse ele. Pouco depois, voltou com duas bebidas novas.

— Tudo bem, vamos nessa.

Para a surpresa de ninguém, nós perdemos.

— Eu te disse que eu era horrível — falei, baixando a cabeça.

— A gente ganha deles na próxima — consolou-me Ethan.

Entrei e saí da multidão suada, até encontrar a fila do banheiro, onde eu esperava encontrar a Jordan.

— Por que está demorando tanto? — Uma garota no começo da fila bateu na porta. — Tem gente aqui que precisa fazer xixi!

Alguns segundos depois, um cara abriu a porta de mãos dadas com uma garota. Essa garota era a Jordan.

— Sloane! — Ela me envolveu em um abraço, enquanto eu observava as garotas ao meu redor revirarem os olhos. Eu estava muito sóbria e muito envergonhada para estar ali naquele momento. — Vamos pra casa. Você vai ficar bem?

Espiei atrás dela e analisei o cara do banheiro de cima a baixo. Antes que eu pudesse fazer qualquer pergunta, Graham apareceu atrás de nós, e os dois se cumprimentaram.

— Já vai embora, Jordan? Ainda é cedo. — Ele piscou.

— Sim — respondeu ela. — Com o seu amigão Pat.

— Não se preocupa, o Pat é um cara legal — assegurou-me Graham. — Tem outro banheiro lá em cima, se você quiser.

Segui Graham pela escada de madeira, passando pelos quadros da fraternidade, todos dos anos 1990. Eu me perguntava onde estava o restante do pessoal, mas, antes que pudesse questionar, um grupo de caras saiu de um dos quartos com um funil de cerveja de pelo menos seis metros de comprimento.

— E aí, Graham, estão indo pro banheiro? — um cara alto e loiro perguntou.

— É, eu não queria que ela esperasse na fila lá embaixo — explicou Graham.

— Tudo bem, mas, quando ela terminar, vocês dois vão ter que beber isso. — Ele levantou o funil.

— Cara, para de fazer as pessoas pagarem pra usar o banheiro — o outro cara disse. — Vocês podem usar o meu.

— Valeu, Reese — respondeu Graham enquanto fazia sinal para eu segui-lo. — Reese, essa é a Sloane. Ela é colega de quarto da minha namorada.

— *Colega de quarto* faz parecer que a gente se conheceu no Facebook ou algo assim. Lauren é a minha melhor amiga — intervim.

— Prazer em te conhecer "melhor amiga e colega de quarto da Lauren", Sloane. — Reese estendeu a mão e eu a apertei. — Vou deixar vocês em paz. Vejo vocês lá embaixo.

— Pode ir. Vou esperar no corredor. Não se sinta pressionada pelo funil de cerveja te esperando na saída.

Quando ele fechou a porta atrás de si, entrei no que parecia ser o quarto principal. Era excepcionalmente arrumado para um universitário. Ele tinha uma cama box, quatro travesseiros e cortinas que combinavam com a roupa de cama. Quando encontrei o banheiro, tranquei a porta para que ninguém entrasse sem querer. O banheiro era tão limpo quanto o quarto, o que era um ponto fora da curva tratando-se de uma festa de fraternidade. Antes de me juntar ao Graham no corredor, arrumei o cabelo e reapliquei uma camada rápida de brilho labial.

Enquanto eu e o Graham descíamos as escadas, um grupo de caras no andar de cima colocava cerveja no funil para um grupo no andar de baixo. Eu não conseguia imaginar que tipo de bagunça pegajosa eles encontrariam pela manhã.

— Aí estão vocês! — Lauren nos cumprimentou no hall de entrada. — Acabei de tomar um Twisted Tea inteiro no funil!

— Essa é a minha garota! Agora vamos pegar uma água. — Ver Graham e Lauren juntos me deixava feliz. O último namorado da Lauren era um horror. Se você pesquisasse *traidor, mentiroso, manipulador* e *abusador* no dicionário, a foto dele estaria ao lado de todas as palavras. Ela o conheceu no ensino médio, e ele a seguiu até Wilmington para fazer faculdade (como a maioria das pessoas tóxicas faz). Ele a traiu durante todo o nosso primeiro ano, mas ela não descobriu até que a garota com quem ele estava transando mandou uma mensagem para Lauren. Foi uma confusão. Felizmente, ela cresceu bastante com isso e dessa vez estava com alguém que não poderia ser mais gentil.

Eu saí até a varanda, onde algumas pessoas estavam sentadas no corrimão, compartilhando um baseado. Peguei meu celular para chamar um Uber, quando uma voz familiar chamou atrás de mim.

— Já vai embora? — perguntou Ethan.

— É, acho que vou. A Jordan foi embora, e realmente não quero ficar a noite toda de vela — expliquei, brincando, mas nem tanto.

— Por que a gente não vai pro meu apartamento? Tenho maconha e certeza que sobrou comida de ontem. Eu chamo alguém que esteja tentando entrar na fraternidade, assim você não precisa gastar com Uber.

— Tem certeza? Você não precisa ir embora comigo.

— Eu sei que não preciso. Eu quero. — Com um movimento rápido, ele me abraçou e bloqueou o meu celular, e, com a outra mão, arranjou uma carona.

...

Eu e Ethan subimos a escada aos tropeços, e nosso riso embriagado desapareceu imediatamente quando abrimos a porta do seu apartamento. A cena era mais do que desagradável: latas de cerveja vazias e copos plásticos espalhados por todas as superfícies, como uma obra de arte que deu incrivelmente errado. As paredes recém-pintadas tinham algumas manchas e borrões misteriosos, enquanto o cheiro persistente de bebida derramada e maconha enchia a sala de estar.

— Onde estão os seus sacos de lixo? — perguntei enquanto entrava na cozinha, com o nariz enrugado.

— Não se preocupa com isso. Eu e o pessoal limpamos tudo amanhã cedo — respondeu Ethan.

— Como você pode dormir sabendo que tudo isso está do lado de fora do seu quarto? — Apontei para a bagunça em volta

— Se você insiste em limpar comigo, os sacos de lixo estão embaixo da pia, junto com a água sanitária. Você pega um saco pra mim enquanto eu ponho a caixa de som pra carregar? Não consigo fazer faxina em silêncio.

— Ele se afastou enquanto eu comecei a jogar fora as latinhas de cerveja pela metade e os copos, no saco que pendurei em um armário.

— Que tal uma playlist de hip-hop anos 2000? — Ethan saiu do seu quarto.

— A Lauren ama essa playlist! — falei. — Pode começar com "No Scrubs"? É minha música favorita de esquenta.

— Claro que essa é sua música favorita de esquenta. — Ethan revirou os olhos, mas procurou no celular mesmo assim. — Essa música nem está na playlist.

Franzi o cenho.

— Acho que você não está na playlist certa.

— Essa é a mais votada no Spotify. — Ethan mostrou o celular para eu ver com os meus próprios olhos.

— Então a Lauren deve ter feito uma playlist própria. Vou procurar o perfil dela. — Peguei o celular de suas mãos e, em segundos, estava com a playlist certa na tela.

— Hart, esse não é o melhor do hip-hop dos anos 2000. — Ele passou por todas as músicas. — Usher, Fergie, TLC. O que seria uma JoJo?

— Um ícone. Só coloca. Esse é o melhor do hip-hop dos anos 2000, de acordo com a gente — insisti.

Depois de meia hora de limpeza e do Ethan me implorando para trocar a playlist, o apartamento estava finalmente impecável — a não ser pelos quatro sacos de lixo e pelos engradados de cerveja que deixamos perto da porta. Ethan nos serviu SF e me levou até a varanda, onde duas cadeiras dobráveis estavam dispostas de frente para a piscina.

— Primeiro você. — Ele apontou para uma cadeira.

— Adorei a decoração. — Ri e me aconcheguei na minha cadeira.

— Somos três universitários; o que você esperava? — Ele aproximou sua cadeira da minha antes de se sentar.

Ficamos sentados em silêncio por alguns minutos enquanto as luzes da piscina mudavam de cor. Nosso apartamento tinha a mesma vista, apenas um andar abaixo, e eu achava que nunca tinha ido até a varanda.

— Quer um trago? — Ethan pegou um bong do chão e o ofereceu para mim.

— Não, obrigada — respondi. — Eu não fumo.

— Você já fumou? — Ele pareceu surpreso.

— Nunca. Sou uma pessoa muito ansiosa e acho que fumar deixaria tudo pior — expliquei.

— O que te deixa ansiosa? — perguntou Ethan enquanto colocava maconha no bong e procurava um isqueiro no bolso.

— Muitas coisas. — Pensei por um segundo. — Mudança é uma das maiores. Novos horários, novas aulas, novos professores. Mas é um pouco irônico. Por causa do emprego da minha mãe, eu tive que me mudar várias vezes, então nunca consegui me estabelecer em nenhum lugar. Acho que eu já deveria estar acostumada com o conceito de mudança.

Tomei um gole do meu SF e observei enquanto ele tragava. O borbulhar da água no bong fazia um som relaxante que preenchia nosso silêncio.

Ele soltou a fumaça antes de responder.

— Foi difícil pra você? Eu só morei em Wilmington, a minha vida toda. Tosco, né?

— Não é tosco. Eu sempre me perguntei como seria morar no mesmo lugar por mais do que alguns anos; como a minha vida teria sido diferente, se fosse o caso.

A conversa com o Ethan estava sendo mais profunda do que eu esperava. Mesmo que ela não fosse tão aberta assim, eu sentia que ele estava mais confortável se abrindo comigo — bom, pelo menos quando não estava sóbrio.

— Então, se você não fuma, o que você faz? Tipo, pra acalmar a ansiedade? — Havia sinceridade na voz de Ethan.

— Humm... — Pensei um momento. — Além de me rodear de amigos, eu gosto de ver alguma série mais leve ou escrever.

— Escrever?

Senti meu rosto ficando vermelho. *Será que eu deveria ter dito isso?* Eu nunca conseguia entender o limite entre compartilhar o suficiente e compartilhar um pouco demais.

Engoli em seco.

— É só algo que eu faço desde que eu era mais nova. Quando eu tenho muitos sentimentos que me deixam ansiosa e que eu não sei como processar, eu os escrevo. Também comecei a fazer alguns *freelas* pra algumas revistas ano passado, pra fazer uma grana extra. E você? Tem algum hobby?

— Esportes — respondeu ele, imediatamente. — Eu joguei futebol americano a minha vida toda e sempre sonhei em jogar pela faculdade, mas não deu certo. Agora, só assisto a muitos esportes e dou aula pra crianças na ACM.

— Você dá aula de futebol americano?

— No outono, sim, mas na primavera também dou aulas de futebol e basquete. É fácil, porque todos têm menos de doze anos.

— Você tem irmãos mais novos?

— Sou filho único. — Deu outro trago no bong.

— Eu também. Eu queria ter irmãos, tipo, uma família grande. Você já assistiu *Shameless*? Eles são a família menos saudável da TV, mas nunca ficam entediados. Acho que isso seria mais legal do que a solidão que senti enquanto crescia. — Eu sabia que estava bêbada pela forma como não conseguia calar a boca.

— Eu entendo bem. Conheço o Graham desde o primeiro ano do ensino fundamental. Ficamos bastante próximos, então ele e o irmão foram como uma família pra mim. — Ficou em silêncio por um segundo. — *Shameless*, vamos assistir?

Meu coração batia forte no peito enquanto Ethan me guiava pelo apartamento e para o seu quarto. Eu estava no quarto de Ethan Brady — o quarto onde ele dormia, onde ele guardava seus maiores e mais sombrios segredos —, eu estava visitando o mundo dele. Por um momento, me perguntei quantas garotas ele já havia levado ali antes. Com certeza, eu não devia ser a primeira. Tentei afastar o pensamento.

Sua cama estava na mesma posição que a minha, no canto da parede oposta. Forrada com um edredom cinza, lençóis azul-marinho e uma flâmula dos New England Patriots pendurada acima da cabeceira.

Sentei na ponta da cama e desamarrei meus tênis de cano alto enquanto ele procurava a série na Netflix. Ele sentou reto, com as costas apoiadas na cabeceira da cama, e deu um tapinha no colchão, como se quisesse que eu me sentasse ao seu lado.

— Você gosta dessa série? — ele perguntou após os minutos iniciais do primeiro episódio, quando a bunda de alguém passou pela tela.

— Pode tirar. — Ri, desconfortável. — Esqueci que tinha cenas de nudez.

— Nudez? Que formal.

A série continuou, e ele se virou para mim. Fiz o mesmo. Nós nos encaramos, e eu absorvi cada detalhe dele. Seus cílios longos, as sardas no nariz, o jeito como ele lambia os lábios quando estava nervoso. Então ele se inclinou para me beijar. Nossas bocas se tornaram uma, e eu me senti mais em casa do que nunca. Minha língua seguia seus movimentos enquanto sua mão ia até as minhas costas e subia pela minha camiseta. Não passamos disso. Embora cada parte de mim desejasse avançar, eu gostava do fato de não estarmos apressando as coisas.

— Posso te dizer uma coisa, Hart? — Ele separou os lábios dos meus.

— Claro. — Eu me afastei o mínimo possível para poder olhá-lo.

— Eu não converso com as pessoas como conversamos lá fora — admitiu ele.

— Você quer dizer com garotas.

— Com ninguém. Nem mesmo com o Graham.

— O que me torna diferente? — Fiquei curiosa.

— Eu confio em você. — Ele me puxou para eu ficar de frente para ele, então me beijou novamente. Fiquei em dúvida se ele estava falando a verdade ou se estava apenas bêbado ou chapado. De qualquer forma, adormeci em seus braços e desejei que aquela não fosse a última vez.

• • •

Na manhã seguinte, acordei completamente vestida em cima do edredom do Ethan — com a camiseta de basquete e tudo. Seu braço estava sobre a minha barriga, e o som de um leve ronco enchia o quarto. Saí silenciosamente de debaixo dele e peguei meus tênis antes de sair do apartamento na ponta dos pés. Eu não queria arriscar um encontro sóbrio com Graham ou Jake, porque a ideia de conversar com alguém naquele momento fazia a minha cabeça latejar.

O despertador na minha mesa de cabeceira marcava quinze para as oito, então vesti um pijama e voltei para a cama para compensar as horas de sono que eu havia perdido na noite anterior. Enquanto adormecia, repeti tudo na cabeça, várias e várias vezes.

Eu estava me apaixonando por Ethan Brady e não conseguia evitar. Eu não queria evitar. Nem me lembrava da última vez em que tinha me sentido tão viva.

5

Ethan
Setembro de 2016

Abri os olhos e encontrei a cama vazia, desejando ver Sloane ao meu lado, com seu nariz sardento e seus olhos cor de avelã, mas fiquei decepcionado quando percebi que ela tinha fugido de mim. Depois de alguns minutos grogues, peguei o celular para checar a hora. Ainda eram dez da manhã, o que significava que eu teria pelo menos mais duas horas antes de os caras me arrastarem para a academia. Arranquei a camiseta e joguei-a no chão, depois me enfiei embaixo dos lençóis. Eu odiava dormir de roupa.

— Cara, acorda. — Graham invadiu o quarto.

— Não sabe bater? — rosnei.

— A gente precisa estar na casa às onze horas pro torneio, lembra? — Então saiu, antes que eu pudesse argumentar. Relutante, levantei da cama, mas, antes de ir para o chuveiro, mandei uma mensagem para Sloane.

10:06
Eu: Pra onde você saiu de fininho hoje de manhã?

10:08
Sloane Hart: Eu precisava de algumas horas de sono na minha própria cama. A Lauren quer me arrastar pra um torneio de vôlei hoje.

Merda. Ela iria também? Normalmente, eu esperava ansiosamente pelo torneio, mas saber que eu jogaria na frente da Sloane com menos de seis horas de sono me deixou nervoso.

10:08
Eu: Pra torcer por mim, certo? 😊

10:11
Sloane Hart: Vou torcer pelo time do Graham, então se você estiver nele, acho que não tenho escolha 🐱

• • •

O sol batia na areia enquanto eu estava com Graham, Jake e alguns outros calouros esperando a nossa vez. Não havíamos vencido o torneio nos anos anteriores, mas agora que éramos veteranos, estávamos determinados a vencer. Seria vergonhoso se não conseguíssemos.

Os esportes faziam parte da minha vida desde que eu conseguia me lembrar. Quando meu pai não estava no trabalho, ele jogava futebol comigo no jardim da frente até o sol se pôr. Eu e o Graham jogávamos no mesmo time de futebol até o ensino médio, quando me inscrevi no futebol americano. Eu poderia ter ido para a faculdade para jogar; quase fui. Recebi algumas ofertas de escolas de fora do estado, mas as mensalidades eram absurdas e as bolsas não eram integrais. Em vez disso, optei por encerrar minha carreira no futebol americano, ficar perto de casa e frequentar a Universidade **Wilmington** com Graham.

Quando assumimos nossas posições na quadra, não pude deixar de procurar a Sloane na multidão. Meu coração acelerou de ansiedade quando a vi com Lauren caminhando pelos fundos, com a luz do sol captando as mechas mais claras de vermelho em seu cabelo. Ela estava usando um camisetão, tênis e um boné de beisebol; nem dava para perceber que ela mal tinha dormido na noite anterior. Mas é claro que eu sabia.

O jogo começou, e eu estava fazendo o possível para me concentrar na partida, mas meus olhos sempre encontravam Sloane. Ela conversava com um dos nossos irmãos da fraternidade, Reese, e ver a maneira como ele a fazia rir me causou uma pontada de ciúme. Eu não conseguia desviar o olhar, mesmo quando a bola de vôlei passou por cima da rede, sem ser tocada pelas minhas mãos distraídas.

— Porra, Ethan, presta atenção no jogo! — Jake gritou, me trazendo de volta à realidade.

Balancei a cabeça e voltei a me concentrar. Estávamos perdendo por um ponto, e eu precisava compensar as cagadas. O saque seguinte veio na minha direção e eu me joguei nele, mandando-o por cima da rede com um ataque potente. A torcida aplaudiu e eu me permiti olhar rapidamente na direção da Sloane, esperando que ela tivesse notado a minha jogada, mas ela ainda estava conversando.

Continuamos lutando, ponto a ponto, mas a minha mente sempre voltava para Sloane. Quer ela estivesse compartilhando uma piada com um dos meus irmãos de fraternidade ou simplesmente sentada ali, já me distraía. Nossa equipe chegou ao terceiro set, mas estávamos perdendo terreno rapidamente.

Com o placar empatado em 13 a 13, era ganhar ou perder. O outro time sacou, e a bola veio para mim. Eu sabia que tinha que fazer aquela jogada valer a pena, mas, quando pulei para bater na bola, meus pensamentos se desviaram para Sloane mais uma vez. Meu ataque foi longe, atingindo a grama do lado de fora da quadra.

Tínhamos mais uma chance de nos recuperar daquela jogada constrangedora. Eles sacaram, e, por coincidência, eu e Graham mergulhamos nela ao mesmo tempo. Azarados que somos, colidimos, e a bola caiu na areia entre nós.

— Match point — avisou o juiz, e meu coração afundou. Eu decepcionei o meu time, distraído pelos meus sentimentos pela Sloane. Por que eu não conseguia tirá-la da cabeça?

— Brady, o que foi isso? — Graham se levantou e deu um tapinha no meu ombro. — Você jogou muito mal, cara.

Olhei para Sloane, que agora estava sentada na grama, apenas com Lauren. Fiquei feliz ao notar que Reese não estava por perto. Graham devia ter seguido o meu olhar, porque só demorou um segundo para somar dois mais dois.

— Foi por causa da Sloane que você saiu mais cedo da festa ontem, né? — Ele manteve o tom de voz baixo. — Imagino que Sloane também seja o motivo de termos perdido esse jogo...

— Eu não sei. — Bufei. — Preciso de uma bebida. Tem cerveja aqui? Ou só mimosas?

— Me traz o que você achar. Vou conversar com as nossas garotas. — Graham piscou e deu uma corridinha para onde Lauren e Sloane estavam, antes que eu pudesse refutar.

Arrastei os pés pela escada do deque e para dentro da casa. A porta dos fundos levava direto para a cozinha, onde vários irmãos da fraternidade pareciam preparar Bloody Marys.

— Quero dois.

— Tudo para o nosso melhor jogador — um dos caras mais novos disse. — Graças a você, nós de fato temos uma chance de ganhar esse ano. Valeu, Brady.

— Vai se foder. — Revirei os olhos.

— Eu te desejaria mais sorte ano que vem, mas você não vai estar mais aqui — outro cara se intrometeu.

— Pega leva com ele. — Reese surgiu do hall de entrada. Ótimo. Ele era o último cara que eu queria ver. Fiquei quieto, querendo evitar qualquer conversa com ele, enquanto os calouros terminavam de fazer nossas bebidas.

— Foi um jogo difícil — disse Reese.

Para dizer o mínimo.

— A culpa é daquela festa de ontem. Não dormi nada essa noite. — Fui curto e grosso.

— Ah, é, Brady, aquela ruiva que foi com você pra sua casa é gostosa. Se deu bem, cara — comentou um dos calouros.

Nem precisei fazer contato visual com Reese para saber que ele sabia exatamente de quem o calouro estava falando.

— Por esse comentário, você vai ser o motorista da rodada pelo resto do mês. — E, com isso, peguei meus dois copos do balcão e bati a porta dos fundos atrás de mim.

De cima do deque, vi Graham, Lauren e Sloane no mesmo lugar. Pensei em voltar e pegar bebidas para as meninas, mas eu realmente não queria saber o papo que rolava na cozinha assim que eu saí. Estava claro que o Reese estava a fim da Sloane. Eu ainda não tinha certeza de como me sentia em relação a ela, mas sabia que não permitiria que ele a conquistasse.

Conforme me aproximei do grupo, um sorriso surgiu no rosto da Sloane.

— Sinto muito pela derrota. Mas você jogou bem — disse ela.

— Você claramente não entende de vôlei. — Eu ri e me sentei ao seu lado na grama. — Eu mandei mal. Mas obrigado.

— Essa bebida é pra mim? — Graham nos interrompeu e pegou seu Bloody Mary. — Brady, esse realmente não é o seu fim de semana. Primeiro foi o beer pong, agora o vôlei. Será que você está fora de forma?

— É, você sumiu ontem, Ethan. Pra onde você foi? — perguntou Lauren, antes de se virar para Sloane. — Vocês dois devem ter ido embora na mesma hora. Vocês deviam ter rachado uma corrida. Eu odeio quando você pega Uber sozinha!

De relance, vi um sorrisinho aparecer no rosto da Sloane. Nossa, ela era ainda mais fofa quando estava com vergonha. Suas bochechas ficaram em um tom de rosa que eu nunca tinha visto, e ela não conseguiu evitar que os cantos da sua boca se curvassem, revelando um grande sorriso.

— Ah, eles dividiram. — Graham sorriu.

— O quê? — Lauren engasgou com a bebida.

— Não ajam como se vocês já não tivessem discutido isso hoje de manhã. Eu fui o último a saber — acrescentou ele.

— Sloane, por que você não me contou?! — exclamou Lauren.

— Vocês querem ir comer no Jerry's? — Interrompi para impedir que Sloane tivesse que responder.

— Bora lá; tô morrendo de fome. — Graham levantou e estendeu a mão para ajudar Lauren. Como por instinto, fiz o mesmo com a Sloane. Nós nos amontoamos no Jeep do Graham. Lauren ficou na frente, mas eu não reclamei, porque pude sentar ao lado da Sloane.

— Então, de verdade, por que você saiu de fininho hoje de manhã? — Baixei o tom de voz.

— Eu, humm, só pensei que seria menos constrangedor assim — explicou ela, nervosa. — Além disso, dormir em cima do seu edredom com as roupas do dia anterior não foi exatamente confortável.

— Você poderia ter se coberto. — Pousei a mão em sua perna. Ela me olhou como quem dizia: "o que é que você está fazendo?", então recolhi a mão. Mas notei que ela gostou.

Desde o dia em que a conheci, eu pensava em beijar Sloane sempre que a via. Aquele momento não foi diferente. Encarei sua boca e engoli em seco. Meu olhar desviou da sua boca para os seus olhos. Então tive certeza que ela sabia exatamente o que eu queria.

6

Sloane
Outubro de 2016

Eu me sentei na ponta da cadeira na sala de aula pouco iluminada, a expectativa me corroendo enquanto esperava que o professor distribuísse as provas. Meus dois últimos trabalhos tinham sido um desastre criativo, com notas decepcionantes que abalaram a minha confiança. A dúvida começou a se instalar. Se eu tinha dificuldade em um curso de redação universitária, como poderia trabalhar em uma grande redação depois que me formasse? O futuro com o qual eu havia sonhado — cheio de ideias, artigos e publicações — parecia muito incerto. Olhei fixamente para o relógio acima da porta, o ponteiro dos segundos correndo como uma bomba-relógio, enquanto o professor se movia lentamente pela sala. Quando ele se aproximou da minha fileira, com o livro azul tremendo levemente na mão, senti um nó se formar na minha garganta enquanto as garras da ansiedade me envolviam.

Depois do que pareceu uma eternidade, entreguei a minha prova com um misto de pavor e alívio. O peso nos meus ombros parecia ter se dissipado, mesmo que temporariamente. Saí da sala de aula, conectei os fones de ouvido no celular e coloquei a playlist de músicas mais tocadas. "Love Yourself", do Justin Bieber, tocava enquanto eu caminhava pelo campus até o estacionamento onde o ônibus aguardava. Assim que comecei a cantarolar, meu celular vibrou no bolso e o nome "Ethan" apareceu na tela. Achei que a chama entre nós poderia ter se apagado nas últimas semanas. Além dos nossos flertes semanais no ônibus, eu não o tinha visto, nem ouvira falar dele. Mas, naquele momento, a curiosidade e a nostalgia me atiçavam. Abri a mensagem.

12:17
Ethan Brady: Olha pra trás.

Eu virei, e lá estava ele. Enquanto ele navegava sem esforço pelo mar de alunos, eu o admirava de longe. O jeito como ele caminhava pelo campus era uma aula de arrogância, mas, de alguma forma, a cada passo, eu gostava um pouco mais dele. O cabelo escuro estava despenteado o suficiente para sugerir um descuido calculado. Mas o que eu mais gostei nele foi de seu sorriso, que agora brilhava na minha direção. Com todos os olhares interessados nele, não pude deixar de me sentir inebriada por, naquele momento, o olhar dele se fixar em *mim*. Era uma prévia de como seria a vida como namorada de Ethan Brady. Que provocação.

— E aí, Hart — cumprimentou ele com aquele sorrisinho estúpido no rosto. — Qual a chance de nós dois termos terminado as provas da metade do semestre na mesma hora?

— Seu timing é sempre impecável — brinquei. — Como você foi?

— Não tenho certeza, mas espero ter conseguido no mínimo um sete. Mas pelo menos agora acabou.

— É. — Suspirei.

— Não precisa ficar tão deprimida. — Ele me deu um empurrãozinho.

— Não é que eu não esteja feliz que as provas terminaram. Eu só não estou indo tão bem quanto gostaria na aula de escrita criativa. Meu professor disse que meus textos precisam ter mais detalhes sensoriais. Como vão me contratar se não consigo nem escrever algo decente?

— Acho que você está sendo muito dura com você mesma. Tenho certeza que seus textos estão bons, e, conforme você for escrevendo, eles vão melhorar ainda mais. Você sabe o que dizem: nós somos sempre nossos piores críticos.

— Eu confio no meu trabalho até certo ponto; acho que é a competição que me preocupa mais. Eu sempre senti que estava predestinada a fazer algo grandioso, e, por algum motivo, Nova York sempre pareceu o melhor lugar para isso, mas é também a cidade onde todos os outros escritores estão tentando fazer o próprio nome — continuei. — Nossa, isso parece tão ridículo quando eu digo em voz alta.

— Não, não parece, não. Seus sonhos e ambições não são ridículos. São o que fazem você ser quem é. E, só pra você saber, eu consigo te imaginar sendo uma mulher de negócios fodona em Manhattan.

Eu não esperava que Ethan fosse bom em discursos motivacionais, mas até aí, ele já tinha excedido todas as expectativas que eu tinha criado sobre ele.

— Obrigada, eu precisava disso.

— O que você vai fazer no recesso de outono?

— Vou ficar aqui. Tosco, eu sei — respondi. — Só não tem sentido eu voltar pra casa pra ficar assistindo Netflix na sala enquanto minha mãe trabalha o fim de semana inteiro. Posso fazer isso aqui. E você?

— Também vou ficar aqui. — Ethan deu de ombros, tomando cuidado para não revelar muito sobre as suas emoções.

Esperamos o ônibus e, sem titubear, nos sentamos nos nossos lugares de sempre. De todas as rotinas que eu havia criado nos últimos quatro anos, aquela era a minha favorita.

...

— Sloane? — Lauren chamou do seu quarto.

— Sim — respondi.

— Você pode vir aqui? — Ela parecia preocupada.

Passei pela cozinha e fui até o corredor da frente, onde ficava o quarto dela. Havia uma mala no chão e todas as suas roupas estavam empilhadas sobre a cama.

— Que diabos está acontecendo aqui? — Meus olhos se arregalaram.

— Não ri. É ridículo, eu sei. — Ela apoiou a cabeça nas mãos. — O Graham quer que eu conheça os pais dele nesse fim de semana, e eu não sei o que levar. Ele disse que eles são de boa, mas eles são literalmente milionários. Você pode me ajudar?

— Seja você mesma!

Sentei de pernas cruzadas perto da mala e analisei o que ela tinha guardado; seis calcinhas, dois pijamas e um carregador de celular.

— Tudo bem, por que você não prova algumas opções? Que tal começar com esse mídi? — Joguei o vestido preto nela.

A Lauren tirou o moletom e se enfiou no vestido.

— Você viu o Ethan hoje?

— Sim, viemos juntos do campus. Ele disse que não tem planos para o recesso de outono também.

— Ah, meu Deus, isso é perfeito. Vocês deviam passar um tempo juntos! A última vez que vocês ficaram foi naquela festa, né? — Ela virou para se admirar no espelho de corpo inteiro pendurado na porta do quarto. — Amei esse pro jantar de sexta-feira. Qual o próximo?

Joguei para ela uma calça skinny e uma blusa florida, enquanto ponderava a sugestão.

— Sim, geralmente a gente só se encontra no ônibus. Talvez ele prefira assim? Não sei. — Gemi. — Ele é muito fechado.

— Quer dizer... Se você quer saber a minha opinião, acho que você devia tentar. Manda uma mensagem pra ele e vê o que ele vai fazer hoje à noite. Qual a pior coisa que pode acontecer?

— Vou pensar nisso. Preciso escrever um pouco para não ficar pra trás no meu curso de escrita criativa. Juro, o professor me odeia.

— Sloane. — Lauren se virou para mim, e vi que ela estava prestes a me dar um sermão. — Você está com média nove. Você vai conseguir um ótimo emprego e ser uma ótima escritora. Você só tem mais um semestre e meio de faculdade. Aproveita! Não suporto pensar em você sozinha, enfiada dentro desse apartamento o fim de semana inteiro. Além disso, estou morrendo de curiosidade pra saber como o Ethan é na cama.

— Lauren! — Peguei uma das blusas do chão e joguei nela. — Espero que você esteja brincando.

— Claro que eu estou. Mas você não quer saber?

Meu rosto ficou vermelho, e ela teve a resposta que estava buscando.

— Quando você vai? — Mudei de assunto. — E onde está a Jordan?

— Ela saiu quando você estava na aula, alguma coisa sobre pegar um turno extra antes de voltar pra casa hoje. E é pra eu estar no apartamento dele... — Ela pegou o celular para checar a hora. — Merda, cinco minutos atrás.

Joguei um vestido casual e mais duas blusas na sua mala antes de fechá-la.

— Divirta-se! — falei, empurrando-a para fora.

— Vê se transa! — respondeu ela, piscando para mim antes de sair apressada pelo corredor.

Ouvi a porta se fechar atrás dela, e o silêncio no apartamento rapidamente se tornou ensurdecedor.

O que eu *ia fazer* nos próximos quatro dias? É claro que não conseguiria escrever o tempo todo.

Sentei no sofá e coloquei um episódio antigo de *Keeping Up With The Kardashians* na TV. Para o jantar, fiz macarrão com queijo e tomei uma taça de moscatel. Era assim que a minha vida seria depois da faculdade? Eu meio que gostava da ideia. Alguns minutos depois do segundo episódio começar, senti o celular vibrar embaixo das almofadas. Quando finalmente o resgatei, vi o contato da minha mãe na tela. Eu amava a minha mãe, mas ela tinha o costume de ligar só por dois motivos: para me encher o saco sobre as minhas notas ou para me atualizar sobre a sua vida amorosa. E eu não estava a fim de conversar sobre nenhuma das duas coisas.

Relutante, atendi.

— Oi, mãe.

— Oi, querida, como está o recesso? — perguntou ela.

— Bom — respondi. — E o trabalho?

— Trabalho é trabalho. Um cardiologista pediu demissão mês passado, então estou pegando muitos dos seus pacientes até a gente encontrar um bom substituto. Como foram as provas? — Sua voz sempre tinha um jeito de soar carinhosa e inquisitória ao mesmo tempo.

— Foram boas. Vamos receber as notas na semana que vem. Te conto quando elas chegarem.

Seu tom de voz mudou, coisa que aprendi a reconhecer ao longo dos anos.

— Bom, eu vi no portal do aluno que as suas notas em escrita criativa não estão muito boas, então eu só queria checar. Como foi a prova?

— Mãe, achei que a gente tinha combinado que você não faria mais isso — resmunguei. — Eu fiquei aqui pra terminar alguns workshops online. O meu professor me deu um trabalho que vale nota extra também. Estou bem; você não precisa ficar em cima das minhas notas.

— Bom, fico feliz em ouvir isso. Só quero ter certeza de que você não vai reprovar. Sloane, você é tão talentosa, e eu sempre vou apoiar os seus sonhos, querida, mas...

Senti um nó familiar se formar no meu estômago.

— Nova York não é a Carolina do Norte. É cruel. Você precisa ser a melhor entre os melhores para conseguir um emprego lá, principalmente na área editorial. Apenas se concentre em continuar aprimorando a sua escrita, e continue fazendo contatos. Sei que você é capaz.

Fechei os olhos um instante, absorvendo as palavras. Eu sabia que ela tinha a melhor das intenções, mas machucou mesmo assim.

— Eu sei, mãe. Estou tentando.

Sua voz suavizou.

— Eu só quero o seu melhor.

Forcei um sorriso, mesmo que ela não pudesse ver.

— Obrigada, mãe.

— Se cuida, tá? Me liga se precisar de alguma coisa — disse ela, sua voz voltando a ser calorosa.

— Pode deixar. Te amo.

Quando desliguei o telefone, o peso da nossa conversa ficou no ar. Eu me inclinei para trás, respirando fundo. Foi quando meu celular tocou de novo. Era uma mensagem de texto do Ethan. Um pequeno e inesperado alívio tomou conta de mim e, por um momento, esqueci o peso das expectativas da minha mãe.

20:01
Ethan Brady: Oiê.

20:40
Eu: Oi!

20:42
Ethan Brady: Quer companhia hoje à noite? Acho que comecei a gostar da sua série que contém nudez.

20:42
Eu: Claro que gostou. Sim, quer vir aqui?

20:45
Ethan Brady: Chego em alguns minutos.

Seu timing estava realmente impecável hoje. Corri para o meu quarto para retocar a maquiagem, pentear o cabelo e vestir uma legging e um cropped. Quinze minutos depois, Ethan entrou pela porta da frente com uma garrafa meio vazia de American Vodka. Fiquei olhando a cena, intrigada.

— Não queria chegar de mãos abanando, e isso era tudo o que a gente tinha. Geralmente é o Graham que abastece a geladeira, principalmente o vinho. Não entendo nada — explicou ele.

— Pra nossa sorte, a Jordan abriu uma garrafa de moscatel ontem à noite, e ainda tem metade. Se a gente não beber, vai estragar — respondi, pegando duas taças de vinho no armário.

— Pode colocar, Hart, mas preciso te avisar que o vinho me deixa... você sabe.

— Enjoado?

— Tarado. — Ethan sorriu, e senti meu rosto esquentar.

— Tá bom, chega disso. Você pode escolher alguma coisa pra gente assistir? — Apontei para a mesa de centro, onde deixávamos os controles em uma caixinha de madeira.

— Não vai ser *Shameless*? — perguntou ele, com uma sobrancelha erguida.

— Tô a fim de ver um filme.

Eu me juntei a ele no sofá e lhe entreguei um copo de vinho cheio até a boca. Ethan se inclinou para a frente para colocá-lo na mesa de centro, e seu braço roçou na minha coxa, causando arrepios na minha coluna. Ele se levantou para apagar as luzes e a sala ficou mais escura, criando um ambiente aconchegante que me deixou ainda mais nervosa. Quando voltou e pegou o controle remoto, observei suas mãos, a maneira como seus dedos se moviam com leveza sobre os botões, percorrendo a lista de filmes da Netflix antes de chegar a um novo lançamento.

Na metade do filme, o vinho começou a me deixar um pouco aérea, então, com a mesma confiança embriagada da última vez, cheguei mais perto dele e apoiei a mão na sua coxa. Em resposta, ele pôs o braço no meu ombro e me puxou para mais perto, ajeitando as minhas pernas sobre as dele. Quando me dei conta, Ethan estava me beijando, mas de um jeito diferente das vezes anteriores. Era um beijo faminto. A mão dele acariciou o meu quadril, enquanto a outra entrou por baixo da minha blusa. Meu coração começou a bater com força, e eu sabia que ele podia sentir.

Ele me beijou mais intensamente quando gemi contra a sua boca, e senti sua ereção. Levei a mão até o cós da sua bermuda. Eu estava muito excitada, e ele também.

— Sloane. — Sua respiração ficou pesada. — Vamos pro seu quarto.

— Tudo bem — sussurrei no seu ouvido.

Com uma força que eu nem imaginava, Ethan me pegou no colo, e eu envolvi as pernas ao redor dele. Ele continuou me beijando até chegarmos no quarto e, assim que entramos, ele bateu a porta, mesmo que tivéssemos o apartamento inteiro à nossa disposição. Pensei que ele me deitaria na cama, mas, em vez disso, ele me apoiou na porta e se pressionou contra mim.

Eu não conseguia esperar mais. Eu queria, *precisava* dele.

— Me leva pra cama — implorei enquanto ele beijava meu pescoço e minha orelha.

Então ele me deitou no colchão e subiu em cima de mim. A cada beijo, ele tirava uma peça diferente de roupa, até eu ficar completamente nua, e ele ainda vestido. Ele ficou de pé e me observou. Naquele momento, embora eu me sentisse extremamente vulnerável, de alguma forma, eu também me senti bem. Tudo com Ethan era tão fácil, tão natural, como se ele fosse a pessoa com quem eu estava predestinada a compartilhar as partes mais íntimas de mim mesma. Eu nunca tinha experimentado uma conexão como aquela, e eu me perguntava se ele se sentia da mesma maneira.

— Quanto tempo você vai ficar aí me olhando, antes de vir pra cá comigo? — perguntei.

— Tempo suficiente pra eu nunca esquecer essa visão. — Ele tirou a camiseta, depois o short e a cueca, em um movimento rápido. Consegui vislumbrar uma parte da definição de seu corpo no brilho que as luzes da rua lançavam pela janela.

Meu rosto estava pegando fogo.

— Você está me deixando vermelha.

— Eu quero te deixar bem mais que isso.

Graças a Deus a luz estava apagada, porque eu podia jurar que o meu rosto ficou vermelho feito um pimentão. Com o corpo alinhado ao meu, ele se apoiou nos antebraços enquanto eu cruzava os braços atrás de seu pescoço. Ele continuou me beijando — boca, pescoço, clavícula e ombro —, até eu não aguentar mais.

— Você tem camisinha?

— Achei que você nunca ia perguntar. — Ele se levantou e tirou a carteira do short de basquete, onde havia um pequeno pacote roxo. Ele sabia exatamente o que aconteceria naquela noite, ou, pelo menos, esperava que acontecesse.

Em segundos, estava de volta em sua posição, em cima de mim, e eu mal podia esperar para senti-lo. Ele tirou uma mecha de cabelo do meu rosto e o ajeitou atrás da orelha, antes de me beijar novamente. Ele era gentil, e eu amei cada segundo. Então ele me penetrou com um pouco de força, e eu deixei um murmúrio escapar.

— Porra, Sloane — gemeu ele, enquanto nossos corpos encontravam o ritmo.

O sexo com Ethan foi melhor do que eu esperava. Parecia que nossos corpos tinham sido feitos para fazer isso juntos, como se tivessem esperado a vida toda por aquele momento. E eu não queria que ele acabasse nunca.

• • •

Num piscar de olhos, o recesso de outono acabou. Tive que me esforçar para conseguir sair da cama — onde eu e o Ethan ficamos o fim de semana inteiro — e voltar a fazer parte da sociedade novamente antes que Lauren e Jordan retornassem para casa. Joguei fora as garrafas vazias de vinho, limpei os balcões e acendi uma vela para esperar a chegada delas.

— Cheguei, suas vadias! — Lauren fez sua grande entrada pouco depois do meio-dia.

— Graças a Deus. — Soltei um suspiro dramático. — Eu estava morrendo aqui sem você!

— Eu sabia! — Ela riu enquanto deixava as malas no chão da cozinha e me puxava para um abraço.

— Na verdade, nem senti tanta saudade assim. Sua cabeça sempre foi tão grande? — Brinquei, mas antes que ela pudesse responder, Jordan chegou.

— Vocês estão fazendo uma reuniãozinha sem mim? Que fofo! — disse ela, sarcástica.

— O que vocês acham de a gente deixar os trabalhos da faculdade de lado mais um pouquinho e ir almoçar e tomar mimosas no Dockside? — sugeri.

— Não sei, Sloane. Acabei de chegar em casa e tenho muito... — começou Lauren.

— Ah, por favor! Está um clima perfeito lá fora, e logo mais vai começar a baixa temporada. É o último ano; só temos mais alguns desses momentos! — implorei.

— Eu topo! Não preciso pensar duas vezes pra ter um domingo divertido — disse Jordan. — Vamos nos trocar e sair em dez minutos.

O sol da tarde banhava o estacionamento do Ascent quando nós três entramos no meu fiel Honda Civic. O ar salgado misturado ao cheiro de nostalgia me fez abrir as janelas e aproveitar alguns dos últimos dias de outono na nossa cidade universitária. Enquanto dirigíamos pelas ruas de Wilmington, não pude deixar de me perguntar onde estaríamos no próximo ano. Mudanças eram assustadoras. Eu ainda não estava pronta para deixar essa cidade, mas, mais do que isso, não estava pronta para perder as únicas amigas que tive na vida. Eu esperava que pudéssemos nos encontrar em outras cidades, onde criaríamos novas lembranças. Como a que estávamos criando naquele momento.

Assim que avistei o restaurante, fechei as janelas e abaixei o volume da música. Então entramos no estacionamento. Nos últimos quatro anos, as reuniões de domingo haviam se tornado uma das minhas partes favoritas da faculdade. Nós nos sentamos e pedimos uma garrafa de espumante com suco de laranja à parte, enquanto os barcos desciam o canal.

— Beleza, Lauren, desembucha. Como foi o fim de semana com a família? — perguntou Jordan, ansiosa por cada detalhe.

— É, você nem mandou mensagem no grupo com as novidades! — acrescentei.

A confissão da Lauren foi rápida.

— Vamos manter a calma, meninas, mas acho que estou apaixonada. — Seu rosto ficou vermelho, e eu sabia que ela estava falando sério, mesmo que tivesse usado um tom brincalhão.

— Conta tudo! — Nossa resposta veio imediatamente.

— Eu amei os pais dele, principalmente a mãe. Ela é muito descolada, juro. Eu sentei perto da piscina com ela enquanto os garotos pescavam, e tomamos um vinho branco supercaro enquanto ela me contava várias histórias. Como ela conheceu o pai do Graham, as festas insanas da faculdade, o que ela fez depois que se formou, tudo. Eu literalmente quero ser igual a ela. Mas chega de falar sobre mim; como foi o fim de semana de vocês?

Desviei o foco para a Jordan primeiro.

— É, o que você fez, Jordan?

— Eu consegui um trabalho de garçonete num iate, em Charleston. A gente ganhou muito dinheiro com gorjeta, nem dá pra acreditar. Além disso, a gente podia beber sempre que quisesse, o tempo todo, e eu estava com alguns amigos do ensino médio, então foi bem de boa — contou ela.

— Os dois finais de semana parecem que foram incríveis. Estou com inveja. Ascent não foi o mesmo sem vocês — respondi.

— Você conseguiu escrever? — A atenção de Lauren se voltou para mim mais uma vez enquanto nossas bebidas chegavam.

Antes de juntar coragem para responder, enchi minha taça com champanhe e suco de laranja.

Mas meu sorriso me traiu, então decidi confessar de uma só vez.

— Eu não escrevi nem uma palavra. Acreditem ou não, passei o fim de semana com o Ethan.

— Ah, meu Deus. Agora SIM! — Lauren se animou. — Acho que a gente vai precisar de outra garrafa! Não acredito que você não mandou mensagem pra gente!

— Eu não fiquei muito no celular. — Corei.

— Conta tudo! Você transou com ele? Ótimo, agora sou a única colega de quarto que não está transando com alguém do prédio! — Jordan tagarelou a ponto de dizer um milhão de palavras por segundo.

— Jordan! — Olhei em volta para ter certeza de que ninguém estava ouvindo a conversa, então continuei: — Respondendo à sua pergunta, sim, eu transei. Oito vezes.

— Oito? Puta merda! — Ela brindou sua taça na minha.

— Devo acrescentar que o fato de eu namorar Graham não conta pra regra do nosso grupo de amigas. Eu comecei a namorar com ele e *aí* nós ficamos amigas dos colegas de quarto dele. Mas a Sloane definitivamente quebrou a regra. A próxima garrafa é por conta dela? — Lauren se virou para Jordan.

— A Jordan é a única na mesa que tem um emprego! — respondi, com um tom de voz brincalhão, mas com um bom argumento.

Jordan rebateu, um sorriso aparecendo nos lábios.

— E a única nessa mesa que não está transando com um vizinho.

— Espera aí. Vamos voltar pro Ethan. Então isso é só uma amizade colorida ou você está gostando dele? — Lauren ainda não tinha terminado de me interrogar.

— Eu ainda não sei. — Franzi o cenho. — Pra mim, realmente é mais do que apenas sexo. Mas pra ele? Eu não sei.

— Acho que a gente vai ter que esperar pra ver onde isso vai dar — disse Lauren

— Numa grande história de amor — acrescentou Jordan.

Eu não sabia definir o que estava acontecendo entre mim e o Ethan, mas, o que quer que fosse, eu estava gostando.

7

Ethan
Novembro de 2016

— Você vai ver o seu pai quando estiver em casa? — perguntei, observando Sloane pentear o cabelo cuidadosamente, como se fosse o seu bem mais precioso. Era uma das minhas coisas favoritas a respeito dela.

— Vou tentar. Mas não posso garantir que vou ficar na casa dele por muito tempo. Talvez só pra uma sobremesa ou algo do tipo.

Era surpreendente como a Sloane se abria facilmente comigo. Sempre escondi minhas emoções. Até de alguém como o Graham, que eu conhecia quase a vida inteira. Eu não gostava de pensar nos meus próprios sentimentos, muito menos de falar sobre eles com outra pessoa, por isso evitava ao máximo fazer isso. No início, Sloane tentou insistir. Ela fazia perguntas só para ver se eu respondia e, quando eu não o fazia, ela ficava na dela. Eu gostava disso. Eu não ligava de estar ao seu lado, mas não precisava que ela ficasse ao meu. Eu não precisava que ninguém ficasse.

— Seria legal — falei.

— Vou sentir sua falta. — Com um sorriso gentil, ela se empoleirou na beirada do colchão, seus olhos encontrando os meus. Não resisti à urgência de puxá-la para mais perto.

— Você não sentiria minha falta se eu não te deixasse sair dessa cama. — Eu a abracei, e ela tentou se desvencilhar, de brincadeira.

— Por mais que eu não quisesse nada além disso, realmente tenho que ir. — Esticou o pescoço para olhar para mim. — O trânsito para Raleigh é bem intenso na véspera do Dia de Ação de Graças.

— Beleza. — Soltei os braços e a deixei escapar. — Vou com você até o carro. Quero ir pra academia antes do Graham e eu sairmos.

— Não se preocupa. Logo, logo vou estar de volta.

• • •

Sempre odiei feriados. Dia de Ação de Graças, Natal, Páscoa, aniversários. Esse ano não foi diferente. Normalmente, eu passaria o Dia de Ação de Graças com a família do Graham, mas, este ano, ele foi para a casa da Lauren para conhecer a família dela. Não contei para a Sloane que passaria o feriado em Ascent, porque eu sabia que ela se ofereceria para me levar junto, o que eu não queria.

Eu não me importava de ficar alguns dias sozinho, porque já estava passando a maior parte do meu tempo livre com Sloane. Fiquei chapado, pedi comida, joguei videogame e assisti a um monte de filmes ruins. Parecia um Dia de Ação de Graças ideal para mim. Eu estava pegando o bong da mesa de centro na minha frente quando vi a tela do meu celular se iluminar.

18:14

Sloane Hart: Vou voltar mais cedo. Você vai estar no seu apartamento em mais ou menos duas horas?

18:18

Eu: Sim. Tá tudo bem?

18:18

Sloane Hart: Minha mãe não fez nada além de me encher o saco. Explico mais tarde. Só quero voltar pra Wilm e ficar com você.

18:20

Eu: Dirija com cuidado. Vou estar lá ☺

Não sei o que deu em mim, mas senti necessidade de proteger Sloane. Algo em mim odiou que ela estivesse magoada. Em vez de dar outro trago no bong, desliguei a TV, peguei minhas chaves e fui até a conveniência mais próxima.

Enquanto andava pelos corredores da loja, percebi que não sabia do que Sloane gostava. Peguei meu celular e rapidamente liguei para o Graham, esperando que eles já tivessem terminado de jantar e ele me atendesse.

— Brady, tudo bem? — Ele atendeu no segundo toque. — Geralmente você manda mensagem antes de ligar.

— Você é mais observador do que eu achava. Sim, tudo bem. Posso falar com a Lauren um minuto? — pedi.

— Hum, claro.

— Alô?

— Oi, Lauren, desculpa. Eu teria te mandado mensagem, mas não pensei nisso até chegar na loja. Quais são os salgadinhos ou doces favoritos da Sloane?

— Hum... — Ela pensou um pouco. — Balas de goma azedas de melancia, barras de chocolate Hershey's cookies and cream, e bolachinhas de queijo. Ela sempre pega isso quando paramos na conveniência, desde o primeiro ano.

— Beleza, valeu.

— Você vai me contar o que está planejando ou vou ter que mandar mensagem para ela?

— Não, não manda mensagem pra ela — pedi. — Ela teve um dia de merda e está voltando pra cá, então eu queria fazer alguma coisa legal.

— Só não esquece de me dar os créditos — brincou Lauren.

— Aproveita o resto do fim de semana. Diz pro Graham que eu o vejo no domingo. — E, com isso, desliguei o celular.

Peguei tudo que a Lauren mencionou, além de uma garrafa de moscatel Barefoot — não precisei perguntar para saber que era o seu favorito. Voltei para Ascent com uma hora de antecedência, então limpei o apartamento e acendi uma das velas do Graham. Minha vontade só era ver um sorriso no rosto da Sloane quando ela chegasse. Eu não queria que ela sofresse, claro, mas se ela começasse a falar dos seus traumas familiares, eu temia as lembranças que isso me causaria. Talvez se eu a recebesse com todas essas surpresas, ela pudesse se distrair e não tocar no assunto.

Quando ela passou pela porta, percebi que tinha sido uma longa viagem.

— Oi. — Ela deixou a mala perto da porta do meu quarto e se aconchegou em mim.

— Oi. — Envolvi meus braços ao redor dela.

Foi como se ela nunca tivesse saído dali.

— O que é isso? — Ela olhou para atrás de mim, para os salgadinhos, o vinho e a vela no balcão da cozinha.

— Só algumas coisas pra te animar. Sinto muito que o seu dia não tinha rolado como você queria.

— Está muito melhor agora. — Ela sorriu, então acariciou meu cabelo.

Em um movimento rápido, eu a peguei no colo, caminhei até o meu quarto e, mesmo que ninguém estivesse em casa, fechei a porta com um chute atrás de mim.

8

Sloane

Dezembro de 2016

O último dia do semestre de outono caiu em uma quarta-feira. Parecia uma daquelas noites de dezembro frias o suficiente para nevar, mesmo que nunca acontecesse. As aulas finalmente tinham acabado, o que significava que só restava um semestre do último ano. Apenas quinze semanas curtas até que eu fosse catapultada para a vida adulta. E isso era ao mesmo tempo animador e aterrorizante.

As coisas com Ethan estavam boas. Arriscaria a dizer ótimas? A não ser por um pequeno detalhe...

Nós ainda não estávamos namorando.

Até onde eu sabia, éramos exclusivos. Passávamos todas as noites juntos, então não tínhamos tempo para sair com outras pessoas. Eu sabia que esse não era o problema. O problema era ele. Fiquei sabendo pela Lauren e pelo Graham que Ethan tinha um passado trágico. Eu não perguntei a ele sobre isso porque queria que ele me contasse quando estivesse pronto.

Eu não tinha certeza se o passado dele tinha algo a ver com o seu medo de compromisso, mas foi nisso que decidi acreditar. Fazia apenas uns dois meses que estávamos nos vendo, então não namorarmos ainda não era um absurdo *tão* grande assim. Certo?

A primeira festa de início de período da Pike era sempre temática, então usar um suéter feio de Natal era uma tradição. Peguei um emprestado da Lauren e combinei com um par de botas acima do joelho e uma gargantilha. Para alguém que não tinha nada para usar vinte minutos antes do esquenta, eu estava impressionada com o resultado.

— Ainda vai demorar muito? — Lauren espiou pela porta com um sorriso estampado no rosto. — Ah, meu Deus, você está linda! Ethan vai perder a cabeça quando te vir essa noite. As coisas estão indo bem com ele, né? Como você está se sentindo em relação a tudo?

— Eu já te disse como você é irritante? — brinquei. — Estamos bem, eu acho. Ainda não definimos nada, mas sinto que tem alguma coisa entre nós...

Lauren se apoiou no batente, obviamente curiosa.

— E isso não te incomoda? Não saber, quero dizer. Eu estaria muito ansiosa pra saber em que pé estão as coisas. Você não está?

Fiz uma pausa, considerando suas palavras.

— Acho que parte de mim quer saber. Mas ele deixou os sentimentos claros: ele gosta de mim, e, por agora, isso é o suficiente. Não é só físico; é mais... sabe? — Olhei para Lauren, buscando algum sinal de que ela entendia.

— Só quero que você tenha cuidado, Sloane. O Graham disse que o Ethan não costuma namorar, por causa do histórico dele. Faz uns dez anos que ele está solteiro. Eu odiaria te ver magoada no final. — Ela mordeu o lábio, parecendo preocupada.

— E por que eu não posso ser a exceção da regra? — respondi, com um meio-sorriso.

— Você tem razão. Eu não devia ter me precipitado. Esquece o que eu falei. Vamos nos divertir hoje, tá bom? — A expressão de Lauren se suavizou.

— Com certeza. Estou feliz do jeito que está. Não tenho pressa de colocar um rótulo. — Parte de mim concordava com as palavras que saíam da minha boca, mas outra parte sabia que elas não eram tão verdadeiras assim.

Lauren concordou, a hesitação dando lugar a um sorriso solidário.

— Se você está feliz, então é tudo o que importa pra mim.

Senti tudo rodar quando saí do carro atrás das meninas. Eu não queria ter ficado tão bêbada no esquenta, mas esqueci de jantar e, quando me lembrei, já era tarde demais.

— Me lembra de novo por que a gente não veio de carona com os meninos? — perguntou Jordan.

— Eles disseram que estavam precisando de uma mãozinha extra pra organizar a festa de hoje — respondeu Lauren. — Seja lá o que isso significa.

— Sloane, você tá bem? — Taylor olhou para trás para verificar, e, em vez de responder, só fiz um joinha.

— Vamos pegar uma água pra você assim que a gente entrar.

Uma música natalina sutil encheu o ar quando entramos pela porta dos fundos. A casa inteira havia sido ornamentada em uma reprodução do inverno. Imitando neve, um mar de flocos de isopor se amassava sob os meus pés enquanto eu passava pela multidão. O teto baixo estava adornado com pisca-piscas, o que proporcionava uma iluminação mais quente e, para um porão nojento de fraternidade, era aconchegante. Alguns calouros estavam até vestidos de duendes e faziam o papel de bartenders. Os rapazes realmente se esforçaram para sua última festa de Natal.

— Posso servir algo para as senhoritas? — Graham nos recepcionou. — Temos drinques de bengala doce e cerveja de barril.

— A Sloane precisa de água, mas provavelmente uma cerveja também. Você pode fazer drinques pra gente enquanto vou lá em cima pegar água? — Lauren beijou a bochecha do Graham e desapareceu no meio da multidão.

— Meninas, me sigam até o bar.

Meio tonta, fiz o que ele pediu. Quando nos aproximamos do bar, procurei o Ethan no porão, mas não consegui encontrá-lo. Graham me entregou um copo cheio de cerveja assim que Lauren voltou com uma garrafa d'água.

— Cadê o Ethan? — perguntou Lauren, se virando para Graham. — Não sei quanto tempo ela vai aguentar. Ela não jantou.

Finalmente me manifestei.

— Vou ficar bem.

— Aí está ela! — Taylor jogou o braço no meu ombro. — Eu e a Jordan podemos ficar com ela essa noite. Tenho certeza que o Ethan está por aí.

— Bebe bem rápido — disse Lauren.

Quando eu estava na metade da garrafa, o DJ começou a tocar "This Is What You Came For" e eu me animei.

— Vamos dançar! — Puxei Lauren, Jordan e Taylor para aquele aglomerado de gente.

— É por isso que eu sei que ela está bêbada.

— Ela odeia dançar!

Ignorei seus comentários e me permiti aproveitar o momento. Conforme a batida da música tomava conta de mim, senti uma sensação familiar de entusiasmo, que me acompanhou pelos melhores momentos da vida universitária. Rodeada das minhas melhores amigas, me perdi na melodia intoxicante de uma música que eu jamais queria esquecer.

Depois de uma hora na pista de dança, precisávamos usar o banheiro e reabastecer nossas bebidas. Enquanto eu esperava na fila do bar, vi o Ethan de relance.

— Vocês podem ficar na fila? Vou dar "oi" pro Ethan — disse.

Atravessei o porão, e, conforme me aproximei do Ethan, percebi que ele conversava com uma garota. Eu a vi pegar de volta o que parecia ser o celular dela e continuar conversando. Um misto de raiva e embriaguez me fez agir de um jeito diferente de como eu me comportaria normalmente: eu fui até os dois.

— Oi. — Fingi um sorriso para Ethan e me voltei para a garota misteriosa. — Sou a Sloane.

— Oi, me chamo Olivia — respondeu ela de maneira educada, sem se deixar afetar pela tensão que tomou conta do ambiente.

Notei que Ethan estava desconfortável, mas não liguei.

— O que você está fazendo? — Me virei para ele.

— Sloane, aqui não — respondeu ele com um tom de voz baixo, mas firme.

— Eu vou dar uma volta — interrompeu Olivia, desculpando-se rapidamente. — Foi um prazer te conhecer.

— Quem era ela? — perguntei quando ela se afastou.

— Ninguém. Só uma garota que conheci há alguns minutos. — Ele deu de ombros, indiferente, tentando minimizar o encontro.

— Eu não sabia que você estava conversando com outras garotas.

— Não estou — disse ele.

— Então o que foi isso? — A pergunta perdurou entre nós.

— A gente pode conversar em outro lugar?

Antes que eu pudesse responder, Ethan pegou minha mão e me conduziu para fora do porão. Eu me sentia enjoada, e não tinha certeza se era por causa do álcool ou da sensação de vê-lo com uma garota desconhecida.

A porta dos fundos se fechou atrás de nós, e imediatamente arrepios percorreram todo o meu corpo. O ar frio mordia a pele exposta das minhas coxas entre o suéter enorme e as botas de cano alto. Sentamos em um velho sofá de couro que ficava no canto do jardim, embaixo de algumas luzes cintilantes. O frio do inverno se infiltrou nos meus ossos, me fazendo tremer enquanto eu me abraçava. Embora estivesse brava com ele, quando o calor do seu corpo irradiou ao meu lado, não pude deixar de sentir uma quentura contrastante no peito.

— Por que você fez aquilo? — Ele se virou para me encarar.

— Não te vi a noite toda, e, quando finalmente te encontrei, você estava conversando com outra garota. O que eu deveria pensar? — Me defendi.

Sua resposta foi desdenhosa.

— Não foi nada, Sloane.

Ouvi-lo usar meu primeiro nome parecia errado.

— Ela estava claramente interessada em você, e você passou seu número pra ela. Como não foi nada?

— Eu estava sendo legal. O que eu devia dizer depois de ela ter me pedido? Não? Não é como se eu tivesse uma namorada — disse ele de forma casual, o que só piorou minha frustração.

Eu me levantei, com raiva e com vontade de fugir daquela situação.

— Ah, agora eu entendo. — As palavras se amargaram na minha boca.

— Era isso que eu queria ouvir. Então eu sou boa pra passar um tempo, sou boa pra transar, mas não sou boa o suficiente pra namorar?

— Você está colocando palavras na minha boca. — Ele tentou remediar.

— Sim, porque, de fato, você não está dizendo nada! Você está me cozinhando em banho-maria. Eu posso estar bêbada, mas não sou estúpida, Ethan. — Cuspi seu nome como se não pertencesse mais à minha boca.

— Vamos embora. — Ele se levantou do sofá de repente. — Não estou mais a fim de ficar na festa.

— Quem disse que eu quero voltar pra casa com você?

— Sloane, agora você está sendo ridícula. Você está bêbada. Vamos voltar pra Ascent e conversar sobre isso amanhã, quando nós dois estivermos sóbrios. — Sua resposta pareceu condescendente.

A ideia de ir para casa sem ele me fez sentir vazia por dentro, então, relutante, concordei. Ele pegou o celular para chamar um Uber e depois me abraçou. Por mais brava que eu estivesse com ele, o calor que seu corpo me proporcionava era algo que eu não queria deixar de sentir naquele momento. E mesmo que eu odiasse admitir, seus braços eram o único lugar onde eu queria estar.

...

A luz mal entrava pelas suas persianas quebradas, o que significava que ainda era cedo. Girei o corpo para ficar de frente para Ethan enquanto ele me envolvia com os braços e puxava o meu corpo o mais próximo possível.

— Desculpa — sussurrei.

Ele me interrompeu.

— Não precisa pedir desculpas.

— Eu só estava bêbada e chateada — expliquei, inclinando a cabeça para olhar para ele.

— Você tinha todo o motivo pra estar chateada. Eu não devia ter feito aquilo.

— Eu não queria fazer essa pergunta, mas... — Engoli em seco. — Acho que depois de ontem à noite, eu preciso perguntar.

Ele esperou que eu continuasse.

— O que nós estamos fazendo?

— Eu não sei, Hart. — Ele me puxou para mais perto. — Eu não sei.

Apoiei a cabeça em seu peito nu e admirei as pequenas sardas que cobriam a parte superior do seu tronco. Começamos a nos beijar despreocupadamente, como se acordar juntos fosse algo que já tivéssemos feito mil vezes antes.

— Mas o que quer que seja, eu gosto — sussurrou ele com a boca praticamente encostada no meu ouvido, o que me causou arrepios.

Saboreei as palavras. Eram tudo o que eu estava esperando ouvir havia meses. Elas me faziam achar que talvez eu não estivesse cometendo um erro em apostar nele.

— Eu também. — Sorri.

Aquele momento foi a minha ruína. Eu pertencia a Ethan Brady, e ele sabia disso. Por mais que eu não quisesse admitir, meu coração estava na palma da mão dele. E eu tinha muito medo do que ele poderia fazer com isso, mas, ao mesmo tempo, também mal podia esperar para descobrir.

9

Sloane
Janeiro de 2017

De repente, já estávamos no nosso último semestre de faculdade. Quatro anos haviam se passado em um piscar de olhos. Parecia que tinha sido na véspera que meus pais, que não estavam se falando na época, me deixaram no Moore Hall e eu chorei enquanto comia pipoca de micro-ondas no jantar. Eu não era muito de me arrepender, mas desejava poder voltar no tempo. Eu não estava pronta para ir embora de Wilmington, nem da vida do Ethan. A única coisa que eu podia fazer era aproveitar ao máximo o tempo que me restava.

Tínhamos um fim de semana prolongado em comemoração ao Dia de Martin Luther King Jr., e Graham nos convidou para passá-lo na cabana da sua família em Asheville. Seria o nosso fim de semana na montanha. A viagem até lá foi longa e assustadora. Fechei os olhos durante toda a subida da Blue Ridge Parkway, não só porque achei que Jake poderia nos jogar da ribanceira, mas também porque eu tinha pavor de altura. Quando finalmente chegamos à entrada da garagem, abri os olhos e fiquei impressionada com a visão à minha frente.

Quando Graham disse que os seus pais tinham uma cabana nas montanhas, eu esperava exatamente isso: uma cabana. A casa ficava em uma encosta, cercada por um mar de árvores. Tinha três andares, o lado externo revestido de madeira e grandes janelas que certamente ofereciam vistas deslumbrantes.

— Uau — disse para o Ethan enquanto ele pegava minha bagagem no porta-malas.

— Bonito, né?

Bonito era pouco. A casa era digna de capa de revista. Entramos pela área comum, no andar inferior. Era um espaço aberto e convidativo, com um bar e uma mesa de sinuca de um lado, e uma lareira de pedra e um sofá de canto do outro. No meio, havia uma TV enorme, na qual eu já sabia que os meninos assistiriam a jogos de futebol americano.

— Vocês chegaram! — Lauren desceu as escadas correndo para nos abraçar.

— Eu tinha quase certeza que a gente ia morrer no caminho pra cá. — Ri. — Não tive coragem de abrir os olhos pelos últimos trinta minutos.

— Ah, eu também. Vamos guardar as malas de vocês e preparar umas bebidas! — Eu e Jordan a seguimos enquanto os caras terminavam de tirar as coisas do carro.

Observei cada detalhe enquanto percorríamos a casa. O teto era de madeira rústica com vigas baixas, e as paredes eram off-white. Portas e janelas de correr, todas de vidro, tomavam a parede dos fundos, abrindo para uma vista de quilômetros e quilômetros de montanhas. Fiquei pensando em como seria ser bem-sucedida a esse ponto algum dia. Meus pais nunca haviam passado dificuldade, mas nunca tivemos dinheiro suficiente para uma segunda casa ou viagens de férias internacionais.

— Vamos fazer alguns bloodies? — perguntou Lauren, chacoalhando uma garrafa de Grey Goose.

— Você sabe que eu amo um bom e velho Bloody Mary! — Jordan estava praticamente babando.

— Tenho uma relação de amor e ódio com ele. Eu amo os primeiros goles, mas odeio o resto. — Preparamos o drinque mesmo assim e sentamos na ilha que tinha pelo menos três metros de comprimento enquanto repassávamos os planos para o fim de semana.

— Beleza, então hoje ficamos em casa. Vamos pedir as compras pela internet. Podemos beber, jogar e usar a hidromassagem. Amanhã vamos esquiar, domingo tem futebol, e aí na segunda voltamos pra casa! — Lauren lia tudo de uma anotação no seu celular.

• • •

No final da noite, nós seis entramos na hidro, todos com um copo de uísque — o que era bem incomum para mim.

— Vamos jogar Eu Nunca? — perguntou Lauren.

— O jogo favorito da Sloane! — Jordan riu. Os meninos reviraram os olhos antes de erguermos os dez dedos.

— Eu nunca fumei maconha. — Comecei o jogo, e todo mundo abaixou um dedo.

— Ah, fala outra, você sempre começa com essa! — argumentou Lauren.

— Ah, mas funciona, né?

— Acho que a gente deve mudar isso. Jake, pega o bong — ordenou Graham.

Recusei.

— Tô de boa.

Jake passou o bong mesmo assim, e todo mundo deu um trago.

— Eu nunca fui atleta na escola. — Lauren sabia que essa pegaria todos os meninos e Jordan. De alguma forma, eu quase sempre vencia esse jogo. Isso fazia de mim uma chata?

Era a vez do Graham.

— Eu nunca traí alguém.

Jake e Ethan abaixaram um dedo, e eu senti o estômago revirar e um buraco se formar na minha garganta. Depois daquela cena na festa de início de período, eu não precisava de outro motivo para não confiar no Ethan. Eu precisava sair daquela situação, imediatamente.

— Vou ao banheiro. — Peguei uma toalha e entrei.

Tranquei a porta e me apoiei na pia, até sentir lágrimas rolarem pelo meu rosto. Por que eu estava tão chateada? Ele não tinha realmente *me* traído. Quer dizer, ele não poderia me trair, porque não estávamos namorando; foi apenas algo que aconteceu no seu passado. Mas me fez sentir como se eu não o conhecesse.

— Sloane? — Ethan bateu à porta. — Abre.

— Só um minuto. — Funguei.

Para disfarçar o choro, dei descarga antes de deixá-lo entrar. Quando girei a maçaneta, evitei olhar para ele. Então ele segurou o meu queixo e o ergueu.

— Me desculpa. — Seu dedão acariciou o meu rosto, limpando uma lágrima. — Eu não pensei que você fosse ficar tão chateada. Eu estava na escola, tinha quinze ou dezesseis anos; você já deve conseguir imaginar como eu era um moleque babaca naquela época.

— Só lembrei como eu me senti quando vi você dar o número do seu celular para aquela garota na festa, há algumas semanas. É difícil confiar em você, principalmente porque não estamos namorando.

Ele não disse nada.

— Eu não quero me machucar — continuei.

— Eu não te machucaria, Sloane. — Ele me puxou e apoiou o queixo na minha cabeça.

Fiquei em dúvida entre acreditar nele ou não.

— Acho que vou pra cama. Você pode dizer pro pessoal que não estou me sentindo bem?

— Sério? — Ele revirou os olhos. — Por que você sempre precisa tornar as coisas maiores do que elas são?

— Você tá brincando, né? — perguntei, meus olhos se arregalando.

— Eu te deixei numa posição muito confortável... Não sei por que você não pode ou não quer namorar comigo, mas mesmo que seja isso o que eu quero, eu coloquei as minhas necessidades de lado, e você não pode virar isso contra mim.

— Não é isso que eu estou tentando fazer.

— Bom, parece que é.

Subi as escadas dos fundos para o nosso quarto e fechei a porta. Torci para que o Ethan fosse convincente para que ninguém viesse me procurar. Eu não queria admitir para a Lauren que ela estava certa sobre o meu relacionamento com ele. Eu precisava saber que tipo de relação a gente tinha, porque não era mais algo leve e divertido. E será que algum dia tinha sido?

Pensar nele com outras garotas me fazia mal. Talvez os meus medos mais secretos fossem verdadeiros. Talvez Ethan não estivesse namorando comigo, não porque não estivesse pronto, mas porque simplesmente não queria que fosse eu. E como eu o faria ver que *deveria* ser eu?

Uma hora depois, senti Ethan subir na cama. Ele não disse nada, e eu me perguntei se ele estava fingindo não saber que eu estava acordada. Ele não tentou me abraçar nem me tocar. Estávamos deitados na mesma cama, mas parecia que centenas de quilômetros de distância nos separavam. Tentei fechar os olhos e dizer a mim mesma que as coisas estariam melhores de manhã. Não que eu acreditasse.

• • •

No meio da noite, me mexi em busca de uma posição melhor para dormir e percebi que o Ethan não estava ao meu lado. Peguei meu celular para verificar a hora e ver se ele havia enviado uma mensagem para me dizer aonde ia. Não havia novas notificações, exceto um comentário de um colega de classe na minha postagem em um fórum de discussão. Saí da cama, peguei uma camiseta e uma calça de moletom na mochila e desci as escadas para encontrá-lo.

Depois de alguns minutos procurando no andar principal, notei que uma das portas de correr dos fundos estava entreaberta. Eu o encontrei sentado em uma cadeira de balanço, olhando para a lareira elétrica que ele devia ter acendido.

— Oi — falei, sentando na cadeira ao lado dele. — Você tá bem?

Ele ficou quieto, antes de finalmente murmurar:

— Eu precisava de espaço.

— De mim?

— Não, Sloane.

— Tem certeza? — pressionei. — Eu sei que exagerei mais cedo. Não queria passar a noite toda jogando aquela brincadeira estúpida. Eu devia ter ignorado e voltado pra ficar com vocês.

— Eu disse que não era sobre você. — Ele parecia estar ficando bravo. — Nem tudo que eu digo ou faço te envolve diretamente.

— Ah, tudo bem. — Me mexi, desconfortável. — Desculpa, acho que entendi errado. Só queria me desculpar por mais cedo.

— Desculpa — respondeu ele. — Não foi isso que eu quis dizer. Só estou me sentindo sobrecarregado.

— Quer conversar sobre isso? — perguntei, gentilmente.

— Não muito — admitiu ele, a voz baixa, com uma dor profunda.

Eu me levantei, mas, ao invés de recuar, queria ficar mais perto dele. Em um movimento calmo e fluido, tirei um cobertor do encosto da cadeira e me sentei em seu colo. Ajeitei a manta sobre nós dois e deitei a cabeça em seu ombro. Aninhada nele, eu quase podia sentir a tensão sair do seu corpo.

— Você sabe que pode me contar qualquer coisa, né? Não precisa ser agora, mas quando estiver pronto — disse, suavemente.

— Sim, eu sei.

Então ele me envolveu em seus braços e me puxou para mais perto. Na segurança do nosso casulo, ele começou a falar.

— É essa casa, esse quarto. É sufocante voltar pra cá. — Enquanto Ethan confidenciava, pude sentir o peso em suas palavras.

— Por que é sufocante? — perguntei, sentindo que havia mais coisas que ele não estava dizendo, mas que eu tinha esperança de que dissesse.

Ele respirou fundo e se abriu ainda mais.

— É que... Ela está cheia de lembranças que prefiro não revisitar. Eu passei grande parte da minha infância aqui, principalmente os feriados. É irônico que eu tenha tanto ressentimento dos feriados, porque essas lembranças não são tão ruins assim. Nós esquiávamos, fazíamos fogueiras, brincávamos de esconde-esconde. Pensando bem, era bom — admitiu ele. — Os Clark são ótimas pessoas, mas era difícil estar cercado por essa família perfeita que não era minha. Era um lembrete constante que eu nunca teria aquilo.

Fiquei sentada, numa empatia silenciosa. Minha intenção inicial de confortá-lo com uma conversa mudou quando percebi que talvez ele não quisesse uma resposta, mas simplesmente que alguém o ouvisse.

— Sinto muito — disse, minha voz ecoando suavemente na varanda silenciosa.

Ele balançou a cabeça devagar.

— Você não tem culpa. — Ele me tranquilizou. — Vai dormir. Daqui a pouco eu vou também.

Relutantemente, assenti, apertando sua mão antes de me levantar, deixando-o com seus pensamentos e o crepitar do fogo.

Quando voltei para o nosso quarto e me aninhei embaixo das cobertas, fiquei imaginando o que realmente tinha acontecido com ele quando era mais jovem. Quão ruim poderia ter sido? Com certeza havia sido ruim o suficiente para ele não querer se apaixonar. Embora meus pais fossem divorciados, eu ainda acreditava na existência do amor. Nunca era perfeito, nunca era seguro e, às vezes, não era para sempre, mas era algo que eu acreditava que todos deveriam experimentar pelo menos uma vez na vida. Meu coração doía ao pensar que ele se sentia sozinho e não amado. Eu queria que ele visse que tudo que eu mais queria era amá-lo e que, se ele me deixasse fazer isso, eu nunca o abandonaria.

10

Ethan
Janeiro de 2017

Encarei o ventilador de teto e o acompanhei com os olhos enquanto ele girava, girava e girava. Alguma coisa no fato de estar de volta ao quarto em que cresci sempre me dava insônia. A única coisa diferente dessa vez era que eu não estava sozinho na cama. Olhei para o lado e vi Sloane dormindo profundamente, de costas para mim.

Quando eu era mais novo e passava as férias aqui, não imaginava que isso se prolongaria até a vida adulta. Pensei que um dia meus pais voltariam e seríamos uma família novamente. Só desistira dessa esperança havia poucos anos. Por mais que eu odiasse admitir, essa casa era tanto minha quanto do Graham. Eu havia oficialmente atingido a idade em que havia vivido mais tempo com a família dele do que com a minha.

Deslizei devagar para fora da cama, tomando cuidado para não acordar a Sloane. Quando entrei no corredor, parei para olhar a parede de fotos que geralmente eu tentava ao máximo evitar. Em particular, uma me chamou a atenção: a do Graham e eu na manhã da nossa formatura do ensino médio. À primeira vista, parecíamos uma família totalmente normal. Ninguém nunca suspeitaria que aquele tinha sido o pior dia da minha vida, pelo menos até então. Passei o dia esperando que minha mãe aparecesse na cerimônia.

Ela não apareceu. Precisei esconder o quanto aquilo me machucava enquanto jantava com os Clark, depois tomei o maior porre da minha vida inteira em uma festa dos nossos amigos. Dormi em um arbusto na frente da casa até o meio-dia, quando Graham finalmente me encontrou.

Passei pelo restante das lembranças que eu tinha me empenhado tanto para esquecer, fui até a cozinha, me servi de outro copo de uísque e puxei a porta de correr que dava para a varanda dos fundos. Sentei em uma das cadeiras de balanço enormes e peguei o controle remoto para ligar a lareira. Enquanto olhava para as vastas montanhas nevadas, fiquei imaginando como seria o meu futuro. Essa casa não era realmente minha, por mais que às vezes parecesse. Meus filhos não teriam avós, pelo menos não avós biológicos. Que tipo de pai eu seria? Do tipo que jogaria futebol no jardim da frente? Que ensinaria meus filhos a andarem de bicicleta? Talvez eu nem tivesse filhos. Tentei desligar os pensamentos e afogá-los em uísque quando ouvi alguém se aproximar por trás de mim.

— Oi — disse Sloane. — Você tá bem?

Eu não a queria ali. Sem querer parecer babaca, mas eu nunca dependi de ninguém a minha vida inteira, então por que começaria agora? Ela não poderia me consertar, então por que estava tentando?

— Eu precisava de espaço — murmurei, com o olhar preso nas labaredas falsas.

— De mim?

Eu sabia que Sloane tinha seus próprios problemas, mas como alguém como ela poderia entender os meus? Seus pais talvez não se amassem mais, mas eles a amavam. Eu podia ver isso na maneira como ela se comportava e falava deles. Eu não queria me abrir com ela. Mas sabia que, se não desse alguma resposta, começaríamos uma briga, e eu realmente não queria lidar com isso naquele momento.

Neguei com a cabeça levemente.

— Não, Sloane.

Eu tinha dificuldade de explicar a ela meus sentimentos.

Eu podia sentir seus olhos em mim, sua vontade de me consolar, mas não queria a sua pena. Não queria que ela olhasse para mim e visse um projeto ou uma causa perdida. As pessoas me olharam dessa forma por mais tempo do que eu gostaria de admitir. Teria sido bom começar de novo em um lugar onde ninguém me conhecesse, nem conhecesse a minha história triste. Voltar para essa casa me fez perceber que não eram apenas pessoas que despertavam esses sentimentos, mas também lugares. Talvez eu precisasse de um novo começo depois da formatura.

Sloane tornou mais fácil do que eu imaginava derrubar alguns muros que eu havia construído com tanto cuidado. Para a maioria das pessoas, isso teria sido reconfortante, mas eu só senti vontade de fugir.

Eu já sabia havia algum tempo que ela estava se apaixonando por mim — isso estava estampado no rosto dela e em cada interação que nós tínhamos. Eu me sentia mal por ter consciência de que nunca seria capaz de amá-la da mesma forma que ela me amava. Não que eu não quisesse, eu simplesmente sabia que não conseguiria. Assim como também sabia que não era justo tomar o tempo dela, adiando uma decisão. Por tudo isso, só me restava uma coisa a fazer.

11

Sloane
Fevereiro de 2017

Ethan afundou o pé no pedal e meu Honda Civic acelerou pela College Road. Observei enquanto ele cantarolava junto com a música na rádio, e sua mão descansava na minha coxa. Fazia pouco mais de seis meses desde que o vira pela primeira vez. Antes dele, eu tinha medo de nunca encontrar a pessoa certa. Eu queria muito acreditar no que as pessoas diziam sobre almas gêmeas, que um dia eu conheceria alguém com quem tudo se encaixaria, e eu perceberia por que nunca tinha dado certo com mais ninguém. Eu queria pensar que esse alguém era o Ethan.

Ele enfiou a mão em um dos buracos da minha calça jeans e olhou para mim do banco do motorista, como se quisesse me possuir ali mesmo.

— Para! — Eu ri.

— Ah, nem uma rapidinha? Eu acho algum lugar pra estacionar — implorou Ethan.

— Eu pensei que era pra ser o meu jantar de aniversário — argumentei.

— Você sabe que eu sempre fico com mais fome depois do sexo. — Ele piscou.

— Palavra-chave: *meu* jantar de aniversário.

Ele voltou a atenção para a estrada. A linguagem do amor que eu menos gostava era a do contato físico, e esse era o método de comunicação favorito do Ethan. Não é que eu não gostasse, mas a maneira como ele me tocava às vezes dava a impressão de que ele só me queria para fazer uma coisa: transar. Embora eu soubesse que o nosso relacionamento era mais profundo do que apenas sexual, esse ainda era um pensamento que aparecia na minha mente com frequência.

Paramos no estacionamento de um Outback, que não era uma escolha de restaurante ruim para universitários com um orçamento limitado. Nos últimos meses em que estivemos juntos, Graham nos levou para experimentar outros tipos de vinho além do moscatel. Enquanto ele e a Lauren preferiam o branco, eu e o Ethan estávamos mais para o tinto.

Ele pediu uma garrafa de pinot noir e, embora eu preferisse o cabernet, não falei nada. Eu estava feliz por ele me levar para sair, considerando que a maioria dos nossos "encontros" eram apenas drive-thrus, festas de fraternidade ou do pijama.

— Então, por que eu não sei quando é o seu aniversário? — perguntei, enquanto o garçom nos trazia uma garrafa e duas taças.

— É em julho — começou ele. — Mas eu não gosto de comemorar.

Nem tentei me intrometer. Queria manter a conversa leve, pois sabia que ele odiava falar sobre o seu passado. A última coisa de que eu precisava era que algo mudasse seu humor ou que ele me afastasse. Eu não queria repetir o nosso fim de semana nas montanhas. Queria realmente aproveitar a noite.

Voltamos ao apartamento, que estava escuro e silencioso. Quando me aproximei do final do corredor, que ligava a entrada à cozinha, acendi as luzes e levei um susto enorme.

— Surpresa! — Um grupo dos meus amigos mais próximos estava à minha frente. — Feliz aniversário, Sloane!

Eu me virei e olhei para o Ethan, que ainda estava na metade do corredor, como se evitasse participar da minha entrada triunfal. Eu faria vinte e dois anos só na semana seguinte, mas Lauren sempre dava muita importância aos aniversários, então, conhecendo-a, comemoraríamos todos os dias até o dia de verdade.

— Tem uma roupa em cima da sua cama. O body e a saia que você estava namorando na Vestique há um tempo! — Lauren sussurrou. Às vezes eu me perguntava se ela conseguia ler a minha mente ou se só estávamos em sintonia. Apertei sua mão e pedi licença para ir me trocar.

Fomos para o centro da cidade, na Front Street, em vez de irmos para os bares na orla. Fazia um calor incomum para uma noite de fevereiro, então aproveitamos ao máximo o clima e passamos as horas seguintes no pátio dos fundos de um boteco, tomando rodadas de shots de chá verde e pedindo ao DJ que tocasse músicas antigas.

— Vamos pro próximo! — Graham fez sinal para virarmos de uma só vez para irmos para o próximo bar.

Eu queria me sentir minimamente animada para ir ao Reel cantar no karaokê, mas não me sentia. Ethan mal havia trocado duas palavras comigo desde que tínhamos saído do Uber, o que só me deixou mais ansiosa e chateada, duas coisas que eu não deveria sentir no dia do meu aniversário. Bebi minha vodca com refrigerante rápido demais enquanto ouvia Lauren tagarelar sobre o Graham tê-la convidado para a viagem de família a Key West no verão. Eles não tinham nem seis meses de namoro e já planejavam férias juntos; enquanto isso, na maioria dos dias, eu só me perguntava se meus sentimentos por Ethan eram recíprocos.

Eu o observava enquanto ele conversava e ria com os amigos, desejando que ele fizesse um sinal para eu me aproximar e me abraçasse. Eu faria qualquer coisa para ele me dar um pouco de atenção. O segurança examinou a minha identidade e colocou uma pulseira azul no meu pulso antes de me desejar uma boa noite. Quando encontrei o nosso grupo, Ethan esperava com um shot e um drinque para mim.

— O que é? — perguntei, referindo-me ao shot.

— Saúde. — Ele piscou e brindou o copo no meu, ignorando a pergunta.

Tomamos nossas doses ao mesmo tempo e imediatamente senti a vodca barata voltar. Corri rápido para o banheiro e, durante a meia hora seguinte, não saí da cabine, o que certamente deixou o grupo de garotas na fila muito feliz.

— Sloane, sou eu. — Lauren bateu na porta do banheiro. Limpei a boca antes de dar descarga e me recompor.

— Vamos pra casa — pedi, ao abrir a porta.

— O Graham está com um carro lá na frente. — Ela me conduziu por entre a multidão, para fora do bar.

— Onde está o Ethan? — perguntei quando ela abriu a porta do carro e as únicas pessoas lá dentro eram o Graham e o motorista.

— Ele não quis ir embora — respondeu ela, e percebi a decepção em seu tom de voz. Ela não queria me aborrecer, mas não estava surpresa com as atitudes dele.

Quando voltamos para o apartamento, agradeci por me levarem para casa e fui direto para o meu quarto. Lavei o rosto, vesti uma camiseta e fui para a cama. O quarto girava e o resto de vodca pinicava a parte de trás da minha garganta. Rolei para fora da cama e, sem saber como, consegui chegar ao banheiro, onde coloquei tudo para fora. Mais uma vez.

• • •

Na manhã seguinte, minha boca estava com gosto de licor azedo e papelão velho. Por mais que eu estivesse feliz por ter acordado em uma cama vazia, considerando meu estado, eu estava furiosa com Ethan. Como ele pôde me tratar daquela maneira? E no meu aniversário? Às vezes, eu tinha a sensação de que não o conhecia, e talvez não conhecesse mesmo. Como ele podia ir de um extremo a outro, como planejar um jantar para mim e algumas horas depois ignorar completamente a minha existência? Momentos como esse me faziam perceber que eu era a pessoa mais apaixonada do relacionamento, e isso nunca era bom.

Bati na mesa de cabeceira algumas vezes antes de finalmente localizar meu celular. Eu o segurei perto do rosto enquanto pressionava o botão "home" e percorria dezenas de notificações. Continuei procurando a única que me interessava: uma mensagem ou uma ligação do Ethan. Lá estava ela.

2:22

Ethan Brady: 1 Ligação Perdida.

Antes que eu decidisse se queria ligar de volta para ele ou não, bateram na porta do meu quarto.

— Literalmente eu acabei de acordar, Lauren. Você pode me dar pelo menos uma hora antes do sermão? — falei baixinho.

— Não é a Lauren. — Fiquei surpresa ao ouvir a voz de um homem. — Você está decente?

— Depende se você considera vômito seco no cabelo como decente — respondi.

A porta se abriu e Graham sorriu. Ele segurava um saco de papel marrom, que eu só podia presumir que continha um bagel, uma cartela de analgésicos e um Gatorade azul.

— O café da manhã dos campeões da ressaca. — Ele colocou tudo ao lado da minha cama e, quando pensei que estava indo embora, em um movimento rápido, ele virou a cadeira da minha escrivaninha sem nenhum esforço e a posicionou de costas. — Como você está se sentindo?

— Não muito bem, mas isso deve ajudar. — Peguei dois comprimidos e os enfiei na boca, seguidos de um longo gole de Gatorade.

— Você sabe que não foi isso que eu quis dizer. Você conversou com o Ethan? — perguntou Graham.

— Não. — Suspirei. — Ele me ligou ontem à noite, acho que quando estava voltando pra casa. Odeio o fato de ele achar que pode fazer o que quiser e depois vir se enfiar na minha cama às duas da manhã como se nada tivesse acontecido. Quem ele pensa que é?

— Esse é o Brady. Não que eu o esteja defendendo, de forma alguma, mas ele é filho único, cresceu praticamente sozinho, então é um cara egoísta. Tenho pra mim que ele não acha que fez nada errado — disse Graham.

— Nenhum de nós sabe o que está fazendo em um relacionamento, mas não é difícil tratar alguém da maneira como essa pessoa te trata. Eu nunca teria feito isso com ele. Eu passaria todos os dias com ele se ele me deixasse. — Eu me joguei de volta no travesseiro, sabendo exatamente como soava desesperada.

— Se vale de alguma coisa, estou torcendo por vocês. Você só precisa ter em mente que ele é assim. Não sei, talvez ele mude. Só toma cuidado. Não achei legal te ver chateada ontem à noite.

E com isso, Graham saiu do quarto.

Enquanto estava ali sentada, meus pensamentos se voltaram para a Lauren e o Graham. Eles pareciam quase cópias um do outro. Eu nunca conheci um cara como o Graham. As pessoas sempre dizem que os opostos se atraem, mas acho que existe alguma coisa errada nessa teoria. Eu e o Ethan éramos como o dia e a noite. Talvez esse fosse o nosso problema.

Olhei para as chamadas perdidas no meu celular, o nome do Ethan brilhando na tela. Um pouco hesitante, decidi ligar para ele.

— Oi. — Ele atendeu após o terceiro toque.

— Você me ligou? — Minha voz saiu mais aguda do que eu pretendia, as palavras reverberando irritação.

— Desculpa por não ter ido com você ontem à noite. Eu só... não estava pronto pra ir embora ainda. — O pedido de desculpas do Ethan pareceu sincero, mas não aliviou totalmente a dor.

— Sim, o Graham me contou. Foi uma grande sacanagem da sua parte, Ethan. — Não consegui disfarçar minha mágoa e minha decepção.

— Eu sei, e realmente sinto muito — respondeu ele.

Permanecemos calados em um silêncio constrangedor, o ar carregado de coisas não ditas.

Eu me vi fazendo a pergunta que sempre me assombrava.

— O que estamos fazendo, Ethan?

Não precisei explicar melhor; ele sabia exatamente o que eu queria dizer.

— Não sei, Sloane — admitiu ele, com a voz carregada de incerteza.

Outro momento de silêncio se instalou, agora mais profundo que o primeiro.

— É claro que eu gosto de você. — Ethan finalmente quebrou o silêncio. — Eu só... preciso de um tempo pra pensar. Tudo bem?

— Tá. — Suspirei, sentindo um misto de tristeza e exaustão. — Vou tentar dormir mais um pouco. Minha cabeça está me matando.

— Eu te mando uma mensagem mais tarde. Espero que você melhore — disse ele gentilmente antes de encerrar a ligação.

Quando decidi que estava pronta para acordar, já estava quase na hora do jantar. Verifiquei meu celular, esperando encontrar mensagens do Ethan, mas franzi a testa quando vi que não tinha recebido nenhuma notificação nova. Eu me arrastei até o banheiro e coloquei Taylor Swift para melhorar o meu humor. Não havia nada que uma ducha quente e "All Too Well" não pudessem resolver. Quando saí do chuveiro, ouvi Jordan e Lauren na cozinha, então me vesti e me juntei a elas.

A risada da Jordan foi a primeira a me receber.

— Uau, pensamos que você tinha morrido — brincou ela, sem saber o quanto estava perto da verdade.

— Muito engraçado. — Ofereci um sorriso discreto enquanto pegava água na geladeira.

— Então, tenho que perguntar... — Lauren quebrou o gelo. — Teve notícias do Ethan?

Ela era sempre a única a confrontar verdades incômodas e, mesmo sabendo que eu estava com uma leve ressaca, não perdeu tempo.

— Falamos mais cedo ao telefone. Mas não ajudou; acho que só confundiu ainda mais. Essa situação toda é só... aff. Isso é exatamente o que eu não queria que acontecesse.

— Querendo ou não, está acontecendo, meu amor. Você e o Ethan? Vocês precisam de DOR.

— DOR? — perguntou Jordan.

Fechei a porta da geladeira com um pouco de força, sem querer admitir que a Lauren estava certa. Suspirei.

— Definir O Relacionamento. — A gravidade daquelas palavras parecia mais pesada que a jarra que eu estava segurando. — Sim, eu sei, eu sei.

O triste era que eu realmente sabia. Eu só não me importava. Tinha medo de ter aquela conversa com ele, porque havia a chance de perdê-lo para sempre. E, mesmo que eu não gostasse da maneira como as coisas estavam se desenrolando entre nós, eu não estava pronta para terminar.

• • •

Eu não tinha tido mais notícias do Ethan e estava enlouquecendo. Depois que nos falamos por telefone, fiquei esperando uma mensagem de texto dele, que nunca chegou. Por mais que quisesse falar com ele, eu sabia o que significava o fato de ele não me procurar. Portanto, eu o estava evitando, da mesma forma que ele me evitava.

No fim de semana, minha cama se tornou um santuário. Jordan conseguiu me convencer a sair, prometendo que uma festa da Sigma Chi faria eu me sentir melhor. Não fez. Eu não estava com vontade de beber cerveja barata, nem interessada em papo-furado de fraternidade. Sentia falta do Ethan, da simplicidade de estarmos juntos. Então, depois de suportar uma hora de conversas vazias e sorrisos forçados, voltei para o silêncio do meu quarto.

Queria aparecer no apartamento dele e entrar sem ser convidada, mas sabia que não deveria. Queria ligar para ele e dizer que retirava tudo o que havia dito, mas sabia que era tarde demais. Talvez, se eu tivesse continuado a agir como se não me importasse e não o tivesse forçado a assumir um relacionamento, ele estivesse aqui agora, deitado ao meu lado na cama. Em vez disso, eu não tinha ideia de onde ele estava, com quem estava ou o que estava pensando. Foram muitas as vezes em que eu daria qualquer coisa para conseguir ler a mente dele.

A manhã de domingo chegou e consegui ficar no meu quarto sem ninguém me incomodar até perto do meio-dia, quando meu celular vibrou em algum lugar entre os lençóis.

11:47
Ethan Brady: Desculpa que andei sumido. Só precisava de espaço pra pensar. Podemos conversar no meu carro?

Ele estava terminando antes que tivéssemos a chance de começar. Minhas mãos tremeram enquanto eu respondia com apenas uma palavra.

11:50
Eu: Claro.

Saí do meu apartamento alguns minutos depois. Estava chovendo. A mensagem curta e grossa dele, a minha ansiedade e o clima se uniam na fórmula perfeita para um término de namoro. Será que eu podia chamar aquilo de "término", se nós nunca namoramos?

Tudo o que eu sabia era que conversas em carros nunca eram coisa boa. As coisas importantes que eu já havia vivenciado no amor tinham acontecido dentro de um carro. Meu primeiro beijo com o Carter, quando ele me disse que estava saindo com outra pessoa e — por mais que eu odiasse admitir — a maioria dos nossos momentos íntimos, tudo tinha rolado no banco do Toyota dele.

Os faróis familiares do carro do Ethan iluminaram o estacionamento e atravessaram a cortina de chuva. Ele estacionou na calçada e andou mais um pouco até parar na minha frente. Antes de pegar na maçaneta, respirei fundo para tentar acalmar os nervos.

Arrepiada, deslizei para o banco do passageiro, pois minhas roupas já estavam úmidas. Ethan ligou o aquecedor como se soubesse o que eu estava pensando e, em seguida, deu a volta pelos fundos do prédio e entrou em uma vaga de estacionamento vazia. Notei que ele usava a mesma camiseta dos Yankees do dia em que o conheci. Uma nostalgia se infiltrou nas minhas veias enquanto eu me preparava para o fim de algo que nunca começou.

— Oi — disse Ethan. Seus olhos estavam fixos no volante, os nós dos dedos brancos.

— Oi — respondi. Dei uma olhada no perfil do rosto dele: mandíbula cerrada e testa franzida. Eu estava com muito medo do que estava por vir. Minha vontade era fazer qualquer coisa para impedi-lo.

A chuva continuava a cair lá fora, escurecendo tudo adiante do para-brisa. O tamborilar das gotas parecia ecoar as batidas do meu coração. Observei enquanto ele limpava as palmas das mãos nas coxas, nervoso.

Eu não conseguia mais aguentar aquele silêncio.

— Está tudo bem?

Finalmente, ele se virou para me olhar, com os olhos cheios de tristeza e arrependimento.

— Não sei como dizer isso — disse ele, com a voz um pouco trêmula.

— O que está acontecendo? — Engoli com força, minha garganta ficou seca.

— As coisas entre nós aconteceram muito rápido e se tornaram algo com que eu não consigo lidar. Eu não devia ter deixado as coisas chegarem a esse ponto. Acho que devíamos parar de nos ver.

— Você não sente nada por mim? — Meu lábio inferior tremeu.

— Eu sinto — disse ele de forma tão objetiva que me confundiu ainda mais.

— Então por que não podemos fazer isso dar certo? Por que você quer abrir mão de mim? — respondi com um nó na garganta, enquanto lutava contra as lágrimas que ameaçavam transbordar.

Ethan evitou contato visual comigo.

— Eu queria que fosse simples assim — disse ele, num tom cheio de pesar. — Eu me importo com você mais do que você imagina, mas não posso te dar o que você merece agora. Pra ser sincero, não sei se algum dia vou conseguir.

As lágrimas que eu segurava finalmente se libertaram, escorrendo pelo meu rosto enquanto eu olhava para a pessoa que eu achava que poderia ter amado. A chuva lá fora refletia as minhas emoções, um aguaceiro implacável que parecia não ter fim.

— Por que você acha que pode decidir o que eu mereço? — Minha tristeza de repente se transformou em raiva.

— Sloane, nós dois sabemos que você quer e merece um relacionamento. Alguém que vai colocar um rótulo nas coisas, te assumir, conhecer os seus pais... o pacote completo. Eu não sou esse cara. Nunca vou ser esse cara. Nem pra você nem pra ninguém. — As palavras dele machucavam.

— Nós não precisamos namorar. Eu te disse que também não tinha certeza se estava pronta pra um relacionamento sério. — Tentei mentir. — Estou feliz com a forma como as coisas estão indo agora.

— A gente sabe que mais cedo ou mais tarde isso vai ter que ser algo a mais. Nós não podemos ficar nesse meio-termo pra sempre — rebateu ele. — Quanto mais tempo a gente continuar com isso, mais vai doer no final. Eu realmente não quero te machucar.

— Eu não sou boa o bastante pra você? — Consegui dizer em meio às lágrimas.

Ele pareceu surpreso.

— Por favor, não pense nem por um segundo que a culpa é sua. Não é, de jeito nenhum. Você é boa demais pra mim. Eu não mereço isso. Não quero te arrastar pro buraco comigo.

Eu não conseguia olhar para ele. Queria sair do carro e correr para o meu apartamento, mas não conseguia me mexer. Fiquei congelada no banco do passageiro. Metade de mim nunca mais queria vê-lo novamente, mas a outra não conseguia suportar a ideia.

Eu ainda queria dizer tanta coisa. Nós poderíamos ter dado certo, eu sabia que sim. Se ele se esforçasse um pouco mais, se eu lhe desse um pouco mais de espaço. Eu poderia ser a pessoa certa, se ele me deixasse. Mas eu não poderia fazê-lo mudar de ideia. Uma pessoa não pode amar alguém desejando que ela mude — pelo menos não deveria ser assim. Eu sabia disso. Então, por que eu acreditei que eu poderia?

Minha mão tremia quando segurei a maçaneta. Ao sair do carro, bati a porta com tudo, como se com isso eu lhe desse uma espécie de resposta. Atravessei o estacionamento sem olhar para trás, por mais que quisesse.

Eu tinha que aceitar que nós nunca teríamos uma chance. Como eu tinha sido capaz de me apaixonar por alguém que não sabia o que sentia por mim? O que havia de tão errado comigo que, toda vez que eu me aproximava do amor, ele fugia?

O apartamento estava vazio quando entrei toda encharcada. No meio do corredor, tirei cada peça de roupa, uma a uma, e joguei tudo na máquina de lavar. Enrolei o cabelo numa toalha, fui para a cama e me enterrei debaixo dos lençóis. Em segundos, eu soluçava incontrolavelmente. Eu nunca tinha me machucado tanto antes. Se eu soubesse que amá-lo seria tão doloroso, nunca teria posto os olhos nele.

12

Ethan
Fevereiro de 2017

Eu nunca quis machucar a Sloane. No dia em que nos conhecemos, eu sabia que as coisas seriam diferentes com ela, e foi por isso que tentei me manter afastado. Eu não estava buscando um relacionamento, mas algo nela me fez querer tentar. Mas não era o suficiente. Percebi que, de uma forma ou de outra, eu a machucaria — ainda mais do que já havia machucado. Ao vê-la chorar na noite anterior, tive vontade de contar tudo. Eu queria falar a verdade para que ela entendesse, mas não consegui. Eu não queria ser assim, mas era assim que eu era depois de uma vida de corações partidos e decepções.

Tirei meu celular do carregador e naveguei sem rumo por um tempo. Meu polegar passou sobre o ícone do Facebook antes que eu decidisse tocar nele. Na barra de pesquisa, o nome dela tinha sido pesquisado recentemente: Laura Brady. Ela ainda não havia mudado o sobrenome, apesar de ter se casado novamente. Cliquei na sua última foto de perfil, que dizia ter sido postada havia duas semanas. A árvore de Natal ao fundo me informava que a foto era das festas de final de ano. Minha mãe estava sorrindo e posando com a filha — a meia-irmã que eu nunca havia conhecido e provavelmente nunca conheceria.

Fechei o aplicativo antes de me enfiar mais ainda naquele buraco e virei para o outro lado. Por mais que eu odiasse admitir, sentia falta da Sloane, do conforto de compartilhar a cama com ela todas as noites. Saber que ela estava ao meu lado fazia com que fosse mais fácil dormir. Algo que eu nunca pensei que sentiria.

• • •

Na manhã seguinte, saí da cama e fui para a cozinha, onde o Graham preparava uma pilha enorme de panquecas proteicas enquanto o Jake jogava videogame. Nos dois anos em que éramos colegas de quarto, absolutamente nada havia mudado.

— Ei, cara, quer um pouco? — Graham apontou para o prato de comida.

— Sem bacon? — perguntei ao me sentar no balcão.

— No forno. Estou com preguiça de lidar com fritura essa manhã — respondeu ele. — Então, quando você ia me contar sobre a Sloane?

— Merda. Não se passaram nem doze horas desde que conversamos. As notícias correm rápido em Ascent. Foi a Lauren que te contou?

— Sim. E aí, o que aconteceu?

Eu me virei para ver se Jake tinha pausado o jogo para entrar na conversa, mas ele ainda estava com o fone de ouvido, o que significava que eu poderia ser um pouco mais sincero. Eu não ligava de falar sobre essas coisas perto do Jake; só que havia muitos detalhes que ele não sabia sobre mim e eu não estava a fim de explicar.

— Eu não queria mais enrolar a Sloane. Não é justo.

— Bom, sim, todos nós sabíamos disso. Pensei que você gostasse dela. Pelo menos parecia. — Graham tirou a bandeja cheia de bacon do forno e a colocou no fogão.

— Não é tão simples assim — respondi. — Não estou pronto para um relacionamento sério. Se eu me divirto com ela? Sim. Se eu gosto dela? Sim. Se quero as responsabilidades e expectativas que vêm com um relacionamento? Não. Foi isso que me fez perceber que eu precisava terminar antes que as coisas ficassem mais sérias.

— Parece que foi um pouco tarde demais, cara. — Ele me entregou um prato de bacon, e eu peguei um punhado antes de Jake devorar o resto.

— Que horas vamos pra academia hoje? — perguntou Jake.

— Tenho aula até as quatro, pode ser? — respondeu Graham.

— Pra mim tá bom. — Enfiei um pedaço de bacon na boca e dei um tapinha nas costas do Graham como agradecimento. Em seguida fui tomar banho para ir para o campus mais cedo. Eu queria evitar encontrar a Sloane no ônibus para não a chatear ainda mais.

13

Sloane
Março de 2017

No começo, não ter contato parece algo impossível, como abandonar um vício de uma só vez. Não tem como se livrar deles aos poucos. Um dia você os tem, e, no dia seguinte, é como se não existissem.

Com o passar do tempo, você começa a se lembrar de sua vida antes deles. Você para de pegar o celular quando vê algo que o faz lembrar deles. Você tira as músicas que eles lhe apresentaram da sua playlist. Por fim, você começa a esquecê-los completamente.

Um mês sem contato, e eu estava me tornando uma pessoa diferente. O inverno havia se transformado lentamente em primavera, e as sardas extras que eu ganhava do sol começavam a aparecer de novo. Eu tinha histórias que o Ethan nunca tinha ouvido, e lembranças que ele não tinha presenciado. Um mês sem contato, e finalmente eu estava começando a me sentir bem novamente.

Lauren queria de qualquer maneira que eu fosse ao baile na Pike. Na semana anterior, eu havia me recusado, porque não tinha certeza se já estava preparada para ver o Ethan, mas percebi que eu precisava parar de pautar a minha vida em alguém que não fazia mais parte dela. Normalmente, o baile acontecia durante um fim de semana inteiro em Savannah, mas como a fraternidade tinha tomado uma advertência, eles precisavam organizar um evento monitorado pela universidade.

— Pensa assim: encontrar ele em um baile é melhor do que em um bar. Aqui, você vai ter um acompanhante pra te distrair. Além disso, o Reese é gostoso. Sempre ajuda. — Lauren deu uma piscadinha.

— Tudo bem, acho que você tem razão. Qual sapato? — Mostrei dois pares de salto alto.

— O preto. Não dá pra errar com um pretinho básico.

— Senhoritas, estão prontas? — Graham bateu na porta antes de entrar.

Tomamos um shot de tequila em grupo antes de irmos para o estacionamento. Quanto mais nos aproximávamos do campus, mais nervosa eu me sentia. Tudo que eu precisava fazer era não vomitar ou chorar quando visse o Ethan. Simples assim.

Quando o calouro que estava de motorista parou, o estacionamento já estava cheio de gente. Felizmente, não havia sinal do Ethan, pelo que pude perceber. Meu estômago começou a revirar, mas fiz o possível para me controlar.

— Vamos encontrar o Reese — disse Graham. — Sloane, você já o conhece, né?

— Sim — respondi.

— Ele é gente boa. Um cara legal — garantiu ele.

— Reese! — Lauren acenou.

Reese Thompson era alto, tinha mais de um metro e oitenta, cabelo curto, loiro-escuro. Percebi que havia se barbeado recentemente, embora não parecesse ser do tipo que curtia barba. Quando o Graham me inteirou sobre o Reese, fiquei sabendo que ele deveria ter se formado no ano anterior, mas teve que ficar mais um semestre depois de perder alguns créditos.

— Você veio! — Reese estendeu a mão para me abraçar de lado. — Pronta pra ficar bêbada?

— E quando eu não estou? — respondeu Lauren, pegando uma garrafa d'água cheia de vodca do bolso de trás do Graham e passando pela roda.

Examinei a multidão mais uma vez em busca de algum sinal do Ethan antes de entrarmos no ônibus da festa. Talvez ele não fosse, no final das contas. Comecei a relaxar e tentar aproveitar a noite. Era um trajeto de pouco mais de quarenta minutos até o local do evento, mas, felizmente, havíamos levado bastante bebida para a viagem. Eu me sentei na metade do caminho e, quando levantei para descer do ônibus, senti a Smirnoff percorrer todo o meu corpo. A vodca nunca foi minha amiga.

— Epa! — Reese agarrou o meu braço e me ajudou a me equilibrar. — Te peguei. Vamos entrar. — Ele segurou a minha mão e me guiou para fora do ônibus, o que eu agradeci, pois não conseguia sentir direito as minhas pernas.

— Que lugar legal — observei.

Eu esperava que o restaurante fosse um pouco melhor do que os nossos bares habituais, mas fiquei surpresa ao ver toalhas de mesa brancas, uma banda e um bufê com filés de frango e palitos de muçarela. Parecia um casamento não muito caro, organizado pelo ex-presidente de eventos da fraternidade. Reese segurou a minha mão com força e me levou até o bar, onde uma fila enorme já havia se formado. Eu me apoiei em seu antebraço para manter o equilíbrio. Do fundo da multidão, vi que Lauren e Graham estavam quase lá na frente.

— Vamos furar fila? — perguntei.

— Vai ser rápido; eles têm quatro bartenders — disse ele. — Está pronta pra formatura?

— Acho que sim — respondi. — Ainda não sei o que vou fazer.

— Normal; você ainda tem muito tempo. Vou me mudar pra Nova York logo depois das provas finais. — Reese tentava conversar comigo em meio a um bar lotado e barulhento. Eu não sabia dizer se era porque ele estava interessado em mim, se queria transar comigo ou se estava apenas sendo simpático. De qualquer forma, engajei.

— Ah, sim, acho que o Graham me contou. Eu adoro Nova York. Sempre foi um sonho me mudar pra lá e me tornar escritora.

— Que tipo de escritora?

— Não sei. Só sei que adoro escrever. — Dei de ombros, sem querer entrar no assunto.

— Bom, se você acabar indo, tenho certeza que vai adorar. Fiz estágio lá todos os verões desde o primeiro ano e não quero mais ir embora. Bom, pelo menos depois que eu me mudar pra lá, em agosto. Finalmente me ofereceram um cargo em tempo integral quando vim embora no verão passado.

Fiquei ouvindo o Reese enquanto ele me contava sobre o seu novo chefe, o apartamento que ele e outro amigo da fraternidade tinham alugado e seus lugares favoritos para sair depois do trabalho. À medida que nos aproximávamos do início da fila, eu ficava cada vez menos interessada no que ele tinha a dizer. Olhei para o bar para ver se havia algum cardápio de bebidas ou promoções. Pedi para a garota ao meu lado o cartão laminado, quando, sem querer, esbarrei na mão de alguém.

— Posso ver? — perguntei, olhando para a pessoa cuja mão estava apoiada no cardápio de drinques.

Nossos olhares se encontraram e meu estômago se apertou.

— Ah, desculpa — respondi rapidamente.

— Tudo bem, pode ficar com ele. — Ethan levantou o braço do balcão e vi seus olhos passarem pelo Reese. Peguei o cardápio e me virei rapidamente.

— O que você vai querer? — perguntou Reese.

— Vodca com refrigerante, por favor.

— Duas vodcas com refrigerante — pediu ele.

Tentei aproveitar a noite com Reese, mas, quando minha mente bagunçada conseguia formar algum pensamento, a única coisa em que eu pensava era no Ethan.

• • •

Como na maioria das manhãs depois de beber, minha cabeça latejava e minha boca estava seca. Abri os olhos e vi lençóis cinza listrados e um pôster do Carolina Panthers na parede ao meu lado. Seja qual fosse o quarto em que eu estava, eu não estava familiarizada com ele.

Eu me virei e lá estava Reese, deitado de costas, respirando tão pesadamente que o barulho poderia ser confundido com um leve ronco. Eu me arrastei para fora das cobertas, desci até o pé da cama sem acordá-lo e fui na ponta dos pés até o banheiro. O rolo de papel higiênico estava vazio, o que não parecia ser típico dele. Procurei por algum tempo, então desisti. Eu acreditava que se esses caras saíam com a intenção de levar uma garota para casa, eles deviam pelo menos se certificar de que o lugar fosse confortável para ela. Ou talvez fosse isso que eles faziam quando não queriam que elas voltassem. De qualquer forma, eu precisava sair dali. Em silêncio, saí do banheiro e procurei no quarto do Reese qualquer sinal do meu celular ou da minha bolsa.

— Bom dia — disse ele, grogue. — Quer que eu te leve pra casa?
Merda. Acordei ele.

— Tá tudo bem. Assim que eu encontrar o meu celular, vou pedir um Uber ou ligar pra Lauren.

— Suas coisas estão na mesa de centro, lá embaixo. Você dormiu no sofá ontem à noite, e eu te coloquei aqui. Me ofereci pra dormir no sofá, mas você falou pra eu dormir aqui. Não sei de quanto você lembra... — Ele arrastou a frase.

— Não, super, eu lembro. — Menti. — Obrigada. Desculpa ter ficado tão bêbada; não deveria ter exagerado no esquenta.

— Sério, me deixa te levar pra casa. — Ele saiu da cama só de cueca. Seu corpo era mais musculoso do que eu imaginava.

— Aqui. — Entreguei a ele uma camiseta que estava pendurada na cadeira da escrivaninha. — Vou pegar minhas coisas e esperar no hall.

O caminho para casa foi silencioso.

— Eu fico aqui. — Apontei para o prédio número 3.

— Você quer jantar algum dia essa semana? — perguntou ele.

— Ah, hum... — gaguejei.

— Por que você não anota o seu número no meu celular e pensa no assunto? — Ele me entregou seu celular. Fiz o que ele pediu e o coloquei de volta no porta-copos.

— Obrigada por me trazer.

— Sem problema.

Saí do carro e fui em direção às escadas sem olhar para trás. Cheguei ao apartamento sem esbarrar com Ethan, o que considerei uma vitória.

Lauren pulou do sofá quando fechei a porta.

— Ah, meu Deus, olha, é a nossa melhor amiga fantasma... finalmente nos assombrando com a sua presença! — Ela jogou os braços no ar, dramática.

— A gente quase ligou pra polícia. Você tá bem? — Jordan parecia preocupada pela primeira vez.

— Eu bebi um pouco demais e o Reese me levou pra casa dele pra eu dormir. Daí de madrugada meu celular ficou sem bateria. Desculpa se assustei vocês!

— Vocês dois ficaram? — perguntou Lauren.

— Você tá a fim dele? — continuou Jordan.

Ainda com o vestido da noite anterior, afundei no sofá, sentindo o peso do olhar delas.

— Não, não ficamos. Reese é legal e, sim, rolou uma atração — confessei. — Mas ainda não estou no clima — falei baixinho, descansando a cabeça no ombro da Lauren, procurando solidariedade.

Por mais que eu quisesse esquecer o Ethan e seguir em frente, vê-lo na noite anterior me mostrara que eu ainda não o tinha superado.

Jordan mexeu no celular e jogou a bomba como quem não queria nada.

— O Ethan perguntou sobre você e o Reese — disse ela, sem tirar os olhos da tela.

— Jordan! — reclamou Lauren.

Meu coração acelerou.

— Ele perguntou? Lauren, por que você não ia me contar isso?

Lauren suspirou com pesar.

— Você estava indo tão bem. Eu não queria que... essa coisa com o Ethan mexesse com a sua cabeça. Ele viu você e o Reese, e acho que pegou ele desprevenido.

— Ele levou alguém? — Tudo esquentou por dentro.

— Não. Mas não se apegue a isso, Sloane. — Apesar do aviso de Lauren e da cautela em seu tom de voz, um alívio tomou conta de mim.

No entanto, um leve sentimento de frustração surgiu em seguida. Eu não queria que Ethan pensasse que eu tinha seguido em frente tão rápido, ou sequer seguido em frente. Eu queria ficar com ele, não com Reese; se ao menos ele soubesse disso... Levantei e me espreguicei.

— Preciso carregar meu celular e tomar um banho — disse, e caminhei até o meu quarto.

— Vamos pegar bagels. Quer o de sempre? — ofereceu Jordan.

— Com certeza.

Conectei meu celular ao carregador, com a bateria tão descarregada quanto eu me sentia, depois fui para a minha cura definitiva para a ressaca: uma ducha gelada. Quando os dez minutos de tortura terminaram, me enrolei em uma toalha e verifiquei minhas notificações, ansiosa para ver as mensagens que me aguardavam.

22:15
Lauren Ellis: Você foi embora??

22:45
Jordan Coleman: Cadê você?!

00:07
Ethan Brady: Oi.

9:58
Desconhecido: Oi, é o Reese!

Ver o nome dele na minha caixa de entrada era animador, como se a vida tivesse voltado ao normal, embora eu soubesse que não tinha. Eu sabia que a coisa certa a fazer era deixar Ethan no vácuo e sair com o Reese. Por que era sempre tão difícil fazer a coisa certa? Respondi ao Ethan e deixei o Reese sem resposta. Quando se tratava do Ethan, eu não tinha absolutamente nenhum autocontrole, e a parte triste era que eu achava que ele sabia disso.

• • •

Uma hora depois, estávamos sentados no carro dele — o mesmo lugar onde ele havia partido o meu coração fazia apenas algumas semanas.

— Acho que vou falar de uma vez — começou Ethan. — Essa coisa entre nós me assusta. Não sei como lidar com isso. Achei que terminar tudo com você era a coisa certa a fazer, por nós dois. Mas quando te vi com outra pessoa... eu percebi que não queria isso. Sei que você merece mais do que eu posso te dar, mas devo pelo menos tentar nos dar essa chance.

O alívio tomou conta de mim, e um sorriso surgiu no meu rosto.

— Ainda preciso ir com calma. Sem rótulos, ok? Não estou dizendo que não vamos chegar lá; só acho que não precisamos ter pressa.

Eu não me importava com o fato de que estava me contentando com um relacionamento não tão completo com o Ethan, quando eu sabia que merecia muito mais. Eu estava disposta a aceitar o que ele me desse, porque tê-lo um pouco era melhor do que nada.

Entrei novamente no apartamento, com medo de ter de explicar onde eu estava. Não que as meninas não gostassem do Ethan; elas não gostavam do que ele estava fazendo comigo: "me enrolando". Mas elas não o conheciam como eu. Eu sabia que ele queria tentar; ele mesmo dissera isso. Eu percebia que ele tinha medo de fracassar ou de não estar à altura dos meus padrões. Mas nada disso tinha importância, porque o que ele não sabia era que eu já estava apaixonada por ele. Eu tinha medo de admitir, porque, quando contasse, seria o fim do jogo. Essa era minha única carta na manga, e eu queria mantê-la assim.

— Aonde você foi? — Lauren estava sentada no balcão, fazendo um trabalho da faculdade.

— Eu e o Ethan conversamos — disse, envergonhada.

— Sloane! — Jordan se intrometeu na conversa sem sair do sofá. — Acabamos de falar sobre isso!

— Ele me mandou algumas mensagens ontem à noite, e eu só vi agora porque o meu celular estava desligado. Eu só queria ouvir o que ele tinha pra dizer.

— Então... O que ele tinha pra dizer? — perguntou Lauren.

— Pra resumir: ele quer tentar de novo. Me sinto mal por ele. Sei que tudo isso é muito novo pra ele, e pra mim também, eu acho, e sinto que coloquei muita pressão sobre nós. A gente vai com mais calma agora, e tentar chegar a um relacionamento.

— Sério. Você está se ouvindo? Um relacionamento não deveria ser tão difícil. Claro, todo casal discute e faz concessões, mas não deveria demorar tanto pra ter uma definição. Ele deveria saber o que quer e, se não souber, talvez seja um sinal de que não é você.

Eu sabia que ela estava tentando me proteger, mas as palavras me machucaram. Embora eu nunca tenha ficado com raiva da Lauren, aquele momento foi o mais próximo que cheguei disso.

— Desculpa, sei que parece duro, mas só estou tentando dizer que você precisa parar de se deixar levar por alguém que não se importa em te perder.

— Ele sabe o que quer, só não sabe como me dar isso.

— E isso melhora as coisas? Por que ele? O que tem de tão especial no Ethan?

— Eu queria conseguir explicar melhor isso. Acho que ele é o meu primeiro amor, o que parece estranho, porque eu tenho vinte e dois anos. Por um tempo, eu achei que amava o Carter, mas quanto mais eu penso nisso, mais percebo que o que eu tinha com ele não era amor. Era apego. Ele era apenas uma distração quando eu mais precisava. Mas com o Ethan é diferente — continuei. — Logo de cara, eu sabia que existia uma química entre nós, que depois começou a se transformar nessa ligação confusa, mas bonita. Ele é a primeira pessoa de quem eu me senti tão próxima; sei que isso não quer dizer muita coisa, mas pra mim importa.

— Nós queremos que você seja feliz — disse Jordan.

— Te ver magoada só nos magoa — completou Lauren. — Sou a favor de uma segunda chance, mas é melhor que ele não ferre com tudo de novo.

Era isso que eu também queria.

14

Sloane

Abril de 2017

Eu queria me sentir minimamente animada com a formatura, com as entrevistas de emprego e com as visitas a apartamentos em novas cidades, mas a verdade era que eu estava com medo de tudo isso. Meu objetivo da vida toda de me mudar para Nova York e me tornar escritora havia, de alguma forma, ficado em segundo plano em relação ao meu relacionamento com Ethan. Eu não esperava me apaixonar. Para ser sincera, às vezes eu achava que isso nunca aconteceria. Mas então ele apareceu, e eu não conseguia (e não queria) imaginar uma vida sem ele. Então fiz o possível para não pensar nisso, até que não pude mais evitar.

— Consegui!!! — gritou Lauren. Eu e a Jordan corremos pelo corredor e a encontramos pulando no quarto.

— Conseguiu o quê? — perguntamos em uníssono.

— O emprego de professora em Nova York! Eles acabaram de ligar e vão enviar meu contrato até o final da semana!

— Parabéns! — Eu a abracei.

— Isso é incrível, Lauren! — concordou Jordan.

— Você é a próxima! — Ela se virou para mim. — Assim que receber uma oferta, podemos começar oficialmente a procurar um apartamento. Você já recebeu resposta de algum dos lugares para os quais se candidatou?

— Ainda não. Provavelmente preciso levar mais a sério. — Dei de ombros, tentando agir como se não fosse grande coisa, embora eu soubesse que era.

Mesmo que eu estivesse muito feliz pela Lauren, não podia deixar de me sentir derrotada por ainda não ter nenhuma perspectiva. Eu vinha mentindo para minha mãe há meses, dizendo a ela que as entrevistas estavam indo bem e que eu estava melhorando a cada uma delas. A verdade era que eu só tinha me candidatado a três vagas, e nenhuma delas havia me respondido. No entanto, as minhas notas estavam ótimas, e provavelmente era por isso que eu não tinha notícias dela há algum tempo.

— Jordan, você tem certeza que não quer tentar ser uma garota da cidade grande? Só por um ano? — Lauren fez beicinho.

— Vamos ser sinceras, eu nunca vou sair de Wilmington. — Jordan riu. — E coordenadora de marketing no iate clube não chega a ser um trabalho ruim. Pensa: caras gostosos, caras ricos e gostosos, caras ricos e gostosos com barcos...

— Tudo bem, tudo bem, não precisa fazer inveja. — Lauren riu. — Vou ligar pros meus pais e contar a novidade!

Pelo resto do dia, procurei empregos em Nova York para os quais eu tivesse experiência suficiente, o que não eram tantos quanto eu esperava. Se você sabe alguma coisa sobre procurar emprego logo que sai da faculdade, sabe que a maioria dos cargos de nível básico exige três anos de experiência. Como isso fazia sentido, eu não sabia dizer.

No mundo editorial, era quase impossível encontrar cargos para iniciantes. Todos buscavam jovens talentosos e criativos, mas eles tinham que se destacar ou ter contatos, porque a concorrência era enorme. A minha mãe estava certa: para ser uma escritora em uma metrópole, era matar ou morrer. Eu ainda nem tinha chegado lá e já estava me afogando.

Depois de algumas horas, meu notebook apagou. Eu não tinha energia para procurar o carregador, então desisti da busca por emprego por aquela noite.

21:22

Ethan Brady: Oi, como foi seu dia?

21:35

Eu: Poderia ter sido melhor. Acabei de me candidatar pra centenas de vagas de emprego. A Lauren conseguiu um hoje, e estou preocupada de não conseguir ☹

21:37

Ethan Brady: Para de falar isso. Você é superinteligente e talentosa. Vai conseguir alguma coisa, tenho certeza. Não se contente com pouco.

21:37

Eu: Aff, é cansativo. Eu devia ter começado a procurar meses atrás.

21:39

Ethan Brady: Para de ser tão dura com você mesma. Sério, Hart. Seja menos dura do que eu fico todas as vezes que você entra no quarto 😉

21:40

Eu: Você é muito malvado.

21:40

Ethan Brady: E você gosta. Boa noite, Hart.

Por mais irritante que o Ethan às vezes fosse, sua energia e seus conselhos imediatamente colocaram um sorriso no meu rosto. Dormi aquela noite sonhando com Nova York e a vida que eu teria lá. E dessa vez não sonhei com o Ethan.

• • •

— Você terminou com ele? — quase gritei quando coloquei a minha sacola na mesa, na frente da Lauren. — Por quê? Aconteceu alguma coisa?

O Graham tem sido um namorado perfeito. Literalmente, ele é o príncipe encantado.

— Não aconteceu nada. É só que relacionamento a distância não faz sentido pra nós — disse Lauren.

— Eu não entendo. — Realmente eu não conseguia entender por que a Lauren havia terminado com o Graham. Em um minuto, eles estavam perfeitamente bem; no outro, não estavam mais.

— Pra falar a verdade — ela deu uma mordida no sanduíche de frango antes de continuar —, ele estava parecendo mais um amigo. Acho que foi tudo rápido demais e, mesmo que eu não me arrependa, não quero continuar me esforçando por um relacionamento do qual não tenho certeza, especialmente quando vamos estar a centenas de quilômetros de distância.

Às vezes eu me perguntava como a Lauren conseguia ser tão sábia sendo tão nova. Eu queria ser confiante e segura como ela. Mesmo nos momentos mais incertos, ela sempre parecia saber o que estava fazendo.

— Bom, e como ele reagiu? — Tomei um gole de refrigerante.

— Ah, ele não aceitou bem no começo. Sinceramente, acho que ele não esperava. — Percebi que ela estava chateada. — Mas espero que a gente possa superar isso e ser amigos algum dia. Principalmente se você e o Ethan ficarem juntos.

Se. Eu odiava ouvir aquela palavra, mas sabia que ela estava certa. *Se* ficássemos juntos. As chances eram mínimas, mas eu estava apostando nelas. Quando se tratava do Ethan, eu apostava tudo.

— Sim. — Concordei com a cabeça. — Você ainda vai ao luau hoje à noite?

— Nós conversamos sobre isso também. Ele disse que não queria que essas últimas semanas fossem estranhas, e que ainda podemos estar no mesmo ambiente, é só ficarmos na nossa. Eu vou, mas será que a gente pode fazer um esquenta só pra meninas aqui em casa?

— Claro — respondi. — Combinei com a Jordan de pegá-la no apartamento depois do almoço pra irmos em um brechó e na Target comprar roupas e acessórios. Você topa?

— Bom, agora que estou solteira, preciso ficar gostosa. Então, sim, com certeza eu topo.

Olhei para ela de forma brincalhona.

— Ah, estou brincando, Sloane! Não vou sair por aí pegando todo mundo, faz menos de vinte e quatro horas que eu terminei. Muito menos na frente do Graham.

— Só estou checando. Vamos sair daqui. Temos muita coisa pra fazer e não podemos nos atrasar pra nossa última festa de início de período.

• • •

Entramos na casa de dois andares coberta com todo tipo de decoração para luais. Havia palmeiras infláveis em cada canto, lanternas penduradas no teto e colares no corrimão para as pessoas pegarem conforme entrassem. As garotas usavam biquínis e shorts curtos, e os caras, bermudas e regatas. Não sei como, mas eles até forraram a sala de jantar com areia. Fiquei com pena dos calouros que precisariam limpar tudo aquilo na manhã seguinte.

Avistei Ethan quase imediatamente e acenei para ele e para o Graham. Por mais que eu odiasse a ideia de não fazer um esquenta com ele para a minha última festa universitária, era uma maneira muito especial de encerrar quatro anos com as garotas que haviam me ajudado a passar por eles.

— Sloane à Bolonhesa! — O Graham me pegou e me girou. Notei que ele já estava bêbado pelo novo apelido que havia me dado.

— Me põe no chão! — pedi.

— Ok, ok. — Ele obedeceu. — Meninas, o que vocês vão beber?

— Pode ser SF mesmo — respondeu Lauren. — Obrigada, Graham.

Ele deu um meio-sorriso para ela e foi para a cozinha.

— Bom, não foi tão ruim — sussurrou Ethan.

— Você sabe que eu consigo te ouvir, né? — Lauren comentou.

— Lauren, vamos pro porão — disse Jordan. — Sloane, você também vem quando o Graham voltar com as bebidas?

— Beleza! — Quando elas saíram, eu me virei para o Ethan. — Como ele está?

— Está bem. Agora só está bêbado. — Ethan deu de ombros.

— Só isso? — Eu sabia que não ia conseguir arrancar muito dele.

— Aqui está, meninas! — Graham voltou antes que ele pudesse responder. — Pra onde elas foram?

— Dançar. Vou levar as bebidas lá pra baixo. Obrigada de novo, Graham. — Eu o abracei de lado. — Você sabe que pode sempre contar comigo, né?

— Sei.

Desapareci pela escada barulhenta de madeira que levava ao porão, rezando para não derrubar nenhuma bebida.

O relógio marcava uma da manhã, os barris de cerveja haviam acabado, e os coolers cheios de SF estavam vazios. Observei o porão cheio de jovens suados de vinte e poucos anos, até que encontrei Ethan perto do bar, com Jake.

— Vamos chamar um Uber? — perguntou Lauren.

Olhei para Ethan novamente. Queria ficar ali com ele em vez de cuidar da Lauren, mas eu sabia que, se fosse o contrário, ela cuidaria de mim.

— Sim, você chama? — Entreguei meu celular a ela. — Vou me despedir do Ethan. — Conforme caminhava em sua direção, percebi que ele me observava.

— Oi — disse ele. — Você vai embora?

— Sim, vou levar a Lauren pra casa.

— Cadê a Jordan? — Ethan olhou em volta.

— Ela foi pra Sigma Chi há uma hora, mais ou menos.

— Posso pedir pra um calouro levar vocês. Aí você se certifica de que ela chegou bem em casa, e ele te traz de volta.

— Tem certeza? — perguntei.

— Sim, vamos fazer um *after*, e não quero que você vá embora ainda — ele afirmou.

Então me beijou, e eu me senti nas alturas.

Um calouro nos levou para o condomínio e esperou no estacionamento enquanto vimos a Lauren subir as escadas. Ela acenou para nós, e ele dirigiu de volta para a festa.

— Então, você é a namorada do Brady? — perguntou ele.

— Eu não diria isso — respondi. — Quer dizer, não sei.

Mesmo depois de todo aquele tempo, eu não sabia como nos descrever. Tecnicamente, não estávamos namorando, mas éramos exclusivos. Pelo menos, era o que eu pensava. Eu odiava como um rótulo tinha tanto poder sobre o nosso relacionamento. Para mim, estávamos apaixonados. Eu nunca tinha estado tão apaixonada assim. Mas e quanto a ele? Bom, eu não sabia muito bem como ele se sentia. Tudo o que eu sabia era como seu corpo reagia diante de mim e como eu me sentia. Eu sabia que ele me amava. No fundo, eu sabia. Mesmo que ele não tivesse se declarado ainda. Ele não precisava dizer em voz alta para eu saber. E essa era a melhor coisa sobre nós dois.

— Legal — respondeu ele.

Esse cara provavelmente nem se lembraria daquela conversa quando acordasse no dia seguinte, mas, ainda assim, a pergunta que ele fez me incomodaria por dias, talvez até semanas.

Saí do carro e agradeci a carona. Mal podia esperar para ver o Ethan novamente. Entrar sozinha na fraternidade era sempre estressante. Passei pela porta, caminhei pelo hall de entrada e encontrei os caras sentados nos antigos sofás de couro da sala de estar.

— E aí, Sloane — disse um deles.

— Aí está ela! — exclamou Graham.

Sentei ao lado do Ethan e ele apertou a minha coxa. Eu estava superfeliz de ter voltado. Eu amava quando ele me dava um pouco de atenção. Os meninos passavam pedaços de pizza, que haviam pedido assim que a festa terminou. Eles me ofereceram, mas eu recusei. Odiava comer na frente das pessoas, especialmente quando eu bebia.

— Vamos pra casa. — Ethan sussurrou no meu ouvido. *Casa.*

Os calouros pararam de dar carona quando todos foram embora, então Ethan pediu um Uber e eu entrei atrás dele no banco de trás. Ele me puxou para tão perto que eu quase sentei no seu colo. Ele me beijou, o hálito com gosto de uísque. Fireball, para ser mais específica. Eu o saboreei. Abri a boca para deixá-lo entrar, inundada por uma sensação de felicidade. Descemos no estacionamento e ele segurou a minha mão durante os três lances de escada até o seu apartamento.

Quando abri a geladeira para pegar água, Ethan puxou o laço da parte de cima do meu biquíni, e ela caiu no chão.

— Ethan! — exclamei e me cobri.

— Não tem ninguém em casa. — Ele sorriu. — Vamos transar aqui.

— Na cozinha? E se o Graham ou o Jake entrarem?

Ele encostou o dedo na minha boca, me levantou e me sentou na bancada de granito. Com a força da parte inferior do corpo, abriu minhas pernas e ficou entre elas.

Sua boca chegou tão perto da minha que pude sentir o cheiro do Fireball de novo, mas ele não me deixou prová-lo ainda. Suas mãos foram até o botão da minha saia jeans enquanto seus lábios se demoravam no meu pescoço.

Ele me ergueu, tirou minha saia e minha calcinha e me deixou completamente nua antes de me sentar novamente no balcão. Em segundos, sua bermuda estava no chão, e ele pressionou o corpo contra o meu.

Era em momentos como aquele que eu estava no controle. Eu sabia o que ele sentia por mim quando transávamos; estava estampado no seu rosto, mas eu nunca conseguia fazê-lo dizer. Eu sabia que, para ele, era mais do que apenas sexo. Não se faz amor com alguém que não se ama, e o que estávamos fazendo era amor. E ninguém podia me convencer do contrário.

...

Na manhã seguinte, a ressaca era tanta que eu seria capaz de xingar o SF e a vodca pelo resto da vida. Acho que foi até bom que tivesse sido meu último dia de graduação.

— Finalmente. — A voz do Ethan fez minha cabeça latejar mais forte. — Seu celular está tocando há uns vinte minutos.

Peguei o celular da mesa de cabeceira e me sentei o mais rápido que pude sem ficar muito tonta. Quando o desbloqueei, havia duas ligações perdidas e uma mensagem de voz de um número com código de área 212, que eu sinceramente nem sabia de qual cidade era. Encostei o celular no ouvido para ouvir a mensagem.

— Oi, Sloane, aqui é Annie Walker. Sou editora sênior na *The Gist*. Olhei seu currículo e adoraria conversar com você sobre algumas vagas que temos abertas aqui. Se você tiver tempo hoje, me ligue de volta nesse número. Obrigada!

— Ah, meu Deus! — gritei.

Ethan voltou correndo para o quarto com uma cartela de Advil e um copo de água gelada. A expressão no rosto dele me dizia que ele estava extremamente ansioso para ouvir o que eu estava prestes a dizer.

— Tenho uma entrevista! — exclamei e pulei da cama. Ele me abraçou e a sensação gelada que se dissipou do copo de vidro penetrou o tecido da minha camiseta.

— Isso é ótimo, mas você quase me matou de susto. — Ethan riu e me entregou dois comprimidos. Eu os enfiei na boca e tomei um longo gole d'água.

— É de uma empresa que eu realmente achei que não me responderia. Eu me candidatei sem nenhuma pretensão. Não acredito que ela viu meu currículo! Preciso ligar de volta pra ela! — Eu o beijei, peguei minha bolsa, sapatos e roupas da noite anterior e desci o lance de escadas até o meu apartamento.

Liguei para Annie, os dedos batendo de forma nervosa contra a superfície gelada do celular enquanto fechava a porta do quarto enfeitado com meu capelo, minha beca de formatura e meus livros, uma prova do caos que se tornara a semana das provas finais.

— Alô? — Annie atendeu.

— Oi, Annie, aqui é a Sloane Hart. Acabei de receber sua mensagem! — respondi, tentando manter a voz firme.

Do outro lado da linha, ouvi o leve som ambiente de um escritório: o murmúrio distante de conversas, o barulho de pessoas digitando.

— Sloane, obrigada por retornar tão rápido. Me desculpa por ligar tanto. Vou viajar por uma semana amanhã, então queria entrar em contato com você antes disso — explicou ela.

— Sem problema. Desculpa não ter atendido sua ligação. Estamos na semana de provas finais, então a vida está um pouco corrida com isso e a formatura logo aí. — Menti, olhando para a pilha de livros e anotações na minha mesa.

A voz da Annie se suavizou um pouco.

— Sim, é um momento muito empolgante pra você. Então, escuta, vou direto ao ponto. Sei que você se candidatou para uma função de redatora, e, por mais que eu tenha gostado de alguns dos seus trabalhos, acho que falta alguma profundidade emocional — disse ela.

Meu coração se apertou e uma onda de decepção tomou conta de mim à medida que as palavras dela me atingiam. Enrolei uma mecha de cabelo no dedo, meu olhar se voltando para o chão.

— Mas — continuou ela —, queria ver se você teria interesse em uma vaga de assistente que acabou de abrir. Finalmente temos orçamento para contratar um assistente para nossos editores seniores. A vaga é para trabalhar comigo. Você basicamente organizaria calendários, viagens, entraria em contato com redatores que estão atrasados com os prazos de entrega, esse tipo de coisa. Sei que não parece muito glamuroso, mas existe a possibilidade de crescimento profissional. Seu currículo é impressionante e, como eu disse, gostei do seu trabalho, e acho que você tem potencial para crescer como escritora, estou disposta a te ajudar nisso. Se te parecer interessante, posso te colocar em contato com o RH para você fazer a entrevista enquanto eu estiver fora.

Eu não sabia o que dizer. Não era a vaga dos meus sonhos, mas era um passo na direção certa. Era a única entrevista que tinham me oferecido, então eu não podia recusar.

— Sim, eu aceito — finalmente respondi, um sorriso começando a se formar. — Parece ótimo! Obrigada pela oportunidade.

— Excelente. Fique de olho num e-mail que vou te enviar agora à tarde. Me avise sobre a sua disponibilidade e, em seguida, você vai ser convidada para fazer entrevistas por Skype com cada um dos nossos editores seniores. Se tudo correr bem, sua última rodada de entrevistas será comigo, daqui a pouco mais de uma semana. Parece bom? — O tom dela era otimista e encorajador.

— Parece ótimo! Obrigada, Annie. Aproveite suas férias — falei, com um otimismo renovado, e encerrei a ligação. Fiquei parada um instante, com o celular ainda na mão, me perguntando o que a minha mãe diria. Imaginei que descobriria quando, não *se*, eu conseguisse a vaga.

15
Sloane
Maio de 2017

Apesar da minha infância ter sido cheia de dúvidas, de uma coisa eu tinha certeza: eu queria ser escritora. Não importava que a profissão não pagasse bem. Eu sabia que tinha que seguir uma carreira por paixão, fazer algo que eu amasse, caso contrário eu não sobreviveria durante anos a fio trabalhando das nove às cinco da tarde. E essa paixão era escrever, uma ambição alimentada pela minha solidão. Sem muitos amigos, irmãos ou um lugar estável para chamar de lar, os diários se tornaram uma válvula de escape para mim. Eu escrevia o que tinha medo de falar em voz alta, na esperança de entender o que se passava dentro de mim. Quando eu não tinha ninguém com quem contar, sempre havia uma caneta e um caderno ao meu lado. As palavras se tornaram o meu santuário. Meu diário nunca me abandonaria. O ato de escrever sempre estaria lá, ou pelo menos era o que eu pensava.

Annie me ofereceu a vaga de assistente na *The Gist* em menos de dez minutos. Mesmo depois de semanas me candidatando com afinco para outras vagas na cidade, ninguém estava interessado em me contratar. Realmente eu havia subestimado como era difícil encontrar um trabalho. Por sorte, todo editor que me entrevistou foi gentil e encorajador. Todos eles sabiam que a função para a qual eu me candidatara não era exatamente a que eu queria, mas eles me asseguraram que era um passo na direção certa. Na minha entrevista final, Annie mencionou que eu poderia pegar trabalhos como freelancer, tipo apresentar um artigo por mês. Ela não me prometeu que eles seriam publicados, mas ela me daria feedback e me ajudaria a melhorar minha redação quando tivesse tempo.

Embora não fosse a vida com a qual eu havia sonhado para depois de me formar, eu estava animada. O título de assistente não se comparava ao de redatora, e a *The Gist* não era tão conceituada quanto o *New York Times* ou tão popular quanto a *Cosmo*, mas era um começo. O começo da minha história, e eu mal podia esperar para ver como ela se desenrolaria.

Olhei em volta do meu quarto, para o que ainda precisava ser feito. Eu tinha conseguido guardar todas as minhas roupas em duas malas grandes. Eu e a Lauren decidimos vender a decoração do nosso apartamento no Facebook Marketplace, pois não valia a pena o trabalho de enviar tudo para Nova York. Aquele era um novo começo para nós, e queríamos que fosse assim. Eu só precisava arrumar o restante dos meus produtos de higiene pessoal, o que só poderia fazer depois de tomar banho naquela noite.

Chequei o horário no celular: dez e cinquenta e quatro da manhã. Era o meu último dia em Wilmington, e eu iria passá-lo com Ethan. Ele viria me buscar em alguns minutos, e eu estava louca para descobrir o que ele tinha organizado para nós.

Quando cheguei ao estacionamento, Ethan estava esperando perto do nosso prédio, no carro do Graham. Ele estava com a capota aberta, ouvindo bem alto o novo álbum do Migos, seu favorito.

— Entra aí, Hart! — Ele baixou os óculos de sol e se inclinou por cima do console para abrir a porta do passageiro para mim.

— Cadê o seu carro? — perguntei, pulando para entrar no Jeep.

— Não é indicado pro que vamos fazer hoje. — Sorriu.

Fechei o cinto de segurança conforme ele dava partida, uma mão no volante, a outra descansando na minha coxa. Com o canto dos olhos, eu o observei. O cabelo, mais comprido que de costume, flutuava com o vento, e ele tinha um grande sorriso no rosto, conforme cantava a letra de "Get Right Witcha". Ele decorou todo o álbum apenas uma semana depois do lançamento, em janeiro, e era tudo o que eu ouvia desde então. Ele e Graham já haviam passado alguns dias na praia, então as sardas nos braços e rosto estavam bem mais visíveis agora.

Pousei minha mão na dele e a apertei. Eu queria que ele soubesse o que aquele gesto significava: que eu queria que aquele dia durasse para sempre, porque, a partir da manhã seguinte, eu não o veria por um mês. Nossas vidas estavam prestes a mudar; eu só não sabia o quanto.

Fomos para o sul pelo que pareceram quilômetros, até chegarmos em Kure Beach. Não perguntei nada, embora sentisse vontade. Em vez disso, preferi viver o momento e aproveitei cada segundo que restava com Ethan.

Ele estacionou em frente a um pequeno prédio comercial aninhado entre dunas de areia, em seguida abriu a porta para eu sair.

— É aqui que vamos ficar? — Olhei para ele, confusa.

— Mais ou menos. Vamos dirigir pela praia. Deixa eu te mostrar como tirar um pouco de ar dos pneus enquanto vou lá dentro comprar o passe diário.

Pulei do carro e me sentei com ele no meio-fio.

— É só tirar a tampa de cada pneu e colocar essa chavinha para liberar o ar. Os pneus precisam ficar com cerca de vinte libras; você pode verificar a pressão no painel. Só vou demorar uns minutos, então, quando eu voltar, eu ajudo — explicou Ethan.

— Entendi — concordei.

— Certeza?

— Sim, Ethan. Não é física quântica. Vai pegar o passe. Vai dar tudo certo!

Enquanto eu esperava Ethan voltar, minha mente se perdeu na enorme mudança que estava para acontecer. Observei o ambiente ao meu redor, a maresia, o céu azul sem nuvens, a areia nas rachaduras do cimento embaixo de mim. Eu estava indo de um extremo a outro. Embora me mudar para

Nova York fosse o grande sonho da minha vida, eu não conseguia deixar de sentir uma sensação estranha. Será que eu estava preparada para isso?

— Peguei o passe — Ethan gritou atrás de mim, alguns minutos depois. — Como está indo com os pneus?

— Dois já foram, só faltam dois — respondi.

— Entra no carro e descansa. Eu faço o resto — ofereceu ele.

— Tá tudo bem. Vai ser mais rápido se eu te ajudar.

Cinco minutos depois, estávamos de volta no Jeep.

— Põe o cinto e cuidado com a cabeça. Pode chacoalhar um pouco, e não quero que você se machuque no nosso último dia.

Nosso último dia.

Fiz o que o Ethan me pediu e fiquei observando pela janela do passageiro enquanto manobrávamos para chegar à praia. Uma lágrima escorreu pela minha bochecha. Tentei enxugá-la o mais rápido que pude, para Ethan não perceber. Não queria lembrar para sempre desse rápido momento de tristeza no nosso último dia. Fiz o possível para me recompor e parecer ansiosa pelo tempo que nos restava.

— Esse lugar parece bom — disse Ethan ao estacionar o carro e tirar as chaves da ignição. — Quer me ajudar a descarregar?

Olhei para o banco de trás, onde vi uma sacola cheia até a boca. Um sorriso surgiu imediatamente no meu rosto. Era incrível como ele tinha se empenhado para tudo aquilo dar certo, e o mínimo que eu podia fazer era não estragar as coisas chorando.

— O que é isso? — perguntei.

— Você vai ver. — Ele deu uma piscadinha.

Peguei a sacola enquanto ele tirava do porta-malas o cooler que eu havia pintado para ele para um fim de semana na praia.

— Posso te falar uma coisa, Hart? — perguntou Ethan.

— Sempre.

— Esse é um dos presentes mais legais que eu já ganhei — disse ele, referindo-se ao cooler.

Pintar coolers era uma tradição na maioria das fraternidades: as meninas que os caras levavam para passar o fim de semana nas montanhas ou na praia deveriam pintar e abastecer os coolers em troca da viagem paga pelos meninos. Eu queria que o meu ficasse perfeito, por isso, passei mais de um mês trabalhando nele. Saber que ele adorou fez todas aquelas horas valerem a pena.

Ethan estendeu um cobertor na areia e desempacotou tudo enquanto eu sentava e observava. Ele havia trazido sanduíches, uma garrafa de prosecco e uma de suco de laranja, e balas azedas de melancia para a sobremesa.

— Nossa, que demais — falei. — Obrigada. Eu precisava disso.

— Sempre que quiser, Hart. — Ele sorriu, em resposta. — Quer estourar o champanhe ou eu estouro?

Comecei a rir incontrolavelmente.

— Que foi? — perguntou ele.

— Ethan — continuei, quase sem respirar. — É só desrosquear.

Ele olhou para baixo e, como já sabíamos, eu estava certa. Nós rimos enquanto ele abria a garrafa e nos preparava mimosas. — Você sabe que eu não bebo muito vinho. — Ele tentou se defender.

— Eu sei. Só foi engraçado.

— Então vocês têm o fim de semana inteiro pra se organizar antes de começarem a trabalhar na segunda-feira. O que você vai fazer? — Ethan mudou de assunto.

— Os pais da Lauren vão dirigindo com as coisas que a gente não consegue levar no avião, aí acho que sexta-feira eles vão nos levar na IKEA, e depois vamos jantar em algum lugar por lá. Não acho que vamos fazer muito mais do que arrumar as coisas.

— Está animada pro seu primeiro dia?

— Não sei se *animada* é a palavra certa. Estou mais pra uma pilha de nervos. Fico tendo uns sonhos que pego o trem errado ou desço em outro lugar e chego atrasada. Então vou pedir pra Lauren treinar o caminho comigo no domingo.

— É isso! No começo parece meio assustador, mas quando você fizer várias vezes o caminho, vai tirar de letra. Você é boa de direção. Lembra quando eu peguei a saída errada voltando da casa na montanha? Você conseguiu guiar a gente de volta pra estrada — lembrou.

— Meu Deus, é verdade. — Eu ri. — No início deu medo, depois foi engraçado, depois deu medo de novo quando eu pensei que fosse vomitar por causa de todas aquelas curvas. Ainda não acredito que você se perdeu. Vocês não iam pra lá sempre?

— Era o Graham que dirigia. Eu não tinha carro naquela época. — Ethan deu de ombros.

Uma ponta de remorso tomou conta de mim. Às vezes eu esquecia como a infância e a adolescência do Ethan tinham sido diferentes das minhas.

• • •

Quando o sol começou a se pôr, Ethan me levou para jantar no meu restaurante mexicano favorito e, algumas margaritas depois, eu estava bêbada e pronta para voltar para casa. Consegui passar o dia todo sem tocar no triste assunto do que aconteceria com a gente depois que eu me mudasse. Também consegui passar o dia sem chorar. Até que passamos pela ponte.

Tentei guardar só para mim, mas, assim que ele baixou o volume da música, percebi que ele tinha visto.

— Sloane? — Ele nunca usava o meu nome. — Você está bem? Quer que eu pare?

— Estou bem. — Funguei.

— Então por que está chorando?

— Estou com medo.

— Do quê? De se mudar?

Neguei com a cabeça, antes de acrescentar:

— Do que vai acontecer com a gente.

Ethan se aproximou e segurou a minha mão, olhando para mim e para a estrada.

— Não se preocupa com isso agora. Eu não vou pra lugar nenhum. Você vai pra Nova York, eu vou ficar aqui, e daqui a um mês eu vou te visitar. O que você acha?

— Acho legal — consegui dizer.

— Não adianta esquentar a cabeça com as coisas que você não tem como saber. Vamos ver como esses primeiros meses vão ser. Podemos comprar minha passagem quando voltarmos pra Ascent — disse ele.

— Sério? — Eu me animei um pouco.

— Sério. Acho até que você tem tempo pra uma música da Taylor Swift. — Ele me entregou o celular e eu procurei no Spotify até encontrar a única que ele sabia. Nós cantamos "You Belong With Me" durante o resto da viagem.

Quando chegamos no estacionamento do condomínio, Ethan desligou o carro e se virou para mim.

Passou o dedão pela minha bochecha e embaixo do meu olho, provavelmente para limpar o rímel que havia escorrido.

— Me promete uma coisa, Hart? — Seu tom de voz era sincero. — Não importa o quanto você sinta saudades de mim ou de Wilmington, você não vai ficar triste. Você quis isso a sua vida inteira e finalmente conseguiu. Abraça Nova York e aproveita. Vou torcer por você, não importa o quanto eu esteja longe.

— Vou fazer o meu melhor.

— Agora, eu preciso te colocar na minha cama, porque tem coisas que a gente só consegue fazer quando tá perto.

— Você sempre tá com tesão. — Brinquei.

— Só com você.

Esse era o jeito do Ethan admitir que éramos exclusivos? Eu nunca tinha esperando ouvir aquela declaração, mas foi ela que fez eu me sentir um pouco melhor em me mudar no dia seguinte para um lugar a centenas de quilômetros de distância.

16

Sloane
Maio de 2017

As rodas do vagão me conduziam para Midtown, para meio período de trabalho. Quando pararam, desci rapidamente na minha estação, que ficava do outro lado da rua, onde se localizava a sede da *The Gist*. Assim como a maioria dos escritórios em Midtown, a matriz ficava em um arranha-céu sem nenhum tipo de charme. Quando entrei no prédio, apertei o botão do décimo sexto andar e olhei para os mules da Gucci que meu pai havia me dado de presente de formatura. Sabia que ele devia ter gastado uma boa parte do dinheiro do mês neles, por isso os usei todos os dias daquela semana. Quando as portas do elevador se abriram no saguão, fui recebida por um letreiro de neon brilhante e um espaço de trabalho moderno e vistoso.

— Bom dia, Kim! — Acenei para ela enquanto me dirigia para a sala de reunião.

Kim era a assistente executiva da CEO, mas também atuava como secretária na recepção, porque, segundo ela, era a funcionária mais simpática do escritório.

— Uma semana a menos! Não foi tão ruim, né? — comentou ela.

— Verdade!

Eu não estava mentindo. Na semana anterior, naquele mesmo horário, a ansiedade me dominava. Eu havia sido treinada a odiar mudanças; elas sempre tinham aparecido de forma forçada. Precisei me lembrar de que essa mudança fora uma escolha minha. Eu experimentaria morar um ano ali naquela cidade, e, se odiasse, poderia me mudar de volta para o sul. Se amasse, poderia ficar para sempre. Eu estava no controle agora. Era apenas uma mudança à qual eu precisava me acostumar.

— Você chegou! — Mila se virou na cadeira quando parei no batente de sua pequena mesa.

— E você chegou cedo. — Eu ri.

Mila começou na *The Gist* no mesmo dia que eu, só que ela conseguiu a vaga para a qual eu me candidatei. Ela trazia a essência de Nova York dentro de si — tudo bem, de Long Island — e, como redatora de estilo de vida, tinha uma energia contagiante. E lá estava eu, como assistente, fazendo malabarismo com horários e suprimentos, numa esperança secreta de um dia ver minha assinatura no nosso site. Quando a Annie tinha tempo, ela me passava atividades de redação e me dava dicas para eu melhorar a escrita. Não era trabalho dela, mas eu era mais do que grata pela gentileza.

— Acordei às cinco da manhã, graças a uma barata no meu lençol. Nunca levantei tão rápido da cama. Tomei café da manhã e estou analisando alguns tópicos antes da reunião editorial da próxima semana. Você vai enviar a pauta hoje?

— Sim, eu e Annie vamos sentar juntas no final da manhã para revisar, então vai estar na sua caixa de entrada antes do final do dia — respondi.

— Você está procurando um lugar novo pra morar?

— Minha única opção agora são os meus pais. Nós teríamos que pagar alguns milhares de dólares para rescindir o contrato, então eu não tenho dinheiro pra mais nada.

O apartamento onde ela morava ficava em cima de uma loja de conveniência que, rotineiramente, deixava montanhas de lixo no beco. Na última semana, suas colegas de quarto haviam matado oito baratas e capturado dois ratos.

— Eu invejo a sua coragem. Se um único rato ousar cruzar o meu caminho, eu volto correndo pra Wilmington — brinquei, mas tinha um fundinho de verdade.

— Em algum momento isso vai acontecer. É um rito de passagem pela cidade. — Ela riu enquanto eu me arrepiava só de pensar.

— Vou fazer café; quer um? — ofereci.

— Ah, meu Deus, você faria um pra mim? Preciso de toda a cafeína que puder tomar hoje.

— Chantilly e açúcar?

— Perfeito.

Enquanto esperava o café, admirei a vista do corredor perto da copa. À minha volta, amplas janelas emolduravam a paisagem urbana e me lembrei do motivo pelo qual decidi conquistar aquela selva de concreto, para começo de conversa.

— Então, você vai no happy hour hoje? — Mila perguntou quando voltei para nossas mesas.

Franzi o cenho.

— Ah, eu marquei de jantar com a Lauren.

— É cedo, tipo duas da tarde. Será que não consegue ir nos dois?

— Acho que sim. Vamos comemorar alguma coisa? — Minha careta se transformou em um sorriso.

Mila riu de leve.

— Não, só a boa e velha sexta-feira de verão. A Sarah, da seção de entretenimento, falou que é um evento aqui... happy hours extraoficiais todas as sextas durante o verão.

— Sexta-feira de verão? — Franzi as sobrancelhas, claramente confusa.

— A Annie não te contou?! — Ela se empolgou. — Basicamente, todas as sextas-feiras do Dia do Memorial até o Dia do Trabalho, a gente pode sair às duas da tarde. Os happy hours não são obrigatórios. Acho que é só a maneira da *The Gist* nos dar um pouco de férias de verão.

• • •

— Um brinde à primeira semana e à primeira sexta-feira de verão, meninas — disse Annie, com um sorriso acolhedor. — Bem-vindas ao time.

A luz dourada do sol dançava na calçada, e acabamos nos entregando a conversas que iam além das paredes da *The Gist*. Uma rodada de drinques depois, eu começava a sentir um calor me percorrer — tanto da temperatura quente que fazia quanto do álcool. As risadas enchiam o ar enquanto as histórias do escritório corriam livremente, e eu me deixei levar pelo ambiente amigável.

— A saideira? — sugeriu Mila, levantando o copo.

— Quem disse que precisa ser só uma? — Pisquei. — Principalmente quando é a empresa que está pagando...

A pergunta da Mila veio do nada, de forma casual, mas séria.

— Então, seu namorado, como vocês se conheceram?

Contornei o detalhe de que o Ethan não era oficialmente meu namorado, porque, convenhamos, primeiro, era um pouco humilhante e, segundo, no meu coração, podia muito bem ser o caso.

— Na faculdade! — respondi, um pouco animada demais em conversar sobre ele. — Nós éramos vizinhos.

— Ah, meu Deus, deve ter sido divertido. Desde o primeiro ano? — perguntou ela.

Neguei com a cabeça, rindo das lembranças.

— Não, só no último. Minha colega de quarto começou a namorar o colega de quarto dele, e o resto é história.

Mila assentiu, o sorriso demonstrando que ela estava interessada.

— Eu morei com os meus pais enquanto cursava a NYU. Perdi todo o drama dos dormitórios. Quer dizer, Nova York é um grande campus, mas não é a "experiência universitária" que você imagina.

— Mas você tem sorte — argumentei, com a voz meio alta demais, conforme tudo começou a girar um pouco. — Crescer aqui deve ter sido incrível! Mas, sim, a nossa saga na vizinhança não começou com o pé direito. Depois que a gente se conheceu, eles deram uma festa e não nos convidaram. A música estava tão alta que vibrava no nosso teto e tirava os móveis do lugar. A gente discutiu se devia invadir a festa, mas, no final, ligamos pra polícia. Mesquinho? Talvez. Resolveu? Com certeza.

Mila riu.

— Não acredito! Então eles... convidaram vocês depois que a polícia apareceu?

— Sim, logo depois que eles acabaram com a festa — concordei. — Eles não sabiam que tinha sido a gente. O colega de quarto dele pediu a minha colega de quarto em namoro naquela noite, então o crédito foi todo meu. E se algum dia o Ethan descobrir, provavelmente vai achar que eu sou maluca.

Conforme o happy hour continuou, as histórias foram ficando mais acaloradas, as risadas, mais animadas, e o meu senso de discrição foi para o espaço. Até a Annie contou algumas de suas aventuras amorosas.

Foi só quando eu estava confortável no banco de trás de um Uber, com as luzes da cidade passando pela janela, que o peso das minhas palavras me atingiu. A ansiedade borbulhava dentro de mim. Será que eu tinha ultrapassado o limite entre colega de trabalho e amiga? A última coisa que eu queria era ser aquela pessoa que falava demais da própria vida no escritório ou, pior ainda, aquela que foi boca grande e prejudicou a própria carreira. Eu já podia ouvir o "eu te avisei" da minha mãe na minha cabeça. A viagem de volta para casa foi mais longa do que qualquer situação constrangedora pela qual que eu já tivesse passado.

17

Sloane
Junho de 2017

— Acho que ele chegou! — gritou Lauren do outro lado do apartamento.

Corri até a janela do seu quarto, onde ela estava. Ethan usava uma camiseta azul-marinho e um short cinza da Lululemon que eu o tinha ajudado a escolher. O cabelo estava escondido em um boné de baseball, mas eu notei que havia crescido pela forma como saía pela nuca.

— Estou nervosa — admiti.

Um frio percorreu minha barriga. Parecia que era a primeira vez que nos víamos.

— Vai lá receber ele. — Ela me cutucou. — Vou tomar um drinque com vocês, depois vou pro meu encontro.

Na semana em que nos mudamos, Lauren entrou em vários aplicativos de namoro para preencher o vazio que a falta de amigos tinha deixado em nossa nova vida. Em uma cidade pequena como Wilmington, conhecíamos todo mundo, mas em Nova York nós passamos a não conhecer ninguém.

Apressei o passo conforme descia as escadas do nosso apartamento no terceiro andar. Através da porta embaçada, vi a silhueta do Ethan. Eu não podia acreditar que ele finalmente estava ali. Não parecia real.

— Oi. — Seu sorriso ocupava o rosto inteiro enquanto eu abria a porta para deixá-lo entrar.

— Oi. — Sorri de volta, sentindo o rosto corar.

A porta se fechou atrás dele, e ele deixou a mala no chão para conseguir me abraçar. Ficamos abraçados um tempo, até que ele segurou o meu rosto com as duas mãos e me encarou.

— Você está com mais algumas sardas — comentou.

— Você também. — Passei o dedo por suas bochechas e nariz.

Então ele me beijou.

Deus, como senti falta do seu beijo. Seus lábios eram como um lar, e eu não tinha percebido o tamanho da minha saudade até beijá-los novamente. Eu sabia que tínhamos que nos separar, mas eu ainda não estava pronta. Como poderia abrir mão de algo tão parecido com um lar?

— Senti sua falta — disse quando nossos lábios se separaram.

No entanto, em vez de responder, Ethan me beijou de novo.

— Me mostra o lugar, Hart.

— A Lauren está em casa, mas ela vai sair pra um encontro daqui a pouco. Se eu a conheço, vai ficar a noite toda fora — meio que brinquei.

Entramos, e observei Ethan apreciar nosso espaço. O apartamento não era dos mais bonitos, mas era ideal para nós duas. Tinha uma sala de estar grande e uma cozinha pequena, do tamanho de um armário. Por sorte, não cozinhávamos muito.

— Oi, gente, espero que não se importem, mas me servi de uma taça pra aliviar a tensão. — Lauren estava no nosso bar improvisado, que nada mais era do que uma mesa e algumas banquetas que ficavam de costas para o sofá.

— Oi, Lauren. — Ethan lhe deu um abraço de lado. — Como está a vida na cidade?

— Boa! Tenho certeza que os meninos de quem eu cuido são crias do demo, mas, fora isso, a vida é ótima. Não dá pra ficar muito triste com nada quando se mora em Manhattan, sabe como é?

— Pode crer. — Ele riu e se virou para mim. — Onde é o seu quarto? Vou tomar banho e me trocar, beleza?

— No final do corredor, à direita. E o banheiro é a porta que dá de frente para os nossos quartos. Tem uma toalha no meu armário pra você.

Assim que o Ethan desapareceu no corredor, eu me virei para Lauren e abri um sorriso enorme. Eu amava o que a presença dele despertava em mim.

— Tudo bem, para de me deixar com inveja — brincou ela.

— Então, onde é o encontro? — perguntei.

— Em algum bar no West Village. — Ela deu de ombros. — Acho que é perto do apartamento dele. Vou tentar não passar a noite com vocês.

— Mas você não precisa fazer isso. Pode voltar pra casa! — Eu a tranquilizei.

— Eu sei, só não quero. — Lauren riu. — Ok, tô indo nessa. Divirtam-se!

Assim que Lauren saiu, voltei pelo corredor para encontrar o Ethan. O chuveiro não estava mais ligado, mas a porta do banheiro ainda estava fechada. Bati de leve e espiei antes que ele respondesse.

— Ei, ei! — Ele se cobriu rapidamente.

— Ah, santinho, você pode se arrumar pra gente de fato passar um tempo juntos? — Eu o abracei e pressionei a bochecha nas suas costas. Minhas roupas estavam ficando molhadas dos lugares que ele não havia secado completamente, mas eu nem liguei.

— Tudo por você. — Ele pegou minha mão e a beijou.

— Sério. — Eu o levei até o quarto para ele se trocar.

— A Lauren já saiu? E se a gente só... — Com um movimento rápido, meu corpo estava contra o seu peito nu.

— Nós temos uma reserva no restaurante! — Franzi o cenho, mesmo que parte de mim não quisesse desgrudar dele.

— Beleza, beleza.

• • •

O verão em Manhattan era surpreendentemente quente, especialmente no subsolo. Quando saímos do metrô, estávamos cinco minutos atrasados para o nosso jantar. De acordo com a *The Gist*, o melhor restaurante para frequentar nesse verão era o The Smith. Eles nos conduziram até uma mesa para duas pessoas no fundo do restaurante, rodeada de outros casais. Pedi uma entrada e uma garrafa de vinho para nós dois.

— Odeio perguntar, mas — começou Ethan —, você se importa se a gente rachar a conta? Tive que pegar uma parte da minha reserva pra passagem, e não estou trabalhando tantas horas no campo de golfe quanto gostaria.

— Para — eu o interrompi. — Eu queria pagar o jantar hoje de qualquer forma, mas podemos dividir o que a gente gastar no fim de semana. Só estou feliz que você esteja aqui.

— Obrigado. — Ele deu um meio-sorriso.

Depois que terminamos o prato principal e a garrafa de vinho, paguei a conta e mandei uma mensagem para Lauren para ver onde ela estava e se podíamos nos encontrar. Eu não estava pronta para a noite acabar.

— Lauren disse que eles ainda estão no bar — falei. — E se a gente fosse pra lá pra tomar alguma coisa?

— Estou exausto. Podemos só voltar pro apartamento e ver um filme?

— Claro, beleza. — Suspirei, sem tentar esconder minha decepção.

— Sloane. — Ele pegou a minha mão. — Só preciso descansar um pouco. Vamos fazer tudo amanhã.

Quando voltamos para o apartamento, vesti uma camiseta larga e shorts de pijama enquanto Ethan nos servia vinho. No final do filme, tínhamos terminado a garrafa de vinho tinto, e ele brincava com o cordão dos meus shorts. Uma pequena parte de mim estava brava e não queria ceder à tentação, mas me lembrei de como senti falta dele no mês em que ficamos longe um do outro, e deslizei a mão pelo elástico da sua cueca. Queria que ele soubesse como eu tinha sentido saudade dele e o quanto ele precisava de mim. E assim talvez ele considerasse se mudar para Nova York.

Fomos para o quarto, nos beijando e trombando nas coisas durante o caminho. Eu o empurrei na cama e fiquei por cima, nós dois ainda vestidos.

Sem parar de beijá-lo, tirei suas roupas, peça por peça. Me deixava mais excitada do que qualquer coisa saber que eu o estava excitando.

Ele assumiu o controle, e, num movimento rápido, estava por cima de mim.

— Quer que eu te foda como se tivesse sentido sua falta? — sussurrou ele.

O sexo foi gentil no começo, mas logo se tornou mais urgente. Minhas pernas envolveram sua cintura de um jeito com o qual eu já estava bastante familiarizada. Eu gostava quando ele ficava por cima; era mais íntimo. Podia ver seu rosto, olhar nos seus olhos, e senti-lo de diferentes formas.

Ele apertou o meu pescoço conforme sua língua encontrava o caminho de volta para a minha boca. Minhas costas se arquearam e deixei escapar um pequeno gemido quando seus dentes abocanharam o meu lábio inferior.

Pelos minutos seguintes, esqueci como era sentir falta dele, e lembrei como era tê-lo.

• • •

Antes que o meu despertador tocasse, acordei nos braços de Ethan, enquanto ele roncava de barriga para cima. O momento era banal, mas me fez perceber como eu desejava acordar desse jeito todos os dias. Depois de alguns minutos sonhando acordada com um futuro com Ethan, saí da cama e fui até o banheiro lavar o rosto. Olhei rapidamente para o quarto da Lauren para ver se ela tinha voltado, mas sua cama estava vazia e intocada. Eu me vesti rapidamente com um top, shorts e tênis, e fui até a nossa loja de bagels favorita.

Quando voltei com o café da manhã, Ethan estava sentado no sofá, só de cueca, mexendo no celular. Coloquei o pacote de papel pardo na mesa de centro e lhe entreguei um copo pequeno de café preto. Do jeito que ele gostava.

— Acho melhor você pôr uma roupa. A Lauren deve estar chegando.

— Tá muito quente aqui. Esse ar-condicionado portátil é uma merda.

Revirei os olhos. Parecia que ele tinha decidido odiar tudo na cidade antes mesmo de dar uma chance. Não respondi. Em vez disso, resolvi tomar um banho para relaxar. Ethan entrou no box um pouco depois, e eu deixei, porque queria aproveitar ao máximo a presença dele ali.

— Por que a gente nunca fez isso antes?

Dei um selinho nele e me enrolei numa toalha. Tomar banho com outra pessoa tinha sido uma das minhas piores experiências, mas eu nunca diria isso a ele. Eu seria capaz de fazer quase tudo para agradá-lo, para mostrar que eu era boa o bastante para ele.

— Quais os planos pra hoje? — Seu humor parecia ter melhorado.

— Pensei que a gente podia dar uma volta no SoHo e almoçar. Eu ainda não fui lá. Depois a gente pode voltar pra cá pra se trocar antes do jogo dos Yankees.

— O quê?

— Comprei ingressos pro jogo de hoje. Sei que não é um jogo muito importante, mas consegui bons lugares. Tenho desconto no trabalho.

— Sloane, isso é incrível. Muito obrigado. — Ele segurou o meu rosto e o beijou inteiro. Eu amava deixá-lo feliz.

• • •

Demoramos cerca de uma hora para chegar no Bronx. A viagem de metrô foi ruim, mas tínhamos levado uma garrafa de água cheia de vodca, o que deixou tudo mais tolerável.

Pegamos uma fila para entrar no estádio dos Yankees, depois outra para comprar cerveja, antes de irmos para o setor 103.

— Esses lugares são ótimos! — disse Ethan enquanto nos sentávamos.

— Agradeça à *The Gist*. Meu salário pode ser de iniciante, e o emprego pode não ser o que eu queria, mas pelo menos tenho alguns benefícios.

— Eles estão precisando de mais funcionários? — brincou ele.

— Engraçadinho. Antes do jogo começar, podemos tirar uma foto pra postar nos stories? — Abri o aplicativo, apontei a câmera para nós dois e aproximei o meu rosto do dele. Nós dois sorrimos.

Em seguida, ele disse:

— Não posta isso.

Tirei os óculos de sol e olhei para ele.

— Você tá falando sério?

— Pode salvar. Só não posta.

— Por quê? — Comecei a ficar irritada.

— Sei lá. Não entendo por que toda vez que as garotas fazem alguma coisa, precisam postar.

— Até parece que eu não ia querer postar uma foto quando você veio me visitar em Nova York e estamos em um jogo dos Yankees. Realmente não vejo qual o problema. Eu costumava postar fotos nossas.

— Beleza, faz o que você quiser.

Salvei a foto e não postei. Àquela altura, eu não queria mais. Por que ele tinha que ser desse jeito? Ele estava tentando esconder que tinha vindo me visitar? Ele estava tentando *me* esconder? Só consegui pensar nisso durante todo o jogo.

No final do quinto tempo, Ethan foi comprar comida e mais bebida. Fiquei no meu lugar e mandei uma mensagem para a Lauren para desabafar, porque sabia que ela entenderia.

— Aqui. — Ethan me entregou um cachorro-quente e uma cerveja Blue Moon. — Espero que esteja bom.

— Quanto deu tudo?

— Não se preocupa com isso.

Aproveitei o meu cachorro-quente de forma passivo-agressiva e esperei o jogo terminar. Queria estar em qualquer outro lugar, mas, mesmo com o desconto, os ingressos não tinham sido baratos. Então fiquei quieta até que eles ganharam. Pelo menos tivemos isso a nosso favor. Depois do jogo, fomos a um bar no final da rua, onde bebi demais, e o Ethan nos chamou um Uber para voltamos. Minha última lembrança da noite foi pegar no sono no banco de trás.

Na manhã seguinte, eu estava chateada por ter deixado uma discussão boba atrapalhar a última noite do Ethan na cidade. Ele iria embora algumas horas depois, e eu queria esquecer tudo e começar o fim de semana de novo.

— Queria que você ficasse. — Rolei na cama e me aproximei dele.

— Eu também. — Ele fez carinho no meu cabelo.

— Esse fim de semana foi diferente. — As palavras saíram da minha boca antes que eu pudesse evitar.

— Sim, meio que foi.

Para não tocar no assunto, fiquei por cima dele e comecei a beijá-lo. Queria que ele soubesse o quanto significava para mim, e, como ele amava sexo matinal, eu o provoquei.

Tirei sua camiseta, depois a cueca, e, em segundos, ele me penetrou.

— Assim... — gemeu ele. — Você é tão gostosa.

— Me beija — murmurei.

Ele fez mais do que isso. Ethan me virou para ficar por cima. Ele me beijou, e eu aproveitei cada segundo. Seu ritmo aumentou de velocidade conforme a minha respiração ficava mais curta, e eu sabia que só tínhamos mais alguns segundos.

Eu não estava pronta.

Não estava pronta para que ele fosse embora.

— Estou quase. — Ele pressionou a boca no meu ouvido.

Eu não estava, mas não conseguia me concentrar em mais nada além do fato de que ele não estaria na minha cama à noite. Gemi baixinho, e foi o suficiente.

— Porra, Sloane. — Ele se virou para o travesseiro ao meu lado e soltou um longo suspiro. — Talvez dê tempo de a gente dar mais uma — ele ofereceu, mas nós dois sabíamos que o tempo estava se esgotando.

Uma hora depois, ele estava na sala de estar, de banho tomado, mala pronta e Uber pedido. Eu o acompanhei até o andar de baixo enquanto esperávamos o carro chegar. Nenhum de nós falou nada, porque não sabíamos o que dizer. Eu odiava despedidas, e aquela estava sendo pior do que eu esperava.

Imaginei que Ethan tinha notado que eu estava à beira das lágrimas, porque ele me puxou e me abraçou. Confortada, eu me aninhei no calor do seu corpo até o Uber chegar. Ficamos abraçados mais um minuto, então Ethan se afastou.

— Te vejo em breve, Hart.

Observei o carro se afastar e uma lágrima desceu pelo meu rosto. Por que tinha que ser tão difícil? Nosso relacionamento sempre tinha sido difícil, e eu esperava que algum dia fosse melhorar. Será que não merecíamos pelo menos isso?

• • •

Já estava escurecendo e eu não tinha tido notícias do Ethan. Presumi que ele tivesse chegado em casa em segurança, mas mandei uma mensagem para ter certeza. Ele não voava com muita frequência, então talvez não soubesse como era a etiqueta das mensagens de texto quando se tratava de decolar e aterrissar.

O tempo passou — duas horas e três mensagens não lidas depois, meu celular finalmente tocou. Eu me preparei ao ver a resposta dele, a mais longa que eu já tinha recebido, e senti um súbito frio na barriga.

22:18
Ethan Brady: Desculpa fazer isso por mensagem, mas não consegui encontrar as palavras mais cedo. Acho que eu não consigo mais fazer isso. Me sinto mal, mas você merece alguém que esteja pronto pra assumir um relacionamento. Eu não estou. Não sei se algum dia vou estar. Nunca me imaginei em um relacionamento, ou me casando, mas quando você apareceu, eu fiquei confuso. Ainda estou. Quero o melhor pra você, mas o melhor pra você não sou eu. Tenho problemas e não quero te envolver neles, e, mesmo que isso acabe comigo, sei que preciso te deixar ir. Você merece muito mais do que eu.

As palavras do Ethan pareciam frias e definitivas na minha tela, mas não eram nada que eu já não tivesse ouvido antes.

Desculpa fazer isso por mensagem... A frase ecoou na minha mente enquanto eu a lia de novo, a descrença e a raiva borbulhando dentro de mim. Com o coração batendo forte, apertei o botão de chamada, cada toque causando arrepios na minha coluna.

Quando ele atendeu, eu disse tudo.

— Você tá de sacanagem, Ethan? Por mensagem?

— Sloane, eu...

— Nem vem, Ethan — explodi, interrompendo-o. — Você passou o fim de semana inteiro aqui e não conseguiu falar na minha cara? Era *assim* que você tinha pensado em me dar o fora?

— Eu sei. — Ele suspirou pesadamente. — Eu queria falar. Eu só... não consegui. Eu sabia como seria dramático. Esse relacionamento já foi tão difícil pra nós dois que eu não queria piorar as coisas.

— Bom, você conseguiu piorar muito. Eu te odeio, Ethan. Com todas as células do meu corpo, eu te odeio por fazer isso. Esse ano inteiro. Como você pôde fazer isso comigo? Você deixou que eu me apaixonasse por você. Você me deixou acreditar que algum dia estaria pronto. Você até me deixou acreditar que as coisas estavam bem durante o fim de semana inteiro. Você teve todas as oportunidades pra terminar e escolheu essa? Eu devia saber... — Minha voz soou afiada.

Parecia que eu estava sendo dura, mas, do outro lado da linha, eu estava desmoronando.

Ele falou de novo, com a voz baixa.

— Me desculpa, Sloane. Eu sinto muito, muito mesmo.

Desliguei e joguei o celular com força na parede. Como alguém que eu só amei poderia me magoar tanto? Meu coração se apertou, dificultando a respiração. Ele nunca havia se partido dessa forma, a ponto de me causar uma dor física.

Eu me virei e vi a Lauren na porta, com os olhos arregalados. Eu tinha certeza de que ela tinha ouvido tudo. Ela veio até mim e me abraçou, o que me fez chorar ainda mais. Para uma garota que finalmente estava começando a tomar as rédeas da própria vida, eu me sentia muito impotente.

— Sinto muito. — Ela afrouxou o abraço e pegou o meu celular, certificando-se de que não havia quebrado.

Infelizmente, não quebrou.

— Você quer ficar sozinha? Vinho?

— Vinho, com certeza — respondi.

— Claro.

Ficamos sentadas no sofá enquanto um reality show sem sentido passava ao fundo. Quando me senti preparada, contei para a Lauren a série de acontecimentos infelizes que tinham rolado no fim de semana.

— Eu realmente pensei que as coisas seriam diferentes dessa vez — falei.
— Me sinto tão estúpida por pensar que um relacionamento a distância poderia dar certo entre nós quando não tínhamos um relacionamento de verdade nem quando éramos vizinhos.
— Sloane, você não é estúpida. O amor faz isso com as pessoas. Você não estava agindo com a razão, estava sendo esperançosa, mas não estúpida.
— Eu realmente achei que ele estivesse pronto dessa vez. Ou pelo menos tinha esperança de que estivesse.
— Algumas pessoas nunca estão prontas, não importa quanto tempo damos a elas. Nada vai mudar até que elas decidam que mude — a Lauren explicou. — Mas você não pode ficar esperando.
— Mas eu o amo. — Comecei a chorar novamente. — Eu nunca amei ninguém assim antes.
— Você vai odiar ouvir isso, Sloane, mas você é muito nova. Seu grande amor está por aí, e ele vai ser o seu grande amor pelo resto da vida. Você não vai precisar se preocupar com um relacionamento meia-boca com ele. Você não quer alguém que volta; quer alguém que nunca vai embora.
— Eu só queria que fosse com o Ethan.
— Eu sei que você queria.
Eu me arrastei para a cama, me enfiei debaixo das cobertas e tentei dormir. Mesmo assim, quando fechei os olhos, tudo o que vi foi ele. Não é engraçado como isso acontece? Num dia, você não sabe que alguém existe e, no outro, não consegue imaginar a sua vida sem essa pessoa.

18

Ethan
Junho de 2017

Sloane desligou na minha cara. Não dava para culpá-la. Por que eu tinha que ser o cara mais babaca do mundo e terminar por mensagem? Por que eu não podia, uma vez na vida, ser sensível e honesto? Eu devia isso a ela, eu sabia disso. Mas simplesmente não conseguia.

Graham disse que ia rolar uma festa na casa de um irmão da fraternidade em Wrightsville que ele queria ir, então decidi ir junto para me distrair. A única coisa que eu queria era ficar bêbado e chapado. Tomei um banho, vesti uma camiseta da Pike, shorts cáqui e um Nike. Quando encontrei Graham, ele estava abrindo uma cerveja.

— Tá pronto? — perguntei.

— Pega uma cerveja antes. — Ele apontou para a geladeira. Abri uma Miller Lite e sentei ao lado dele no sofá. — Então, o que tá rolando com a Sloane?

— Ela te ligou? — perguntei.

— Cara, eu te ouvi no telefone. Você estava falando alto.

— Eu terminei com ela. — Eu sabia que Graham não desistiria até que eu contasse tudo para ele. — Estava sentindo que não estava sendo justo com ela.

— O quê?

— Ficar enrolando mesmo sabendo que eu não consigo namorar. Sem falar que a gente estava namorando a distância sem nem estar namorando.

— Isso já não rolou uma vez? Por que você não quer namorar? Eu entendo a complicação do relacionamento a distância, mas acho que vai além disso.

— Sei lá. Só não quero mais falar ou pensar nisso essa noite.

Graham não me pressionou mais. Terminamos as nossas cervejas e, quando Jake voltou para casa do trabalho, fomos à festa. Como a maioria das festas nas casas de Wrightsville, essa era uma espelunca de merda, mas estava excepcionalmente lotada para uma noite de domingo.

Antes da Sloane, houve outras garotas. Claro que houve outras garotas. Para ser sincero, muitas. Eu sempre estava rodeado de garotas bonitas — na faculdade, nos esquentas, nas festas, havia pelo menos cinco meninas em cada lugar com quem eu gostaria de transar. Mas acabava aí. Era sempre uma coisa passageira. Uma transa de uma noite só. Eu ia ao apartamento delas, nós ficávamos, e então eu inventava uma desculpa de que precisava ir embora, para poder dormir na minha própria cama. Até que eu conheci a *Sloane*.

Ela era diferente. Eu não conseguia explicar, mas eu nunca tinha sentido uma ligação tão forte e imediata com alguém antes. Ela era engraçada, inteligente e se importava com todo mundo à sua volta. Sem falar que ela também era gostosa. Eu curtia ficar ao lado dela, tanto que a deixei se aproximar mais do que qualquer outra pessoa. Ela me conhecia quase tanto quanto o Graham, exceto pelo motivo de eu ser como era. As pessoas podiam pensar que eu me abrir e me sensibilizar seria algo bom para mim, mas não era. Eu deixei a Sloane se aproximar demais, sabendo que eu jamais seria o tipo de pessoa que ela gostaria, o tipo de pessoa que ela merecia.

Tentei me distrair e bebi copos cheios de cerveja antes de me juntar ao Graham na mesa de beer pong no quintal dos fundos.

— A gente pode jogar contra vocês na próxima? — Duas garotas bonitinhas se aproximaram, mexendo no cabelo como se isso fizesse alguma diferença. Elas sabiam que nós as deixaríamos jogar.

— Que tal se a gente se dividisse pra vocês terem pelo menos uma chance de ganhar? Uma de vocês com um de nós? — sugeriu Graham. — Como vocês chamam?

— Sou a Jamie — disse a mais alta.

— E eu, a Marissa.

— Jamie, você fica no meu time — falei, tentando canalizar algum tipo de vibração alfa. Garotas adoravam homens que assumiam o controle.

— Oi, Marissa. Sou o Graham. — Ele era muito mais tranquilo em sua investida.

— E seu nome é... — perguntou Jamie, com as sobrancelhas erguidas.

— Ethan. — Só Ethan. Não tinha por que compartilhar sobrenomes em uma festa, principalmente com uma garota que eu não tinha nenhuma intenção de ver depois daquela noite.

Nós jogamos, ganhamos e depois nos aconchegamos no sofá, onde passamos um bong. Quando Jamie e Marissa foram ao banheiro, eu e Graham tomamos uísque — muito uísque. Eu raramente tomava esse tipo de bebida, mas naquela noite eu não queria sentir absolutamente nada.

Um pouco mais tarde, Jamie foi se achegando para o meu lado.

— Já cansei dessa festa — disse ela num tom de voz baixo.

— Eu também. Vamos pra sua casa? — sugeri, casualmente.

Seus olhos se iluminaram.

— Pensei que você nunca fosse pedir. Vamos andando; é perto.

Foi mais fácil do que eu havia imaginado.

No meu estado de embriaguez e sob o brilho das luzes da rua, tentei prestar atenção na Jamie enquanto caminhávamos pelo quarteirão até a casa dela. Ela era muito mais alta que Sloane, tinha cabelos loiros e ondulados na altura dos ombros e estava vestida como se tivesse ido àquela festa pedindo para ser fodida. Shorts curtos que deixavam a bunda praticamente aparente, e uma blusa branca transparente que mostrava os seus mamilos. Não tinha nada contra, mas ela era um tipo de garota que eu já conhecia.

— Eu moro aqui. — Ela apontou para uma pequena casa branca.

Entramos aos tropeços, e uma pequena bola de pelos começou a latir.

— Quer beber alguma coisa? — Jamie já estava na metade do caminho para outro cômodo.

— Estou bem. Vou ficar aqui mesmo.

Deitei no sofá dela e tirei o celular do bolso. Verifiquei minhas mensagens, me perguntando se tinha alguma da Sloane. Nenhuma. Acho que já era de se esperar.

Jamie não estava para brincadeira. Ela voltou, pegou a minha mão e fomos direto para o quarto. Tentei não pensar muito enquanto começávamos a nos beijar. Parecia estranho beijar alguém que não fosse a Sloane, mas eu estava me esforçando para tirá-la da cabeça. Uma cerveja, um shot, um beijo de cada vez.

Eu a deitei na cama e tirei sua roupa de forma rápida e eficiente, para acabar logo. Achei que era disso que eu precisava, e talvez fosse, mas algo não parecia certo. Era tudo muito mecânico. Nada parecia certo desde que o Uber deixou o prédio da Sloane. Mas tudo ia ficar bem. Algum dia, tudo faria sentido.

19

Sloane
Junho de 2017

Não há muito o que dizer na manhã seguinte a de um rompimento. Se você conseguiu dormir, só lhe resta acordar com os olhos inchados e se perguntar se foi somente um pesadelo. Mas então você percebe que não foi, quando a dor no seu peito volta e não há nenhuma mensagem de "bom dia", nenhuma mensagem de voz, dizendo "desculpa, eu fodi tudo", nada. E agora, essa é a sua nova realidade: uma cama fria, um estômago vazio e um coração partido que você teme que nunca se refaça.

Eu me olhei na câmera do celular, sem saber se conseguiria sair da cama. Meus olhos estavam do tamanho de duas bolas de golfe, e mal pude acreditar que tinha conseguido abri-los. Eu sabia que seria quase impossível manter a compostura o dia inteiro no escritório, e, mesmo se conseguisse, minha aparência assustaria todos os meus novos colegas de trabalho.

— Você não pode dizer que está doente? — Lauren parou na frente da minha cama.

Eu odiava mentir, mas sabia que era minha única opção. Entreguei meu celular para Lauren, para ela mandar uma mensagem para Annie por mim. Eu a observei digitar, enviar e colocar o celular de volta na minha cama.

— Você quer que eu fique em casa com você? — ela ofereceu.

— Não dá para as duas perderem o emprego. — Deixei uma pequena risada escapar.

— Você sabe que eu ficaria, se pudesse. Me liga se precisar de alguma coisa. E não vai beber antes de quatro da tarde, tá?

O silêncio depois que a porta da frente se fechou parecia pesado e cheio de propósito. Meus dedos tremeram um pouco quando peguei o celular e rolei a tela até encontrar a única pessoa que sempre parecia ter as respostas. Bom, pelo menos sobre o Ethan.

— Alô? — respondeu ele, meio grogue.

— Oi, Graham — respondi.

— Está tudo bem? Você nunca liga tão cedo. — Sua voz estava vagarosa, e eu sabia que ele estava de ressaca. Tive vontade de perguntar o que ele tinha feito na noite anterior, mas provavelmente envolvia o Ethan, e, para a minha tristeza, ele não era mais da minha conta.

Pressionei a mão livre na testa, segurando as lágrimas.

— Eu... Como você está?

— Sloane, para de enrolar. O que aconteceu? — perguntou ele, soando mais desperto.

Com uma respiração profunda que pouco adiantou para me acalmar, confessei:

— O Ethan terminou comigo. Por mensagem. Eu não entendo. Eu não era o suficiente pra ele? — Comecei a fungar.

Houve uma pausa, e quase pude ouvir as engrenagens do Graham girando, tentando encontrar as palavras certas.

— Escuta, Sloane, não é sobre ser o suficiente pra ele ou não. O Ethan tem problemas, tipo... Não consegue deixar as pessoas se aproximarem. Pra ser sincero, estou meio chocado que você tenha ultrapassado tanto as barreiras dele.

— Uau, obrigada, Graham. — Soltei uma risada irônica.

— Não, não, quer dizer... — Ele limpou a garganta. — Desculpa, eu ainda estou meio lento. O que estou tentando dizer é que o Ethan nunca se abriu com ninguém como se abriu com você. Talvez ele só precise de um pouco de espaço e... pode ser que ele mude de ideia.

— Eu não devia querer alguém que volta, devia querer alguém que nunca vai embora, certo? Quer dizer, é o que a Lauren vive me dizendo. Eu devia ficar com alguém que sabe o que sente por mim.

Ouvi um suspiro pesado do outro lado da linha, do tipo que dizia que ele analisava com cuidado o que diria a seguir.

— Tudo bem, vou te contar uma coisa, mas o Brady ficaria maluco se soubesse que eu te contei...

— O que é? — Minha curiosidade estava me matando.

— Fica entre a gente, beleza? Nem a Lauren pode saber.

Engoli em seco, ansiosa. Ele sabia que eu era péssima em manter segredos.

— Tudo bem? — confirmou Graham.

— Não vou falar nada — prometi.

— Eu não conheço todos os detalhes, só o que fiquei sabendo por ele, pelos meus pais e por algumas notícias — começou ele. — Quando nós tínhamos treze anos, os pais dele foram presos. Eles tinham bebido e estavam dirigindo, e mataram um ciclista.

Eu fiquei sem palavras, então ele continuou:

— O pai do Brady já tinha sido pego dirigindo embriagado. Ele era dono de um boteco em Carolina Beach, então acho que bebia muito quando estava lá. Parece que teve uma festa no bar na noite do acidente, por isso que a mãe do Ethan também estava no carro. Ela foi sentenciada a um ano por esconder provas sobre o caso, e o pai dele foi sentenciado a dez. Quando a mãe dele foi solta, todos nós esperávamos que ela procurasse o filho. Esse era o plano, de acordo com o Brady. Mas ela nunca apareceu, e isso acabou com ele. Ele nunca disse nada, mas todos nós sabíamos. Podíamos ver em tudo o que ele fazia. Minha mãe tentou entrar em contato com ela algumas vezes, mas ela agia como se essa parte da vida dela nunca tivesse existido. Pelo que a minha família sabe, a mãe dele se mudou pro Texas ou pra Oklahoma, não sei direito, mas ela se casou de novo e teve outra filha. O pai dele vai ser solto ano que vem, mas acho que eles não mantêm contato.

— Ah, meu... — Não consegui nem terminar a frase. Realmente eu não sabia o que dizer. O que eu poderia dizer?

— Bom, acho que isso é tudo. O Brady é um cara legal; ele só passou por muita coisa, por isso que eu quis te contar. Não é que ele não queira ficar com você; ele não consegue ficar com ninguém. Ele não sabe como. Isso ajuda? Ou piora as coisas?

— Ajuda bastante. Só me sinto mal por não ter percebido. Como eu não percebi nada?

— Não se culpe, Sloane. E lembra, você não sabe de nada disso. Não comenta nada, mas achei que podia te ajudar a enxergar um pouco o lado dele. Ele precisa trabalhar muita coisa em si mesmo, mas eu gostaria que vocês ficassem juntos.

— Obrigada, Graham. — Enxuguei uma lágrima da bochecha. — Sinto sua falta.

— Também sinto sua falta, Sloane.

Meus pensamentos estavam a um milhão por hora enquanto eu tentava entender a situação. Eu me sentia mal, horrível, para ser sincera, e queria compreender, mas não conseguia.

Se você amasse alguém, quer dizer, amasse de verdade, você deixaria essa pessoa ir embora? Especialmente por causa de algo do seu passado que você não podia controlar? O divórcio dos meus pais me afetou muito. Por um tempo, eu me perguntei se algum dia amaria alguém de verdade e, caso amasse, se viveria eternamente com medo, imaginando se essa pessoa algum dia iria embora. Daí eu conheci o Ethan, e esses pensamentos não passaram mais pela minha cabeça.

Então não, eu não queria deixá-lo ir. Mas eu sabia que, quando o choque e a dor inicial passassem, eu teria de fazê-lo, porque fora isso que ele tinha feito comigo. Ele tinha me largado sem pensar duas vezes, e eu imaginava que tinha sido isso o que mais tinha me machucado: achar que eu significava algo para ele, só para ele me mostrar que não.

• • •

Na manhã seguinte, me senti bem o suficiente para voltar ao trabalho. Caminhei pelo longo corredor, do elevador até o meu cubículo, e me perguntei se conseguiria me concentrar em qualquer coisa que não fosse o Ethan. Parei na porta do meu espaço de trabalho e admirei um buquê que havia sido colocado na frente do meu monitor. Pus a bolsa em cima da mesa e puxei um bilhete enfiado no meio das peônias.

Sloane, um cartão e algumas flores não ajudam em nada, mas estou te dando mesmo assim. Bj, Annie

Como a Annie sabia sobre o meu término? Vasculhei a bolsa até achar o meu celular e imediatamente procurei a mensagem que Lauren havia enviado em meu nome.

7:08

Eu: Oi, Annie, aqui é a colega de quarto da Sloane. Pra ser completamente sincera, o namorado terminou com ela ontem à noite, e ela não está muito bem. Ela realmente precisa de um dia de folga. Espero que você entenda, e, por favor, não demita ela por isso!

— Tem um minutinho? — Annie surgiu na minha mesa.
— Me desculpa por isso. — Mostrei a tela do meu celular para ela, aberta na nossa conversa. — Eu não tinha ideia.
— Não precisa pedir desculpas. Eu gosto de pessoas sinceras. Você tem uma ótima colega de quarto. — Ela se inclinou na ponta da minha mesa. — Os vinte e poucos anos são difíceis, e os términos de relacionamento, mais ainda. Por que você não tenta escrever sobre isso? Talvez você consiga me enviar alguns esboços até a próxima semana, que tal? Ou quando estiver pronta. Sem pressa! Só não tenha medo de expor seus sentimentos em palavras. Você vai se surpreender com como isso faz bem. Além disso, talvez possa te ajudar a encontrar essa profundidade que você está procurando.

Annie estava certa. Conectei meu notebook no monitor e convidei a Mila para uma reunião aquela tarde.

— Brainstorm de término de relacionamento? — Sua cabeça apareceu por cima da parede que nos separava. — O que aconteceu? Pensei que você estivesse superanimada com o fim de semana juntos.

— Pra resumir, ele não está preparado. Muita pressão, cedo demais. Você acha que consegue separar umas horinhas essa semana pra me ajudar a dar umas ideias pra Annie? Parece que ela está interessada no que eu tenho pra dizer... Só preciso descobrir exatamente o quê.

— Claro! E sinto muito sobre o término. É uma merda. Bom, ninguém nunca terminou comigo, mas posso imaginar que seja uma merda.

— Ninguém nunca terminou com você? — Eu a invejei.

— Não, eu termino antes que eles façam isso. Evita muita dor de cabeça.

— Guarda pra sessão de brainstorming. — Eu ri e continuei trabalhando.

• • •

— Vamos começar com alguns tópicos — disse Mila, parada na frente de um quadro branco.

— Se nós queremos que o leitor siga a jornada de um término, estou pensando em começar com algo pequeno e ir trabalhando em direção a temas mais profundos — expliquei. — Alguma coisa do tipo "nós fizemos uma playlist pós-término para você não precisar se preocupar com isso"?

— Genial — disse ela. — E depois?

— "Nossos melhores conselhos sobre término antes de você entrar num 'quase relacionamento', entenda isso como: carta aberta ao cara que não quis me namorar."

Ficamos sentadas naquela sala de reuniões até bem depois das cinco, disparando conselhos, histórias sobre relacionamentos passados e coisas que lemos ou vimos em filmes que nos marcaram.

Passei todo o trajeto no metrô de volta para casa escrevendo no aplicativo de notas do celular. Jurei que, se alguém tivesse acesso a ele, eu cavaria minha própria cova e me enterraria lá. Coisas que pensei de madrugada, desabafos de quando estava bêbada, detalhes que eu jamais contaria a ninguém. Ainda bem que o acesso era protegido por senha. Eu esperava que Annie gostasse de pelo menos algum deles. Talvez aquela pudesse finalmente ser a minha grande chance.

20
Sloane
Setembro de 2017

Nos meses que se seguiram ao término, eu me joguei no trabalho. Ficava até tarde no escritório, escrevia artigo atrás de artigo, e a Annie os adorou. A *The Gist* publicou três dos meus textos, um que parecia ressoar com centenas de milhares de pessoas: "Carta aberta ao cara que não quis me namorar". Annie apostou em mim, permitiu que a minha voz saísse do bloco de notas e ficasse sob os holofotes, e deu certo.

Comecei a perceber como os "quase relacionamentos" eram comuns. Muitas pessoas tinham aquela pessoa que haviam amado, mas que nunca haviam namorado, e quase ninguém falava disso. Aos poucos, passei a me sentir em paz com o fato de que eu e Ethan estávamos predestinados a ficar juntos, mas não a durar. Doía pensar em nós dessa forma, mas era a verdade.

— Sloane! Seu artigo da semana passada acabou de atingir um milhão de leituras! — Annie gritou da sua sala, ao que se seguiram comemorações e gritos de parabéns das mesas ao redor.

Emocionada, chorei. Mila me entregou alguns lencinhos de papel e me abraçou.

— Estou tão orgulhosa de você — disse ela.

— Obrigada pela oportunidade, Annie — consegui dizer.

— Vem na minha sala rapidinho? — Seu tom de voz era casual, mas havia um brilho em seus olhos que sugeria algo mais. Acenei com a cabeça, enxuguei os olhos e fui até lá.

No escritório da Annie, o burburinho do editorial era um zumbido distante. Ela fez um gesto para a cadeira à sua frente e abriu um sorriso.

— Vou direto ao ponto — começou, com as mãos entrelaçadas, como se contivesse o entusiasmo. — Um milhão de leituras não é uma conquista pequena. É excepcional. E está claro para mim, e para os leitores, que você ainda tem muito mais para dizer.

Fiquei sentada, esperando que ela continuasse, o restante das lágrimas secando nas bochechas.

— Então, o que você acha de ser promovida a redatora? — A pergunta de Annie pairou no ar, para a minha completa surpresa.

Pisquei, o peso da oferta se aconchegando nos meus ombros.

— Eu... Isso seria incrível, mas eu...

— Você ainda continuaria com suas tarefas atuais, mas queremos contratar alguém para assumir essa parte até o fim do ano. Mas, Sloane, a sua escrita — e ela pausou, com um olhar firme e certeiro — é direta, é real, e é disso que a gente precisa.

De repente, o escritório pareceu pequeno demais para a grandeza do momento. Redatora. Finalmente estava acontecendo. Talvez eu não tivesse o Ethan, mas tinha muito a conquistar. Minhas emoções eram um coquetel de medo e entusiasmo. Eu seria capaz de corresponder a essas novas expectativas?

— Obrigada, Annie. Eu não vou te decepcionar. — As palavras saíram da minha boca antes que eu as impedisse.

O sorriso de Annie aumentou.

— Eu sei que você não vai. Agora, vá comemorar. Você merece.

Saí do escritório entendendo melhor o que estava acontecendo. Meu novo cargo parecia um troféu, uma prova de como eu estava conseguindo sobreviver a um término de relacionamento e transformá-lo em algo que atingiu e influenciou um milhão de pessoas. E talvez, só talvez, esse fosse o primeiro passo para finalmente seguir em frente.

...

— Pode nos trazer uma garrafa de prosecco? — pediu Lauren ao bartender, e então se virou para mim. — E aí, qual é a sensação?
— Do quê? — Levantei uma sobrancelha.
— Transformar um coração partido em algo bom?
— É difícil explicar. — Eu me apoiei na cadeira. — Às vezes eu acredito no que escrevi, mas às vezes, não. Só faz três meses que nós terminamos, então eu sei que ainda não superei, mas estou chegando lá. Os comentários e os posts das garotas que estão lendo e se identificando com o meu artigo estão ajudando a acelerar o processo, me fazendo entender que tudo acabou.
— Estou tão orgulhosa de você.
Levantamos nossas taças e brindamos. Depois que terminamos a garrafa, fomos a um bar com música ao vivo no Upper East Side, na esquina do nosso apartamento.
— A gente realmente precisa de mais amigos na cidade. — Lauren suspirou enquanto nos sentávamos em uma mesa para dois, perto da janela. — Essa seria uma noite perfeita pra sair, tipo, *de verdade*! Não só pra um bar perto do nosso apartamento.
— Quem mais a gente conhece aqui? — perguntei, passando pelos meus contatos.
— Não tenho ideia. — Lauren revirou os olhos e tomou um gole da sua vodca com refrigerante.
Meu celular vibrou e, embora normalmente eu tentasse ser respeitosa e evitasse mexer no celular, eu o peguei imediatamente, na esperança de que fosse alguém que eu estava esperando. Por mais confuso que fosse admitir, acho que parte de mim escreveu aquele artigo imaginando que Ethan fosse ler. Afinal, era uma carta aberta para ele. O meu lado romântico desejava que talvez ele digerisse as palavras, se sentisse da mesma forma, pegasse um voo e confessasse os seus sentimentos, os seus traumas e todos os seus pensamentos. Mas eu sabia que isso só acontecia nos filmes.

Em vez de ser agraciada por uma mensagem do Ethan, era a última pessoa de quem eu esperava ouvir.

20:37
Reese Thompson: Oi. Ouvi dizer que você se mudou pra cidade, também li seu artigo mais cedo. Parabéns por tudo! Você está livre pra um drinque ou um jantar essa semana?

— Ah, meu Deus.
— O que foi? — perguntou Lauren. — Ethan?
— Não... O Reese Thompson. — Voltei o celular na mesa.
— Para! Você vai responder, né? Espera, com certeza ele tem colegas de quarto. Fala pra eles pra gente se encontrar hoje à noite! — implorou Lauren.
Cedi.
— Beleza.
O que eu tinha a perder?
Uma hora e meia e mais duas vodcas com refrigerante depois, eu e Lauren estávamos na fila para o Gem Saloon. Já que tínhamos nos mudado para Nova York havia apenas alguns meses, ainda não tínhamos explorado muitos lugares fora do nosso bairro. De acordo com Reese, o Gem era um dos melhores bares para ir durante a semana.
— Tô nervosa — falei para a Lauren, conforme a fila andou um pouquinho.
— Não fica! O Reese é ótimo. Além disso, ele era obcecado por você, o que é um ponto a favor — respondeu ela.
— Ah, eu era? — uma voz perguntou atrás de nós. Me virei e lá estava ele: Reese Thompson em carne e osso.
— Tô brincando! Oi, Reese! — A Lauren o abraçou, depois se apresentou para os seus amigos.
— Oi, Sloane. — Ele me abraçou de lado.
— Desculpa por isso. — Corei.
— Tudo bem; pra mim é um elogio. Venham comigo; conheço os seguranças. — Reese pegou a minha mão e nos guiou com confiança pela multidão que aguardava. O segurança, um cara de ombros largos de sorriso fácil, riu quando o Reese lhe deu dinheiro. Com um aceno amigável, ele nos levou até a porta.

O Gem Saloon era como qualquer outro bar, exceto que tinha mais espaço e muitas janelas, o que era raro em uma cidade como Nova York. Seguimos o Reese em meio a um burburinho de conversas animadas e a um tintilar de copos, e ele nos levou até o bar dos fundos, que era bem abastecido, com uma fila bem menor. Ele fez os nossos pedidos com uma familiaridade que me dizia que passava muitas noites ali. O bartender serviu os nossos drinques e, depois de distribuí-los para o grupo, Reese pegou a minha mão. Antes que eu percebesse, já estava torcendo para que ele não a soltasse.

O DJ começou a tocar um mix do Calvin Harris, um dos favoritos da Lauren. O olhar do Reese cruzou o meu, uma pergunta silenciosa pairando no ar entre nós. Acenei com a cabeça e, sem dizer nada, ele me levou para a pista de dança, e seus amigos nos seguiram.

A cada batida, o espaço entre mim e Reese parecia se dissolver. Meu coração acelerou, não apenas pelo movimento, mas por uma paixonite que eu jamais admiti que sentia por ele. Reese era o cara legal, aquele que eu sabia que teria me tratado bem, se eu tivesse lhe dado uma chance. Mas, em vez disso, eu fui atrás de alguém que mal me dava atenção. De alguma forma, meses depois, eu estava a centenas de quilômetros de Wilmington, dançando com o Reese e não com o Ethan. Era engraçado como a vida dava voltas.

Quando a música acabou, fomos para um canto tranquilo. O olhar do Reese era intenso, mais íntimo do que a iluminação fraca do bar. Ele se inclinou, a voz baixa por cima da música que terminava.

— Sabe, eu sempre achei que tivesse algo rolando entre nós — confessou ele.

— Talvez ainda tenha — sussurrei de volta.

E então, em um momento que pareceu o fim de uma jornada e o começo de outra, seus lábios encontraram os meus em um beijo suave, hesitante no começo, como uma pergunta. Eu o beijei de volta, selando o que nós dois estávamos sentindo.

Naquela noite, entendi que um término não significava necessariamente uma derrota. Toda vez que alguém sai da sua vida, alguém novo aparece. Perder alguém é uma chance para encontrar um relacionamento ainda melhor.

Carta aberta ao cara que não quis me namorar

Por Sloane Hart

Querido ex-"alguma coisa",

Estou escrevendo esta carta na esperança de pôr um fim no que você nunca teve coragem de terminar, e para ser sincera, nem de começar.

Vamos entrar no mês de setembro esta semana, o que significa que esse é o terceiro mês sem você. Três meses sem você na minha cama, nas minhas notificações. Três meses desde que você se tornou um alguém que partiu o meu coração. É estranho ver a estação começar a mudar. É como se o tempo passasse rápido e devagar ao mesmo tempo. Penso naquela noite de junho, quando você terminou tudo. Às vezes, parece que foi há um ano; às vezes, parece que foi ontem. Os dias são fáceis, mas as noites são difíceis; é quando eu mais sinto a sua falta.

O que não faz falta, porém, é o sofrimento. Quer dizer, eu ainda estou sofrendo, mas não da mesma forma de quando estávamos juntos. As dúvidas que não me abandonavam: *Eu não sou o suficiente para ele? Por que eu não sou boa o bastante? Por que ele não me ama da mesma forma como eu o amo? Será que algum dia ele vai me amar?* Até mesmo digitar essas perguntas me machuca profundamente.

Em algum lugar entre te amar e te odiar, entre sentir sua falta e te odiar de novo, eu percebi que você fez o que pôde. Nós não fomos feitos um para o outro, não importa o quanto eu tenha tentado me convencer disso. Mas isso não sou eu passando pano para você. Eu mereço muito mais do que você estava disposto a me dar. Então por que eu costumava pensar que não merecia *nada*? Eu achava que não era merecedora do amor, e sinto muito pela versão de mim mesma que acreditava nisso. Eu merecia um título. Eu merecia um rótulo. Eu merecia honestidade. Eu merecia clareza. E agora sei disso.

Eu não queria que isso fosse uma lição; queria que fosse amor. Mas se não foi feito para durar, então o melhor que posso esperar é que você use o nosso tempo juntos como um aprendizado, uma fonte de sabedoria, um motivo para mudar. Eu nunca pedi muito de você, mas eu preciso te pedir uma coisa: por favor, não trate mais ninguém como você me tratou. Eu odeio dizer isso — meu peito dói de pensar em você com outra pessoa —, mas sei que, um dia, você vai seguir em frente com outro relacionamento, e espero que seja diferente. Eu espero que algum dia você encontre alguém que mude o seu mundo; que você a ame o suficiente para aposentar a sua armadura e desistir de lutar; que você finalmente perceba que merece ser amado de uma forma que nunca foi antes, da forma que você não conseguiu me retribuir.

Obrigada por me dar a história que um dia vou contar para a minha filha quando ela passar pela tristeza de ter seu coração partido pela primeira vez.

Bjs,

A garota que teria te amado em qualquer situação.

PARTE DOIS
AGORA

21

Sloane

Janeiro de 2018

Viro de lado e traço o perfil do Reese. Geralmente ele dorme de barriga para cima e acaba roncando. Eu o observo dormir e relembro os últimos meses que passamos juntos.

Reese foi um sopro de ar fresco quando eu mais precisei. Eu me lembro de ter pensado logo no primeiro encontro: é assim que deveria ser. Então eu me agarrei à sensação; entrelacei minha mão na dele e nunca mais a soltei.

— Aonde você vai me levar? — perguntei depois que ele insistiu em me buscar antes do nosso primeiro encontro *oficial*.

Eu digo *oficial* porque transei com ele na noite em que nos encontramos no Gem. Eu pensei que não fosse dar em nada e queria ficar logo com alguém depois do meu término com o Ethan. Definitivamente, eu não imaginava que ele me pediria em namoro duas semanas depois. Pareceu um pouco maluco e apressado. Até a Lauren concordou, mas também parecia certo.

— É surpresa — disse ele, flertando. — Só posso te dizer que você vai amar.

— Não quero ser esse tipo de garota, mas como você sabe que eu vou amar? Você me conhece há duas semanas — argumentei.

— Bom, se você prefere se apegar a detalhes técnicos... Na verdade, eu te conheço há seis meses. Só confia em mim.

Ele insistiu em irmos a pé jantar em um restaurante, e paramos em um bar no caminho. Era um desses lugares chiques, sem cardápio, onde eles perguntam que bebida você gosta e te preparam um drinque baseado na sua resposta.

— Que tipo de comida vamos comer, pelo menos?

— Italiana. — Sua boca se curvou em um sorriso.

Como se eu pudesse ler a sua mente, imediatamente desconfiei por que ele tinha escolhido aquele programa. Depois do Gem, voltamos para o apartamento dele, bebemos uma taça de vinho e conversamos por mais de uma hora. Sobre tudo e sobre todos, inclusive nossas famílias. O que era um assunto pouco discutido nas minhas conversas com o Ethan. Compartilhei com ele que uma das minhas coisas favoritas sobre o meu pai era a sua receita de penne alla vodca. Pouco antes do divórcio, alguns meses antes de eu me despedir e ir para a faculdade, ele me ensinou a fazer. A receita está guardada nas notas do meu celular, por segurança, e eu a preparo quando estou com saudades dele. Reese não só queria provar, como também insistiu que eu o ensinasse a fazer um dia. Frango à parmegiana alla vodca era o seu "pedido secreto" em restaurantes italianos.

— Se eles tiverem tanto o frango quanto o molho no menu, a maioria dos lugares prepara a receita. Principalmente se você flertar um pouquinho com a garçonete — disse ele.

Eu amo que ele me ouve, tipo, me ouve de verdade, e se empenha em interagir comigo para me agradar.

No nosso terceiro encontro, ele me levou a um jogo dos Yankees, porque sabia que era o time favorito do meu pai. Reese não sabia, mas já era a segunda vez que eu tinha ido a um jogo. Eu não consegui contar isso a ele, pois queria criar novas lembranças que não envolvessem Ethan.

— Nossos lugares ficam bem na frente da primeira base — disse Reese enquanto esperávamos na fila do cachorro-quente, que eram os melhores da cidade, de acordo com ele. — Nada se compara a um cachorro-quente de estádio.

No começo, tive medo de ir. Fiquei preocupada de não tirar o Ethan da cabeça, de sentir demais a falta dele e de talvez até lhe mandar uma mensagem da qual eu me arrependeria no dia seguinte. Mas Reese me provou o contrário. Só pensei no Ethan uma vez, quando passamos pelo setor onde sentamos, e lembrei daquele momento em que fiquei com raiva, confusa e envergonhada. Ethan me manteve afastada, como se me escondesse, e o Reese me põe em cima dos ombros, como se me exibisse pela cidade. Os dois sentimentos não poderiam ser mais diferentes.

Reese se vira, como se soubesse que estou pensando nele, e me puxa para mais perto. Meu rosto está pressionado contra o seu peito nu, e eu inspiro, aproveitando o seu cheiro: notas sutis de pinho, do perfume que comprei para ele. Suas mãos suaves deslizam para cima e para baixo nas minhas costas; sua gentileza sempre me acalma. Faço um inventário de cada parte dele, porque nunca quero esquecer.

— Baby — sussurra ele. — Por que está acordada?

— Não consigo dormir. — Jamais contarei para ele que seus roncos me acordam na maioria das noites.

— Posso ajudar com alguma coisa? — Ele abre os olhos.

— Você é mesmo real?

Ele ri.

— Do que você está falando?

— Eu não conseguia dormir, e você estava deitado, tão em paz, e eu fiquei pensando nos nossos últimos meses juntos. Às vezes, eles não parecem reais. Eu esperei a vida toda por um cara como você — falo contra o seu peito.

— Melhor você se acostumar, porque eu não vou a lugar nenhum. — Ele pressiona os lábios contra a minha testa, e então eles encontram a minha boca.

Transar com o Reese é completamente diferente de transar com o Ethan. Eu e o Ethan tínhamos essa química inexplicável, como se nossos corpos fossem ímãs e se atraíssem mesmo nas maiores multidões. Com o Reese, demorou um pouco. Tive que ensinar para ele como eu gostava — mais devagar, mais rápido, continua, não para.

Reese é gentil em tudo o que faz. Ele me beijaria por horas, até que eu lhe dissesse o que queria em seguida, como estava fazendo agora.

— Tira a minha roupa — sussurro.

— Se eu tirar, não vou conseguir dormir de novo.

— Então não dorme. Dormir é superestimado.

Ele segue as minhas instruções e tira a camiseta larga pela minha cabeça. Acaricio seu pescoço, depois seu cabelo, enquanto ele acaricia meu corpo. Por fim, seus dedos descem até minha calcinha e me penetram, e eu gemo contra sua boca.

— Sloane, você é tão... — Ele não precisa nem terminar a frase.

— Eu te quero, Reese.

— E eu não quero que você pare de dizer isso. Fala de novo, baby.

Ele me penetra, e meus olhos reviram até em pensamento. Quando finalmente os abro, o sol está nascendo, a luz entrando pelas cortinas e atingindo o edredom.

Seus gemidos se intensificam, até que ele se esparrama todo ao meu lado.

— Quero acordar assim todos os dias.

— Eu também — respondo, depositando um leve beijo em seus lábios.

22

Sloane
Janeiro de 2018

O metrô está quase vazio na minha volta para casa. Nosso escritório está aberto desde o dia seguinte ao Ano Novo, mas todos sabem que pessoas com filhos não voltam para o trabalho até a segunda semana de janeiro, quando as aulas recomeçam.

Annie mandou uma mensagem me pedindo para cobri-la em um evento essa noite, porque não conseguiria voltar de New Jersey a tempo. Agora que eles contrataram um assistente para me substituir, ela me colocou embaixo da sua asa. O evento é uma festa de lançamento de uma nova empresa de skincare, então sei que vou ganhar vários brindes. Concordo e começo a digitar os detalhes na minha agenda quando a faixa de pedestres me faz parar completamente. Enfio o celular na bolsa e fico atenta ao sinal de trânsito — é quando o vejo.

Em meio à multidão à minha frente, noto um boné azul-marinho do New York Yankees para trás, se destacando. Não penso nele há algum tempo. Mas ver aquele boné, igual ao que ele tem, igual ao que milhares de outras pessoas na cidade têm, me traz de volta uma enxurrada de lembranças que eu pensava que tinha enterrado. Aparentemente, não tão bem.

Agora que eu lembrei, não consigo esquecer. Os toques, os beijos, as risadas, as lágrimas, o tempo, as emoções, a energia. Lembro de tudo. Como vou fazer para esquecer? Eu quero esquecer. Eu quero esquecê-lo, assim como todas as lembranças terríveis que vêm junto. Será que dá mesmo para esquecer o seu primeiro amor?

O restante da minha caminhada para casa é silencioso. Meus pensamentos são consumidos por ele, tudo por causa de um boné de beisebol insignificante. Imagina se eu *o* tivesse visto? Ao contrário do início do verão, sou grata por todos os quilômetros que nos separam.

Entro no nosso apartamento, e a Lauren já está em casa, aninhada no sofá, assistindo a um reality show, como sempre.

Nosso novo apartamento é do mesmo tamanho que o anterior, mas com um pouquinho mais de área comum, o que significa que passamos mais tempo juntas. Depois de viver em um prédio antigo, sabíamos que queríamos um mais moderno, de preferência com porteiro e elevador. Muitos dos meus colegas de trabalho nos incentivaram a procurar em Murray Hill e Kips Bay, dizendo que eram bairros populares para recém-formados, e o colega de quarto do Reese, o Blake (que também havia morado na Pike em Wilmington), nos apresentou um prédio bom. E foi nele que nos acomodamos.

Para ser sincera, não podia ser mais perfeito. Podemos ir a pé para qualquer bar em Murray Hill, temos lavanderia no prédio e ar-condicionado que funciona de verdade. Finalmente estamos vivendo a vida de recém-formadas que sempre sonhamos.

— Bem-vinda de volta! — Lauren me cumprimenta. — Como foi o trabalho?

— Tranquilo. Não acredito que somos um dos únicos escritórios abertos esta semana. Como estão os meninos?

Lauren aceitou um trabalho como professora de ensino fundamental no Bronx quando chegamos na cidade. Ela sabia que seria difícil; ganhava um salário mínimo, e o trajeto não era dos melhores. Mas a razão pela qual ela havia se formado em pedagogia não era pelo dinheiro; era para impactar crianças carentes. Para passar o tempo até o começo do ano letivo, ela passou a ser babá junto à família Bauer. Ela passou o verão inteiro com os gêmeos de cinco anos e, quando chegou o Dia do Trabalho, ela pediu demissão do cargo de professora para continuar como babá. Para ela, na maioria dos dias, era como se eles fossem seu lar longe de casa.

— São uns pestinhas. Passo o dia todo com eles até as aulas começarem. O que você quer jantar?

— Você quer ir comigo a um evento de trabalho hoje à noite? É uma festa de lançamento de uma nova marca de skincare, e eu vou cobrir. Vai ter um coquetel, e aposto que as sacolas de brindes vão ser legais — ofereci.

— Você me convenceu na comida e na bebida, mas brindes? Agora estou mil por cento dentro. Vou me arrumar.

Consegui colocar uma penteadeira no meu quarto minúsculo, o que é uma necessidade, pois dividimos um banheiro com uma pia pedestal. Me sento no banquinho e me olho no espelho. Lembro de quando eu me arrumava na época da faculdade; meu rosto era um pouco mais cheio e meus olhos um pouco mais brilhantes. Após a mudança e o término, perdi um pouco de peso. Dá para notar pelo meu rosto — minhas bochechas e meu maxilar estão mais definidos agora, o que acho que me faz parecer mais madura. Ponho uma playlist enquanto reaplico rímel, blush e uma leve camada de batom. Segundos depois que a primeira música começa a tocar, meu celular vibra.

Chamada recebida: Reese Thompson.

— Oi — respondo, um pouco fria.

— Oi! Está ocupada hoje à noite? Saí mais cedo do que imaginava e estava pensando que a gente podia conhecer aquele bar na esquina do meu apartamento. — A agitação da cidade era audível ao fundo, o que significava que provavelmente ele tinha acabado de sair do prédio.

— Preciso ir a um evento de trabalho hoje. A Lauren vai comigo — digo num tom vago.

— Merda, sinto muito, baby.

Baby. Meu Deus, eu odeio apelidos.

— Tudo bem, eu dou conta.

— Vamos outro dia, então? Talvez na sexta?

Faço uma pausa um pouco longa demais.

— Depois a gente vê.

— Tá tudo bem? — pergunta ele. — Você parece chateada.

— Sim, desculpa. — Suspiro, sabendo que meus sentimentos *em relação* a ele não são *por causa* dele. — Foi um dia longo, e eu não queria que fosse mais longo ainda. Vamos combinar de ir na sexta.

— Bom, espero que melhore. Toma um drinque pra ver se anima. Te mando mensagem mais tarde — diz ele, antes de desligar.

Me sinto mal por tratar Reese como se ele tivesse feito algo errado, porque ele não fez. Eu não pensava no Ethan havia um bom tempo, mas agora que pensei, é difícil parar. É difícil não comparar o meu relacionamento com Reese com o que eu tive com Ethan. Eles são muito diferentes. Os dois são pessoas muito diferentes.

Nunca conheci ninguém como Reese. Ele é bonito, sempre faz planos para nós dois, e é ótimo em se comunicar. Quase bom demais. O completo oposto do Ethan. As coisas com Reese são simples e divertidas, e é por isso que eu gosto dele. Acho que posso até amá-lo algum dia, mas ainda não cheguei lá.

• • •

A festa é linda. Quando chegamos, um garçom nos entrega uma taça de champanhe e um cartão da marca com o cronograma da noite. O local é em um bar no Hotel Moxy, e o salão está cheio de editores de estilo de vida, moda e beleza. Já sei que é tudo o que vou ver no Instagram pelas próximas quarenta e oito horas.

— Eu seria capaz de matar pelo seu trabalho — diz Lauren enquanto pega outra taça de champanhe da torre. — Hoje à noite, vou fingir que sou uma editora fodona. Amanhã, volto a correr por Tribeca atrás de dois gremlins.

— Ah, para, eles não são gremlins.

— Eu sei, eles são uns fofos. O William ganhou a partida de futebol ontem e estava superorgulhoso. Tenho certeza de que ele não vai ter outro assunto amanhã. — Ela revira os olhos e abre um sorriso. Mesmo que alguns dias sejam difíceis, eu sei que, no fundo, ela ama o trabalho dela; é a cara da Lauren.

— Essa frase acabou de me fazer sentir como uma mãe de quarenta e poucos anos saindo com as amigas. — Dou risada.

— Touché. Vamos pegar um martíni e socializar. Com quem a gente conversa primeiro?

Nós nos aproximamos do bar e pedimos dois martínis, o meu com azeitona e o de Lauren sem; então analiso o salão para ver se conheço algum rosto familiar.

— A diretora de marketing está ali no canto. Vou tirar umas fotos e perguntar alguma coisa pra ela pra postar no nosso Instagram. Que venham novos amigos!

Eu me afasto da Lauren e, nervosa, caminho até o grupo que só conheço de nome. Depois de uma hora de papo-furado, encontro Lauren sentada no bar, entretida em uma conversa.

— E então, tá pronta pra ir pra casa? — digo, cutucando seu ombro.

— Acho que vou ficar, amanhã entro mais tarde. — Ela se vira para mim e aponta discretamente com a cabeça para o cara sentado ao seu lado. — Me avisa quando chegar no apartamento!

Entrego a ela o restante da minha bebida, para não desperdiçar, e pego o celular para chamar um Uber. De jeito nenhum vou voltar de metrô sozinha a essa hora. Ainda não sou tão nova-iorquina. O carro para em frente ao nosso prédio, e percebo que o porteiro está empoleirado logo atrás das portas duplas. Porteiros são uma das minhas coisas favoritas na cidade — eles me fazem sentir segura, como se eu voltasse para casa depois de um encontro e meu pai estivesse me esperando no sofá.

— Obrigada, Phillip! — eu o cumprimento quando passo pela porta e entro no lobby.

— Eu que agradeço, Sloane. Quer que eu pegue sua correspondência? Apartamento 405, certo? — pergunta ele.

— Claro, seria ótimo. — Pego o celular e mando uma mensagem para Lauren avisando que cheguei em casa, quando ouço a campainha que significa que mais alguém está entrando no prédio. Por instinto, olho para cima, e meu coração imediatamente afunda até o estômago.

Estou vendo uma miragem? Alguém batizou a minha bebida? Estou ficando maluca?

— Oi, Hart.

Alguma coisa no fato de ouvi-lo falar o torna real. Eu reconheceria essa voz em qualquer lugar. Ele não é apenas fruto da minha imaginação. Ethan Brady está bem na minha frente, em Manhattan, no meu prédio. Quero correr. Dar meia-volta e correr pela porta da frente, ou fugir para o elevador e ficar embaixo das cobertas por pelo menos cinco dias úteis. Quero estar em qualquer lugar, menos aqui, neste momento.

— Acho que agora é uma boa hora pra te contar que eu me mudei pra Nova York, e, pelo jeito, pro seu prédio — diz ele, quase sem conseguir olhar para mim.

— Você mora aqui? — gaguejo.

Phillip volta e percebe que está interrompendo algo. Ele põe a minha correspondência em cima do balcão da recepção e volta para o seu escritório.

— Pensei que você estivesse no Upper East Side? Mas sim, Sloane, eu moro aqui. — Eu odeio como ele fala o meu nome como se o usasse contra mim.

— Era um contrato de locação de seis meses, até descobrirmos em que área queríamos ficar no longo prazo — afirmo. — Como você veio parar aqui?

Tenho tantas perguntas, mas isso é tudo o que consigo dizer.

— Você conhece o Blake King? Ele morou na Pike, deve ter se formado antes de você entrar.

É claro que eu conheço o Blake. Ele é colega de quarto do meu namorado. Aceno com a cabeça enquanto ele continua.

— Ele que sugeriu, disse que morou aqui no ano passado, antes de se mudar pro West Village. Conheci alguns caras no trabalho que estavam morrendo de vontade de sair do Brooklyn, e tivemos sorte. Ficamos com o último apartamento de três quartos disponível até o verão. Eu realmente não tinha ideia que você morava aqui.

Um sentimento de raiva borbulha dentro de mim, mas não é só isso. Tristeza? Coração partido? Nostalgia? Todas as anteriores? Eu não sabia dizer.

— Você não pensou em entrar em contato quando aceitou uma proposta de trabalho aqui? — perguntei. — Uma mensagem? Um telefonema? Não acha que eu merecia?

— Eu ia. — Ele parece sincero. — Eu queria. Mas eu não sabia o que dizer.

— *Oi, Sloane, só queria te avisar que estou me mudando pra Nova York?* — sugeri.

— Desculpa, você tem razão. Eu devia ter dito algo. Mas eu não queria reviver isso de novo e transformar em algo maior.

— Bom, definitivamente é algo maior agora.

Dessa vez, ele olha para mim. Ele finalmente *olha* para mim. É engraçado como as pessoas não mudam. Quer dizer, não de fato. Ele ainda tem aqueles mesmos olhos castanhos penetrantes que, de alguma forma, me confortam e partem o meu coração ao mesmo tempo. Quando olho fixamente para eles, vejo o céu de algodão-doce que encharcava as janelas da casa na montanha. Vejo as luzes da rua brilhando através do para-brisa das nossas viagens pela ponte. Seus olhos me fazem sentir como se eu voltasse àqueles mesmos lugares, naqueles exatos momentos. Sinto falta desses momentos. Sinto falta dele. Mesmo quando sei que há um milhão de motivos para não sentir. Como viemos parar aqui?

Viro as costas para ele e corro para o elevador. Sinto um nó de emoção subir pela garganta, e lágrimas se formam nos meus olhos. Quando finalmente chego ao quarto andar, não consigo mais me conter e começo a soluçar. Até a Lauren chegar em casa, fico sentada no sofá, no escuro, repetindo nosso encontro na cabeça. Penso em tomar uma taça de vinho, mas sei que beber mais só vai piorar a situação.

— Ah, Sloane — diz ela quando passa pela porta. — Eu sinto muito.

— Por que eu não consigo esquecer ele? Por que ele precisa aparecer nos lugares, tipo, na porra do nosso prédio? Eu não posso ser vizinha dele de novo, Lauren; não consigo. Eu mal consigo ver o rosto dele sem querer chorar. Como isso vai dar certo? — Choro.

— Me escuta. — Lauren se senta ao meu lado. — Vou ser duramente honesta com você. Ele é o seu primeiro amor, então você nunca vai esquecer, não completamente. Uma parte de você sempre vai amá-lo, mas não da forma como costumava ser. De um jeito que você ama um antigo amigo com quem não fala mais, de um jeito que você ama um restaurante ao qual não pode mais ir porque está fechado... é um tipo de amor vazio. Você fica feliz por ter experimentado, e talvez fique triste de tempos em tempos porque acabou, mas você sabe que não era para ser.

— Obrigada, Lauren. — Seco uma lágrima da bochecha. — Você acha que o Graham sabia? Eu pensei que ele me avisaria.

— No fim das contas, o Graham só se importa com ele mesmo. Provavelmente ele está envolvido demais com a nova namorada pra pensar em você e no Ethan. Mas se você quer saber a minha opinião, é claro que ele sabia. Eles são melhores amigos. — Ela se levanta.

— Você tem razão. — Estico o braço para ela me ajudar a levantar. — Eu odeio muito os dois.

— É isso mesmo — diz ela, brincando, mas nem tanto.

23

Ethan
Janeiro de 2018

Merda.

Como estamos morando no mesmo prédio? Essa não deveria ser a cidade mais populosa dos Estados Unidos? Se ela não me odiava antes, com certeza me odeia agora.

Ponho minha comida em cima do balcão e nem sinto mais vontade de comer, o que não é muito a minha cara, porque eu nunca nego uma refeição. Meus colegas de quarto, Noah e Alex, ainda não chegaram, então tiro a roupa e fico só de cueca no corredor, depois entro no banheiro. A água escaldante atinge as minhas costas quando entro no chuveiro, e penso em tudo que eu e a Sloane passamos nos últimos dois anos.

Depois que termino de relembrar os dois anos mais estranhos da minha vida, esquento meu Chipotle e sento no sofá para comer. Dou uma olhada na Netflix e percebo que não há nada de novo para assistir, então decido fazer um FaceTime com Graham.

— Olha quem é! — atende ele.

— É o Ethan? Como está a cidade? — Emily aparece atrás do Graham com um grande sorriso.

— Oi, Em — cumprimento. — Tá frio pra cacete.

— É janeiro. Tirando isso, tudo certo? — pergunta Graham. — Como tá o trabalho? Os colegas de quarto?

— O trabalho tá ótimo; os colegas de quarto são legais. — Paro de falar um instante. — Só tem uma coisa...

Graham ajeita o celular, como se agora prestasse atenção completamente.

— O quê?

— Então, hum, a Sloane mora no meu prédio. — O nome pesa na minha língua.

Ele ouve e não acredita.

— Você tá me zoando, né?

— Cara, eu queria que fosse zoeira. O King que indicou esse lugar pra mim; deve ser bem popular.

— Espera, o Blake King? — pergunta Graham, ainda incrédulo.

— É, eu liguei pra ele antes de mudar, pedindo uma indicação.

— Não acredito... O King é o colega de quarto do namorado da Sloane, acorda, cara!

— O Blake King e o Reese Thompson são colegas de quarto? — Fico confuso. — Eu sabia que a Sloane e o Reese estavam juntos, mas não sabia que os dois ainda mantinham contato.

Ele ri, negando com a cabeça.

— Você realmente precisa usar mais as redes sociais. Você não ia saber que ela tinha namorado se eu não tivesse te contado. Então, você e a Sloane vão conversar sobre isso?

— Provavelmente não. — Dou de ombros.

— Eu não te entendo, cara.

Sorrio para ele.

— Nem eu.

Ele desliga e eu encaro a TV. Me pergunto onde Noah e Alex estão. Mando uma mensagem no grupo, torcendo para eles ficarem onde estão mais um tempo. Agora eu preciso de uma bebida.

• • •

— Olha lá ele! — Noah acena para mim. — Pega uma cerveja do balde; vamos jogar.

Arremesso de dardo é uma coisa muito nova-iorquina. Acho que nenhum bar em Wilmington tem um, pelo menos eu não conheço.

— Então, como tá sendo sua primeira semana na cidade? O trabalho já tá te ferrando? — pergunta Alex.

— Tá indo. Felizmente, ainda não — respondo.

— Vai se ferrar, Alex — diz Noah, puxando os dardos do alvo. — Brady, você é o próximo.

— Alguém já te disse que você é um péssimo perdedor? — Alex zoa Noah.

— Todos os dias.

Apesar de morar aqui há exatos oito dias, já posso dizer que vou gostar. Nunca me imaginei sendo um cara da cidade, mas também nunca pensei que conseguiria um trabalho como esse. Sou grato aos Clark por me proporcionarem uma família e uma vida das quais nunca pensei que fosse merecedor. Eu sempre tive receio, mas acho que estou começando a perceber que mudanças são boas. Muito boas.

24

Sloane
Fevereiro de 2018

Reese sorri para mim do outro lado da mesa e toma um gole de sua taça de vinho. Mexo na alface do meu prato enquanto ele tagarela sobre novos clientes. Estou surpresa que ele não tenha percebido como estive dispersa a noite toda.

É Dia dos Namorados. Nunca celebrei esse dia com ninguém, com exceção da Lauren, claro. Ele fez a reserva no restaurante três meses antes, mandou uma dúzia de rosas para o meu escritório e estava esperando do lado de fora do meu prédio quando saí do trabalho. Não posso deixar de sentir como se o estivesse traindo.

Desde que descobri que o Ethan é meu vizinho, andei questionando o meu relacionamento com Reese. Ele não tem ideia de nada disso, porque eu queria me dar um tempo para processar tudo. Já passou cerca de um mês, e ainda não consigo contar para ele. As coisas com Reese são fáceis de um jeito que nunca foram com Ethan. Nosso relacionamento é estável e previsível. Então por que não parece o suficiente?

— Depois que fechar esses contratos, quero te levar pra uma viagem de fim de semana — diz ele. — Ainda não viajamos juntos.

— Seria legal — digo enquanto estendo um guardanapo em cima da salada que mal toquei.

— Pra onde a gente vai? Algum lugar quente?

— Sim! Algum lugar com praia. Sinto falta da praia.

— Você não gostou da comida? Pede outra coisa — sugere Reese.

— Não estou com muita fome; almocei tarde. — Eu odeio mentir para ele.

Reese se tornou familiar. Me acostumei a dormir ao seu lado à noite. Gosto do seu cheiro quando ele sai do banho e da sensação quando ele me abraça. Durante a semana pedimos comida à noite, e nos finais de semana exploramos a cidade. Ele me proporciona o tipo de relacionamento que por muito tempo me convenci de que não merecia.

— Estava pensando que a gente podia voltar pra Wilmington. Geralmente os meus pais passam a primavera na nossa casa em Kure Beach, e eu ia gostar que você os conhecesse.

O vinho, misturado à minha sensação de choque, me faz engolir errado e começo a tossir. Não posso voltar para Wilmington com ele. Eu mesma não voltei para lá desde a formatura. Aquela cidade inteira tem Ethan escrito por toda parte. Foi onde eu me apaixonei pela primeira e última vez.

— Desculpa, desceu pelo buraco errado. — Levo o guardanapo até a boca. — Pode ser legal.

— Pensa nisso. Eu vou aonde você quiser. — Ele sorri e faz um gesto para o garçom trazer a conta. — Vamos pro seu apartamento hoje à noite? Me sinto mal por estarmos sempre no meu. Logo as coisas devem melhorar no trabalho.

— Podemos ir pro seu de novo; meus lençóis ainda estão na secadora.

— Lá vou eu, mentir de novo.

Não suporto a ideia de dormir debaixo do mesmo teto que Ethan, com Reese na minha cama. Alguma coisa parece... errada.

Nas poucas e raras noites que dormi no meu próprio apartamento, fiquei deitada na cama imaginando se ele estaria olhando para o mesmo ventilador de teto que eu. É como olhar para as estrelas sabendo que a pessoa de quem você sente falta compartilha o mesmo céu que você, imaginando se, quando ela olha para cima, também pensa em você.

Não entendo como isso foi acontecer. Mais de oito milhões de pessoas vivem nessa porra de cidade, e eu fui morar no mesmo prédio que o único cara que já partiu o meu coração. Como isso é possível? No início, pensei que talvez fosse um sinal. Talvez estivéssemos destinados a nos encontrar. Mas logo percebi que nem toda coincidência ou encontro no supermercado deve significar algo. Às vezes, você realmente acaba no mesmo lugar que alguém que não gostaria de encontrar por acaso. E há duas maneiras de lidar com isso.

Primeira: se convencer de que aquilo quer dizer algo e tentar descobrir esse propósito.

Segunda: perceber que foi uma coincidência e seguir com a vida.

Durmo no apartamento do Reese o resto da semana, para evitar pensar no Ethan. Quando eu e o Reese estamos nessa bolha, as coisas são ótimas. Mas quando estou sozinha, parece que vou ser engolida por um furacão.

• • •

— Trouxe café, baby. — Abro os olhos e vejo o Reese sentado na ponta da cama, acariciando o meu braço para eu acordar. — Vou andar de bicicleta com os caras, mas me avisa o que você vai fazer essa noite. A gente pode se encontrar.

Ele deixa uma chave no balcão para mim, e eu levanto da sua cama. Às vezes, parece errado estar aqui. Saber que ele gosta mais de mim do que eu gosto dele. Pego meu celular na mesa de cabeceira e ele começa a vibrar na minha mão.

— Alô? — atendo sem olhar quem é.

— Não te vi a semana inteira! Parece que eu moro sozinha agora. Vamos num brunch? — pergunta Lauren. — Algumas meninas do meu grupo de babás vão se encontrar em Midtown e nos convidaram. Você consegue vir pra cá e ficar pronta daqui a uma hora?

— Sim, te vejo daqui a pouco. — Desligo e rapidamente saio da cama.

Escovo os dentes com a escova elétrica rosa que o Reese comprou para mim, que combina com a dele, que é azul. Estou com uma das suas camisetas e ainda com o rímel da noite anterior, que fiquei com preguiça de tirar. Suspiro enquanto encaro a garota confusa que me olha de volta no espelho.

Por que não posso ficar satisfeita com ele? Amor é ficar satisfeito com alguém? Eu sei que amor não é só se acomodar com a pessoa com quem você está só porque ela te ama como você sempre amou as outras pessoas. Eu realmente acredito que, para um relacionamento durar a vida toda, os dois precisam estar apaixonados um pelo outro. E, por mais que eu tente, às vezes fico preocupada de nunca me sentir dessa forma em relação ao Reese.

Eu e a Lauren chegamos no brunch em menos de cinco minutos, o que é um tempo recorde para ela. Normalmente, qualquer que seja o horário que Lauren diz que vai sair, nos atrasamos pelo menos vinte minutos, divididos entre mudar de roupa pelo menos cinco vezes, perder o celular ou a identidade, e retocar a maquiagem. Não me considero uma pessoa paciente, mas com a Lauren eu preciso ser. Mas não me importo de esperá-la, pelo menos na maioria dos dias.

— Elas chegaram! — uma das garotas anuncia a nossa entrada. — O brunch começa oficialmente agora.

Na cidade, o brunch é cronometrado. Normalmente, você tem de uma hora e meia a duas horas por mesa, portanto, não pode ficar sentado o dia todo gastando apenas cinquenta dólares. Os garçons precisam ganhar dinheiro de alguma forma, e brunch com hora para acabar e gorjetas de clientes bêbados são a forma de fazer isso. Poucos minutos após o início do brunch, recebo uma mensagem da Annie, o que não é comum em uma tarde de sábado.

13:07

Annie Walker: Odeio pedir, mas você conseguiria ir pra Boston essa semana pra falar numa palestra no meu lugar? As crianças estão doentes. Me avisa.

Uma onda de alívio me inunda. Mal posso esperar para passar alguns dias longe de Nova York. Não consigo imaginar uma forma melhor de clarear a mente. Eu nunca estive em Boston e adoraria explorar a cidade sozinha.

— Quem é? O Reese? — pergunta ela, entusiasmada.

— Não, um problema de trabalho. Tenho que ir pra Boston essa semana substituir a Annie em uma conferência.

— Aff. — Ela faz beicinho e franze as sobrancelhas.

Uma das garotas nos interrompe.

— Vamos pro Lower East Side depois! Aposto que a gente consegue achar algum lugar legal com música ao vivo.

Seguimos para o metrô depois que o brunch acaba. Eu já bebi muito, mas acho que mais um ou dois drinques não vão fazer mal. Além da Lauren e da Mila, não tenho nenhum amigo na cidade. Quando nos mudamos para cá, eu me dediquei ao trabalho e ao relacionamento a distância com o Ethan. Quando nós terminamos, eu me concentrei no trabalho e em superar o Ethan, e não percebi a importância de fazer amigos em uma cidade tão grande.

Encontramos um bar e passamos as horas seguintes jogando dardos e ouvindo bandas cover. Estou tomando mais alguns drinques quando sinto o celular vibrar no bolso de trás. Deixo ir para a caixa postal e vejo que tenho três mensagens dele não lidas.

19:39

Reese Thompson: Vamos fazer um esquenta no Gem daqui a pouco.

21:17

Reese Thompson: Estamos nos fundos, perto da pista de dança.

21:45

Reese Thompson: Saudade, baby.

As mensagens me deixam com vontade de tomar um shot. Alguma coisa sobre a quantidade de álcool que estou bebendo me faz pensar no Ethan e esquecer Reese. É uma merda, eu sei. Mas não consigo evitar. Antes de guardar o celular, olho as redes sociais para ver se Ethan postou algum story hoje. Nada. Será que devo mandar uma mensagem? Estou travando uma batalha interna e não posso me abrir com a Lauren, porque ela vai falar para eu não fazer isso. O que é exatamente o que eu deveria fazer.

Ainda assim, clico "enviar".

• • •

Menos de uma hora depois, estou no apartamento doe Ethan, que fica apenas alguns andares acima do meu. Parece que estou entrando no passado — é Ascent tudo de novo. Sento no sofá, o couro gelado contra a pele exposta das minhas pernas. Mesmo que seja o ápice do inverno, minha roupa favorita para sair é saia, meia-calça, body e botas de cano alto. Deus abençoe Nova York e suas chapelarias. Examino seu apartamento, os móveis que não combinam, que provavelmente ele pegou na calçada, duas TVs instaladas como o sonho de um fanático por futebol e paredes em branco que, tenho certeza, nunca serão preenchidas.

— Quer beber alguma coisa? — A voz do Ethan, calma e familiar, chama da cozinha.

— Claro — respondo, com a voz mais firme do que me sinto. Meu limite já foi ultrapassado diversos drinques atrás.

— Só temos uísque — diz ele.

Aceito o copo e me dou um momento para observá-lo. Ele escolhe um lugar do outro lado do sofá de canto, o que nos faz ficar há mundos de distância no pequeno universo da sua sala de estar. É como se ele respeitasse as fronteiras que cresceram entre nós, mas tudo em mim quer apagá-las. Tomo um gole, que desce queimando.

— Desculpa, de novo, por tudo isso — diz ele, quebrando o silêncio que se instalou de forma confortável entre nós.

— Tudo bem, você não sabia. — Eu o conforto, como sempre faço.

— Quer dizer, eu sabia que você morava na cidade. O mínimo que eu podia fazer era te avisar.

— Exato. — Concordo com a cabeça.

— Então, por que você me mandou mensagem? — pergunta ele. — Era isso que você queria? Um pedido de desculpas e uma bebida de graça?

Hesito, a verdade girando no meu copo.

— Não posso responder isso.

— Por que não? — Ele levanta uma sobrancelha.

— Essa não é a minha primeira bebida essa noite, Ethan. — Dou risada e giro o copo de brincadeira, e umas gotas de uísque caem no meu colo.

— Beleza. Me dá isso. — Ele se aproxima e pega o copo. Por um momento, tudo, com exceção de nós dois, desaparece.

— De jeito nenhum! — protesto.

Inclino o corpo e me afasto, segurando o copo o mais alto e o mais longe possível do seu alcance. Ethan consegue pegá-lo e o coloca sobre a mesa de centro, posicionando o corpo um pouco acima do meu. Ele está mais perto agora, e sua presença é uma atração gravitacional da qual não tenho certeza se quero escapar.

— Posso te perguntar uma coisa, então? — Ele muda de posição, sentando-se um pouco.

— Claro — respondo, mais como uma pergunta do que uma afirmação.

Ele hesita antes de continuar.

— Então... o artigo.

Um nó começa a se formar na minha garganta.

— Você sabia que eu ia ler. Quer dizer, foi por isso que você escreveu, né? — continua Ethan.

— Sei lá. — Me sento no sofá, torcendo para afundar nas almofadas e escapar da conversa. — Começou como uma forma de me impedir de entrar em contato. Eu escrevia pra você o tempo todo. No meu diário, no meu aplicativo de notas, em textos que eu simplesmente apagava. Era como uma terapia. Eu não pretendia publicar, mas um dia decidi mostrar pra Annie, e, bom, fico feliz por ter mostrado. Eu não pensei que tantas pessoas leriam. Nem você.

— Entendi... — Sua voz vai desaparecendo.

— Desculpa.

— Sloane — sussurra ele. — Você não precisa pedir desculpas. Eu que devia pedir desculpas. Eu me odiei por tanto tempo pelo que fiz pra você. Eu nunca quis te magoar.

— Eu sei. A parte triste é que, por mais que eu tenha tentado, eu não consegui te odiar. Acho que nunca vou conseguir.

Em um instante, sua mão aperta a minha coxa, e seu rosto está a centímetros do meu. Minhas bochechas ficam vermelhas, e meu coração acelera. É isso que o Ethan faz comigo, todas as vezes.

— Oi — digo, nervosa.

— Oi — ele fala contra o meu cabelo. — Tudo bem fazer isso?

Lembro quando eu era dele, e ele não precisava perguntar se estava tudo bem — ele podia fazer qualquer coisa, porque sabia que eu também queria. Também lembro que agora sou de outra pessoa. Uma pessoa gentil. Uma pessoa que se importa. Uma pessoa que nunca faria o que o Ethan fez comigo. Uma pessoa que me ama.

— Não. — Encontro forças para falar e me afasto dele. — Desculpa. Eu não sei o que estou fazendo aqui. Eu nunca deveria ter vindo.

O espaço entre nós aumenta, não apenas em centímetros, mas na percepção de que algumas distâncias não podem ser medidas. O uísque permanece na mesa enquanto me levanto para sair, com o gosto do arrependimento e dos "e se" na língua. Pego minha bolsa e caminho em direção à porta da frente, esperando que ele me peça para parar. Ele não pede. Claro que não. Alcanço a maçaneta e ainda nada. Quando a porta se fecha atrás de mim, uma lágrima escorre pela minha bochecha. Como vim parar aqui de novo? Depois de meses seguindo em frente, volto a me sentir da mesma forma que me senti na manhã que ele foi embora para o aeroporto.

Desço o único lance de escada que leva ao meu apartamento e pego o celular para ligar para o Reese.

— Oi! — grita ele por cima da música alta.

— Você pode vir pra minha casa?

— Pensei que você nunca ia pedir. Deixa a porta destrancada; estou indo. — E desliga.

Visto meu conjunto de moletom favorito e lavo o rosto para ele não perceber que eu estava chorando. Enquanto limpo o rímel debaixo dos olhos, olho para o meu reflexo e me pergunto em quem eu me tornei. Estou apaixonada por alguém que não me ama e que já me disse isso mais vezes do que posso contar. Reese nunca teve nenhuma dúvida em relação a mim. Seus sentimentos sempre foram estáveis, e isso é tudo o que eu sempre quis. Lembro a mim mesma disso até ficar gravado na minha mente.

— Sloane? — Reese me chama.

— Estou aqui!

Ele senta na minha cama e estende os braços, fazendo sinal para eu me juntar a ele. Fico entre suas pernas e toco as duas mãos em seus ombros. Suas mãos repousam na minha cintura e ele me olha, esperando que eu o beije. Beijar Reese é diferente de beijar Ethan. É algo mais suave e menos apaixonado.

Eu o beijo com mais vontade e espero que ele acompanhe. Ele alcança o ritmo e desliza uma mão por dentro da minha blusa. Sinto sua outra mão subir pelas minhas costas e abrir o sutiã. Ele tira o meu moletom e finalmente assume o controle. Saio do seu colo e deito na cama. Acabo de me despir enquanto ele se inclina para pegar uma camisinha na mesa de cabeceira. Eu não usava camisinha com o Ethan, mas o Reese quase sempre insiste.

O sexo com o Reese é bom. Apenas isso — bom. Às vezes, penso no Ethan enquanto estou transando com o Reese. É horrível, eu sei, mas não consigo evitar. Essa é uma dessas noites.

Geralmente me pergunto se algum dia vou voltar a sentir o que senti com o Ethan. Será que esse é o tipo de amor que só se tem uma vez na vida? Volto para o momento presente, quando Reese está prestes a terminar, e quase desejo não ter feito isso.

— Eu te amo, baby — sussurra ele, com a respiração entrecortada.

É a segunda vez que ele diz isso, sem esperar que eu diga de volta. Agarro seu corpo com mais força e cravo levemente os dentes no seu ombro, para não ter que responder na mesma hora. Preciso adiar a resposta pelo máximo de tempo possível.

Ele se afasta e me beija antes de deitar ao meu lado. Permanecemos assim por alguns minutos, até que levanto para ir ao banheiro.

— Espera, ainda não. — Ele segura o meu braço e tenta me puxar para perto.

— Preciso fazer xixi.

Dou um beijo de desculpas em seu antebraço e procuro uma camiseta para vestir. Abro a torneira para o Reese não ouvir que não estou usando o banheiro; me olho no espelho, um pouco envergonhada e muito confusa.

— Você tá bem? — pergunta Reese enquanto bate na porta. Dou a descarga e destranco a maçaneta para deixá-lo entrar.

— Precisava lavar o rosto — digo, esperando que a água tenha apagado mais do que as provas físicas de uma noite da qual não me orgulho.

— Volta pra cama — diz ele, não como uma ordem, mas como um simples pedido.

Ele pega as minhas mãos e me puxa para alinhar o meu corpo ao seu. Suas mãos tocam o meu quadril, em seguida a minha bunda. Ele me levanta e me carrega por todos os vinte passos até o quarto. Acho que eu poderia amá-lo. Mas, quando nos aninhamos no calor dos lençóis, os centímetros que nos separam parecem quilômetros.

— Tem alguma coisa errada? — pergunta Reese.

— Não, por que teria? — respondo rápido demais, e me pergunto se ele tem ideia de onde eu estava apenas uma hora atrás.

A cama balança conforme ele se movimenta, e as luzes da rua lá fora lançam listras pelo quarto, revelando uma ponta de preocupação em seu rosto.

— Eu não queria falar sobre isso, mas eu já disse que te amo duas vezes, e você não disse nada de volta. Eu estava te dando um tempo, mas acho que a gente precisa conversar.

Eu me viro para olhá-lo de frente. Embora o quarto esteja escuro, as luzes da rua brilham através das cortinas, permitindo que vejamos um pouco o rosto um do outro. Não sei como responder à pergunta dele, então recorro a mais uma mentira.

— As duas vezes foram quando a gente estava transando. Quero dizer isso num outro momento.

— Merda, desculpa, baby. Eu te amo o tempo todo, não só quando a gente está transando. — Suas mãos seguram o meu rosto, o dedão traçando a linha do meu maxilar, enquanto ele me puxa para um beijo cheio de palavras que não estou pronta para dizer.

...

— Onde a gente vai tomar o café da manhã? — Reese me acorda e acaricia a minha bochecha.

— Não estou com muita forme. — É verdade. Desde que o Ethan voltou, não tenho tido muito apetite. Minha ansiedade não deixa.

— E se eu te disser que consegui uma reserva no La Mercerie para daqui a uma hora?

— Sério? — A palavra escapa em um meio-sussurro, meio-suspiro, enquanto me apoio nos cotovelos.

Há um brilho brincalhão nos seus olhos quando ele responde, os cantos da sua boca se levantando em um sorriso.

— Vai se arrumar. — Ele ri.

Há semanas estamos tentando fazer uma reserva lá. Reese fez intercâmbio na faculdade e disse que essa padaria na Costa Leste era a que mais se aproximava a uma padaria francesa. Então, é claro, preciso ter certeza de que ele não está exagerando.

Quando as portas do elevador se abrem, um momento que eu nunca quis vivenciar se desenrola em câmera lenta. A mão do Reese está quente na minha, até que meu olhar se ergue, e ali, como uma estátua, está o Ethan. O ar fica mais denso e sinto um frio na barriga. Não me dou bem com situações constrangedoras, especialmente aquelas em que estou mentindo para alguém com quem me importo. Nunca encontrei o momento certo para contar a ele sobre meu novo vizinho.

Nossos passos estão sincronizados enquanto passamos silenciosamente pelo Ethan. Prendo a respiração enquanto seguro a mão do Reese, na esperança de que esse silêncio dure para sempre. Mas o silêncio, assim como a verdade, é algo frágil.

Reese aperta mais a minha mão, a ponta dos dedos pressionando a minha pele — um sinal da raiva que obviamente está sentindo. Saímos para a manhã fresca, e os sons da cidade se apressam em preencher o vazio que se ergue entre nós. Só quando Reese solta a minha mão e sua voz atravessa o ar que percebo como ele está chateado.

— Sério, Sloane? Você tá de sacanagem, né? — Sua voz fica mais alta enquanto ele abre a porta do carro para mim.

— Eu posso expli...

A interrupção vem rápida, suas palavras me cortando.

— Eu não vou fazer isso com você. Isso é patético pra caralho. Por que ele está aqui? — Ele me cobre de perguntas no espaço apertado do Uber.

— Para. — Gesticulo sutilmente na direção do motorista, cujo desconforto é visível.

— Para de tentar me distrair do fato de que nós acabamos de trombar com o seu ex no prédio onde você mora. Por que ele estava lá, Sloane? — ele está gritando agora.

— O seu melhor amigo, Blake, não te contou? — Elevo o tom de voz, porque agora também estou com raiva. Se não fosse pelo Blake, nenhum de nós estaria nessa confusão. — Ele ajudou o Ethan a achar um apartamento.

— Merda. — Ele solta a cabeça, derrotado. — Eu não acho que o Blake sabe que vocês dois já ficaram. Há quanto tempo você sabe? Por que não me contou?

— Eu acabei de descobrir. Trombei com ele na recepção há alguns dias — minto.

Dias, semanas, qual a diferença? Pelo espelho retrovisor, vislumbro os olhos cautelosos do motorista e me pergunto o que ele está pensando.

O silêncio se instala entre nós, e me concentro na cidade enquanto ela passa do lado de fora. Cafeterias e restaurantes que amamos, esquinas onde nos beijamos, faixas de pedestres onde nós demos as mãos. Será que esse é o nosso fim? Se for, acho que eu mereço.

— Desculpa. — Ele solta o ar. — Provavelmente estou exagerando. Só senti que tinha levado um soco no estômago quando você disse que sabia que ele estava morando lá e não me contou. Eu odeio ter descoberto assim.

— Eu sei. — Minha voz se suaviza. Pouso a mão gentilmente em sua coxa, numa oferta de paz. — Me desculpa também. Eu estava evitando pensar nele. Não passou pela minha cabeça como você se sentiria...

— Tudo bem. Eu não devia ter ficado tão bravo. — Ele pega minha mão e entrelaça os dedos nos meus. — Eu te amo, você sabe disso, né?

— Eu também te amo.

Finalmente digo, e não acho que seja mentira. Pensar em perdê-lo me faz perceber que talvez eu esteja me apaixonando por ele. Aperto sua mão, e ele beija minha testa.

Três palavras podem mudar muita coisa. Três palavras podem fazer você perdoar de verdade uma pessoa e esquecer por que estava chateado com ela. Três palavras podem fazer você se sentir a pessoa mais importante do mundo e, para Reese, eu era essa pessoa. E eu sabia disso.

25

Sloane
Fevereiro de 2018

Sempre me sinto em paz viajando sozinha. Adoro chegar ao aeroporto um pouco mais cedo, mesmo que eu passe facilmente pela segurança com o PreCheck. A minha rotina de sempre é encontrar um bar e pedir uma taça de sauvignon blanc e uma porção de batatas fritas, enquanto observo as pessoas e coloco o trabalho em dia. Eu me sinto inspirada ao ver os aviões decolando e pousando, imaginando quem está neles, para onde estão indo ou onde prefeririam estar.

Pago minha conta e atravesso o terminal para encontrar o meu portão. De alguma forma, em um mar de pessoas esperando para ir para Boston, consigo um assento. Estou mexendo no celular, esperando o início do embarque, quando vejo a postagem: Graham pediu Emily em casamento.

A história deles é muito fofa. Eles se conheceram na festa da empresa da família Clark, onde o pai dela é gerente de marketing. Na manhã seguinte, Graham me enviou uma mensagem dizendo que havia conhecido a sua esposa. Na hora, dei risada, mas agora sei que ele estava falando sério. Não consigo acreditar que algumas pessoas sintam essa certeza tão facilmente. Eu me pergunto se foi esse o sentimento que tive no momento em que conheci Ethan, ou se foi apenas a maneira do meu corpo dizer para ficar longe dele. Estou muito feliz pelos dois, mas não posso deixar de me sentir um pouco nostálgica e triste. Imaginei que o dia do casamento do Graham seria muito diferente.

Eu e Ethan dividiríamos um quarto de hotel. Eu colocaria o meu vestido enquanto ele tomava banho. Ele colocaria Frank Sinatra para tocar e cantaria absurdamente alto, porque isso sempre me fazia rir. Ele tentaria dançar comigo, e eu o empurraria de brincadeira, tomando cuidado para ele não bagunçar o meu cabelo ou a minha maquiagem. Mesmo assim, eu o deixaria me beijar. Eu sempre deixei. Bom, pelo menos até o último fim de semana.

— Grupo cinco. — A voz da atendente do portão ecoa pelo alto-falante.

Volto à realidade, pego a minha mala e vou para a fila. Escaneio meu cartão de embarque e me dirijo ao assento 13A. Sempre escolho um assento na janela e costumava me perguntar se isso teria que mudar se eu viajasse com Ethan. Será que eu ficaria confortável no assento do meio? Ou seríamos aquele tipo de casal que senta cada um em um corredor? Agora eu nunca vou saber. Como é possível que ele ainda seja uma parte tão importante das minhas recordações quando nem estamos mais criando novas memórias juntos?

Na metade do voo, fico entediada e começo a limpar o meu rolo da câmera, então clico no topo do álbum. Isso me leva às minhas primeiras fotos do iCloud, que por acaso são do dia da mudança do último ano de faculdade. Geralmente tento evitar olhar para as minhas fotos com Ethan, mas, às vezes, tarde da noite, depois de tomar algumas taças de vinho, o coração partido me convence a passar pelas fotos que não consigo apagar. Hoje, ele decide atacar no meio da tarde.

Percorro as memórias armazenadas no celular e vejo como a nossa história se desenrolou. Uma foto tremida dos meninos sentados no nosso sofá, jogando cartas, na primeira noite em que saímos juntos. Uma selfie da Lauren e do Graham, com Ethan fazendo graça no fundo. A primeira foto que tiramos só de nós dois, no meu aniversário de vinte e dois anos. Está tudo aqui. É muito fácil olhar para trás e romantizar as coisas boas. As risadas, os beijos, os encontros, as viagens de carro. Mas e as brigas? Os gritos, o choro, as noites em que ele saía do quarto e voltava para a própria cama. Nunca documentadas, quase nunca discutidas. É como se elas nunca tivessem existido. É fácil lembrar dos bons momentos quando eles são tudo o que queremos ver.

Durante o voo, passando pelas fotos que eu gostaria que nunca tivessem existido, chego ao meu limite. Não era assim que deveríamos estar. Eu deveria estar voando para casa, para ele, enquanto descobríamos como lidar com o relacionamento a distância. Em vez disso, eu o vejo através de velhas lembranças. Detesto ter que incomodar os meus vizinhos de assento quando peço licença para ir ao banheiro, e tento não esbarrar no encosto de cabeça das poltronas de outras pessoas enquanto me dirijo para a frente do avião. Me tranco no banheiro e apoio a cabeça nas mãos. Ainda bem que é um voo curto.

• • •

Meu despertador toca mais cedo que o normal, e fico deitada por alguns minutos antes de começar o dia. Olho ao redor do quarto de hotel moderno e frio, e tento me lembrar de quando eu sonhava em ter um emprego como o que tenho agora e em viajar sozinha. Esse pensamento e o desejo de tomar um latte de baunilha me tiram da cama e me levam para o chuveiro. Ainda estou surpresa com o fato de a Annie ter me escolhido para fazer uma apresentação no lugar dela no Boston Writers Workshop desse ano, mas tenho certeza de que foi porque a minha carta aberta ainda é o artigo mais lido na *The Gist* até agora.

Há um Starbucks no saguão do hotel, então paro lá antes de ir para a conferência. Se eu não estivesse atrasada, procuraria uma cafeteria local, mas essa vai ter que servir. Boston em fevereiro é ainda pior do que Nova York, o que eu não sabia que era possível. Mal consigo sentir as mãos, mesmo com luvas, enquanto seguro meu café. Felizmente, o centro de conferências fica a uma quadra de distância, portanto, não preciso ir muito longe. Sinto o celular vibrar no bolso do meu sobretudo e o pego.

— Alô? — atendo.

— Bom dia, baby — diz Reese do outro lado da linha. — Não sabia se ia conseguir falar com você. Como está se sentindo hoje?

— Estou bem. Bastante nervosa, mas animada. Fiquei repetindo tudo em voz alta desde que saí de Nova York. Mas estou meio atrasada, e além disso estou indo a pé, então talvez eu tenha que desligar — explico, as palavras saindo em um fluxo frenético.

— Eu sei. — Seu tom de voz é calmo, ao contrário do meu.

— Como assim, você sabe? — Ajeito a bolsa no ombro e olho para cima, para ter certeza de que estou entrando no prédio certo.

— Estou aqui. — A voz de Reese sai pelo celular, mas conforme levanto os olhos em um reflexo, lá está ele, parado na recepção, bem na minha frente.

— O que você está fazendo aqui? — A pergunta sai como um suspiro de susto enquanto seus braços me envolvem em um abraço apertado.

— Peguei o primeiro voo esta manhã. Falei pro meu chefe que trabalharia do nosso escritório de Boston e arranjaria alguns clientes pra ele se ele me desse a manhã de folga pra viajar. Eu tenho algumas chamadas pra fazer, mas bloqueei a minha agenda durante a sua apresentação pra poder assistir. Pensa nisso como um presente de aniversário adiantado.

— Ah, não precisava fazer isso — digo, tocada por sua consideração e me sentindo ainda mais culpada por não admitir toda a verdade sobre Ethan.

— Eu queria. Fiquei me sentindo mal pela forma como lidei com as coisas no fim de semana, e sei como isso significa pra você, então quis vir pra te dar uma força. Além disso, te imaginar fazendo uma apresentação me deixou um pouco excitado. — Suas palavras são brincalhonas.

— Ah, para! — Fico corada. — Preciso fazer meu cadastro e me preparar. Você vai ficar bem sozinho?

— Sim, vou trabalhar da cafeteria do outro lado da rua e volto às dez e meia. A sua parte vai ter cerca de uma hora, né? Você precisa ficar para as outras palestras ou consegue almoçar depois? Não venho pra Boston há anos, mas tem alguns lugares aonde eu gostaria de te levar.

— Sou sua no almoço e no jantar — prometo, antes de beijá-lo no rosto e ir até a recepção.

Sabe aqueles pequenos momentos pelos quais você anseia em um relacionamento? Esse foi um deles. Eu sempre quis que alguém me surpreendesse. Fosse batendo na minha porta sem avisar, mandando flores para o meu escritório só porque sim ou aparecendo inesperadamente em um evento especial. O fato do Reese vir até aqui me prestigiar me faz sentir importante.

Algumas horas depois, apresento os slides que fiz com Annie sobre a importância de contar histórias, e me certifico de colocar minha própria personalidade na apresentação. Na faculdade, eu nunca entendia muito bem o que era ensinado em sala de aula, por isso deixei a palestra fácil de entender. Usei meu artigo "Carta aberta ao cara que não quis me namorar" como exemplo. O motivo pelo qual o artigo ganhou tantos acessos, quase da noite para o dia, não foi apenas o fato de ser um tema frequentemente escrito ou falado, mas a minha vulnerabilidade ao escrevê-lo. Contei a minha história e deixei o resto por conta do destino.

Volto para o saguão e encontro Reese sentado em um banco.

— Baby, você mandou superbem. — Ele segura o meu rosto e me beija.

— Sério, você arrebentou.

Fico surpresa por ele apoiar um conteúdo sobre alguém que ele despreza.

— Tudo bem, não exagera — digo, com um tom de voz brincalhão, mesmo que não queira que ele pare.

— Só estou dizendo que estou megaorgulhoso de você. Muito bom te ver apaixonada pelo seu trabalho. — Ele me dá um cutucão. — Agora, vamos conhecer outros lugares. E comemorar, claro.

— E os seus compromissos?

— Eu adiei. Estamos aqui; vamos aproveitar. — Ele sorri.

Não me considero uma pessoa espontânea. Gosto de planejar, de me preparar para o que vou fazer, mas dessa vez é diferente. Antes de encontrarmos um lugar para almoçar, deixamos a mala dele no meu quarto de hotel. Escolhi ficar em Seaport porque é lá que a conferência está sendo realizada, mas eu sabia que Reese iria querer me mostrar o centro da cidade e me levar aos seus lugares favoritos. Não sou tão fã de gastronomia quanto ele, por isso geralmente apenas o acompanho e confio que as reservas que ele faz são boas.

Chegamos diante do meu quarto e uma onda de espontaneidade toma conta de mim. Destranco a porta enquanto Reese me segue e coloca suas coisas perto do armário. Chego por trás dele e o abraço.

— Alguém está de bom humor. — Ele se vira e eu o encaro com um olhar que espero que diga "me beija".

Ele se ergue sobre mim e, nesse momento, percebo que amo como ele é alto. Seus lábios se aproximam dos meus e perco completamente a linha de raciocínio. Reese me empurra gentilmente contra as portas do guarda-roupa e continua a me beijar, agora com mais força. Pressiono o corpo contra o dele e minha boca segue os seus movimentos, até que ele se afasta e me leva em direção à cama.

Nós nos despimos ao mesmo tempo, e faço sinal para o Reese deitar enquanto subo nele. Nesse momento, preciso me sentir no controle.

Depois eu o beijo, e nos deitamos um ao lado do outro, respirando pesadamente.

Recolho minha calça do chão e a dobro. Tento me lembrar das outras roupas que trouxe para a viagem, não quero ter de usar roupa social pelo resto do dia. Vasculho a mala e pego minha calça jeans favorita e uma blusa de gola alta — o traje perfeito para o frio.

— Seu telefone tá tocando. — Reese me entrega o celular enquanto passa o cinto pelo cós da calça azul-escura. Nesse instante vejo que tenho quatro chamadas perdidas da Lauren.

— Que porra é essa! — ela grita do outro lado da linha.

Reese me olha com uma expressão de "tudo bem?" no rosto, e eu assinto, criando coragem para ter a conversa que sei que vai rolar.

— Você viu o post? — Tento adivinhar.

— Você sabia? Por que não me ligou ou mandou mensagem? — Lauren está um pouco mais brava do que achei que estaria.

— Eu vi quando estava colocando o celular no modo avião, aí eu tomei duas taças de vinho durante o voo, então, quando pousei, acho que esqueci o que aconteceu. Sinto muito, Lauren.

— Tudo bem. Quer dizer, não está tudo bem, mas eu entendo. Não consigo acreditar! Eles estão namorando a... o quê? Pouco mais de um ano? Nós só temos vinte e três anos; qual a pressa de ficar noivo? — dispara ela.

— Ah, meu Deus, você acha que ela está grávida?

— Duvido. Acho que ele só está pronto pra casar. Além disso, você conhece a família dele. Eles são muito certinhos, então, se eles não podem morar juntos até o casamento, provavelmente esse seria o próximo passo.

— Você sabia que ia acontecer?

— Não, não tinha ideia.

— Isso me faz sentir melhor. — Eu a ouço suspirar. Não consigo imaginar como ela se sente, e espero nunca precisar. — Como foi hoje? Quando você volta pra casa? Tô com saudades.

— Foi ótimo! Acabei de voltar pro quarto e estava indo almoçar, mas volto amanhã. Vamos sair? — sugiro.

Não falo que Reese me surpreendeu em Boston, porque não parece a melhor hora para contar.

— Um date de amigas? Estou dentro. Vou fazer uma reserva pro jantar, e aí podemos ir a algum bar. Te amo. Espero que hoje não seja muito ruim. Tenta conhecer algum lugar que não o restaurante do hotel!

Lauren sabe que eu odeio sair para comer sozinha. Olho em volta do quarto, para Reese, que me espera pacientemente, sem reclamar.

— Pode deixar. Também te amo. — Desligo e deixo escapar um suspiro.

— Agora vamos almoçar? — pergunta Reese, indo até a porta.

À medida que o sigo pelo corredor, me pergunto o que o Ethan pensa sobre o noivado do Graham. Ele pensa em mim da mesma forma que penso nele?

• • •

Volto para Nova York no dia seguinte, ainda sem saber como é viajar com um namorado, porque o Reese ficou em Boston a trabalho. De certa forma, estou feliz. O motorista do Uber tira a minha bagagem do porta-malas, e eu agradeço a corrida antes de cumprimentar o Phillip em nossa porta.

— Ouvi dizer que temos visita de pessoas de fora da cidade essa semana — diz ele.

— Temos? — Me pergunto se a Lauren convidou as meninas do seu grupo de babás para sair com a gente. Acho que em breve vou saber.

— Tenha uma boa noite, Sloane. — Ele assente com a cabeça, deixando minha pergunta no ar.

Subo no elevador e, quando as portas se abrem e eu saio para o terceiro andar, ouço música alta e risadas vindas do nosso lado do corredor. Pelo menos a Lauren está com um humor melhor do que quando eu falei com ela da última vez. Destranco a porta da frente e vejo um par de sapatos embaixo da mesa de entrada que não reconheço.

— Cheguei! — anuncio.

— É a Sloane? — diz uma voz feminina familiar, virando a esquina. Demoro um segundo para reconhecer quem é.

— Jordan! — Solto as malas e corro até a cozinha. — Puta merda, o que você tá fazendo aqui?

— Alguém tinha que vir juntar os cacos, né? — Ela gesticula em direção à Lauren enquanto nós rimos. — Mas também vim pra comemorar o seu aniversário adiantado.

— Um reencontro de colegas de quarto! — anuncia Lauren, sorrindo de orelha a orelha.

Cruzo o corredor para me arrumar e alcançar o nível de embriaguez delas. No meu quarto, abro a mala e pego meu par de jeans favorito, que provavelmente está meio sujo, mas acho que aguenta mais uma noite. Olho para o pequeno abismo que é meu armário e tento escolher uma blusa para usar antes de me decidir por um body preto. Outra roupa que sempre uso. Combino tudo com um par de botas pretas e retoco a maquiagem antes de voltar para a cozinha para me juntar ao esquenta.

Passar o fim de semana com Lauren e Jordan me traz um misto de emoções — principalmente animação e ansiedade. Tenho me esforçado muito para deixar para trás a pessoa que eu era na faculdade. Quero criar novas lembranças, me apaixonar e parar de comparar tudo com o Ethan. Com Jordan aqui, isso parece impossível.

— Você tá bem? — pergunta Jordan num sussurro.

— Só exausta da viagem. — Minto. — Mas estou megafeliz de você estar aqui!

— Senti tanta saudade... Wilmington não é a mesma sem vocês — responde ela.

— Se muda pra cá, Jordan! Você já viu aquelas pessoas que enfiam cinco colegas num apartamento de dois quartos só usando paredes de gesso? A gente podia fazer isso. — Não tenho certeza se a Lauren está falando sério ou não.

— Talvez no ano que vem eu pense nisso. Mas com certeza eu preferia não ficar num quarto separado por paredes de gesso e ouvir vocês transando sem parar. Falando nisso, a Lauren meio que já me contou tudo. O Ethan tá morando nesse prédio, né? Que bizarro. — A Jordan se vira para mim.

Conto sobre o encontro embaraçoso de Reese e Ethan no elevador, sobre como Reese ficou furioso depois e como ele me surpreendeu na minha viagem de trabalho. Quando digo em voz alta, minha vida não parece tão ruim assim. Admito que não é. Ruim, quero dizer. Se ao menos elas soubessem o que eu sinto de verdade. Normalmente eu contaria, mas agora não parece ser o momento certo. Essa noite, é a Lauren que precisa de atenção.

— O Segundo Encontro disse que ele e alguns amigos vão se juntar a nós! — a Lauren anuncia. A expressão no rosto da Jordan mostra que ela está mais do que confusa. — Algum lugar em particular que você quer conhecer, Jordan? Se não, a aniversariante pode escolher.

— *Segundo Encontro* é o apelido dele — explico, fazendo um movimento negativo com a cabeça para a pergunta dela. — É o único cara na cidade que conseguiu um segundo encontro. Qual o nome dele mesmo?

— Miles, mas não vamos nos empolgar.

Eu e Jordan trocamos olhares e sorrisos. Tenho a sensação de que é mais do que apenas um segundo encontro para Lauren, e acho que Jordan também percebeu.

...

A fila no Flying Cock não está longa, então não demora para entrarmos Miles pede uma rodada de shots de tequila com rodelas de laranja, e agora sei por que a Lauren gosta tanto dele. Além de ser alto, forte e bonito, ele também toma conta dela e das amigas. Para a Lauren, isso é inegociável.

— Vamos tomar mais um shot. — Jordan entrelaça o braço no meu e me puxa até o bar. — E esse amigo do Miles?

— Qual deles? Realmente não conheço nenhum, mas posso tentar descobrir — respondo.

— O mais baixo — diz ela. — Você não conhece? Ainda não saíram todos juntos?

A pergunta me deixa cismada. Será que tenho sido uma amiga de merda para Lauren? Eu não conhecia o Miles, não estava lá com ela quando Graham anunciou o noivado, e não sei nem o nome das pessoas com quem ela anda saindo nas últimas semanas.

Estive tão envolvida na situação com o Ethan e o Reese que acabei deixando todo mundo em segundo plano. E eu disse a mim mesma que, quando entrasse em um relacionamento, isso seria algo que nunca faria.

E mesmo assim, aqui estou eu, fazendo exatamente isso.

— Pra ser sincera, não passei muito tempo com eles. Vamos até lá! A gente pode se apresentar, e eu tenho certeza que a Lauren pode te dar uma forcinha. — Jordan me segue conforme caminho pela multidão.

Três horas, dois drinques e mais um shot depois, estou na fila do banheiro, olhando o celular em busca de novas mensagens. Nenhuma. Volto para o canto onde ficamos a noite toda e percebo que o grupo diminuiu.

— Vamos voltar pro apartamento dele — sussurra Lauren. — Acho que a Jordan está se dando bem com o amigo do Miles, então vamos falar pra eles virem com a gente. Quer vir também?

— Ah, não. Estou ficando cansada, então vou voltar pra casa e descansar pra amanhã. Brunch?

— Com certeza.

Quando me dou conta, sou a última do nosso grupo no bar. Vou ao banheiro uma última vez antes de voltar para casa. Pego o par de luvas que sempre guardo no bolso do casaco e enfio minhas mãos nelas. Enquanto caminho pela 3rd Avenue, não consigo deixar de pensar na vez em que Ethan veio me visitar. Ele ficou tão impressionado com a cidade que pensei que ele a odiasse. Agora ele mora aqui. Como isso é possível? Sei que não deveria, mas ligo para ele.

— Oi, Hart. — Ele atende mais rápido do que eu esperava.

— Você pode vir me buscar? Estou tentando voltar pra casa do Flying Cock, e acho que estou indo pro lado errado. Eu nunca consigo seguir o aplicativo de mapa. — Minha voz oscila, e eu me pergunto se deveria desligar.

— Onde você está? O que está vendo? — As perguntas são diretas.

— Estou perto de uma lavanderia e uma Duane Reade. — Aperto mais o celular contra o rosto.

— Isso é pior que nada. Me manda a localização? — Seu tom de voz é prático, lógico.

— Beleza. — Desbloqueio o celular e faço o que ele pede. — Pronto.

— Fica aí, eu te encontro — afirma ele.

Em poucos minutos, estou frente a frente com Ethan Brady, sem saber o que sentir e como agir. Meu corpo inteiro se ilumina quando o vejo. Como alguém pode competir com esse sentimento? É impossível.

— Você não devia estar andando por aí sozinha. Cadê a Lauren? — pergunta ele.

— Eles foram embora antes de mim. — Continuo a caminhar, e ele me segue.

Rezo para ele não perguntar sobre o Reese, porque já sei que o que estou fazendo é errado. Não quero pensar em machucá-lo. Nesse momento, só quero pensar no Ethan. Quero fingir que voltamos ao ponto em que estávamos na noite anterior ao seu voo de volta para Wilmington. Quero continuar de onde paramos como se nunca tivéssemos terminado, porque, na minha mente, nós nunca terminamos.

— Então, cadê o Reese?

Ele perguntou.

— Está viajando a trabalho. — Mordo a língua, desejando conversar sobre qualquer outra coisa ou pessoa.

— Como vocês se reencontraram, aliás? — Sua pergunta é gentil, mas revela um sentimento que não quero enfrentar.

— Temos mesmo que fazer isso? — Estou implorando não apenas por uma mudança de assunto, mas por um alívio na minha própria consciência.

Ele faz uma pausa.

— Não, acho que não.

À medida que nos aproximamos do prédio, um nó se aperta no meu estômago. Não consigo me livrar da sensação do julgamento silencioso do Phillip, mesmo que ele não esteja por aqui. A ansiedade desaparece quando chamamos o elevador e as portas se abrem instantaneamente. Salvos pelo gongo.

Eu e o Ethan entramos em um espaço apertado demais para ser confortável. Minha frequência cardíaca aumenta quando as portas se fecham, nos prendendo lá dentro. Estendo a mão para apertar o botão do quarto andar, e o Ethan faz o mesmo, mirando no sexto. Em um momento que parece quase coreografado, nossas mãos se tocam.

Então, sem nenhum aviso, a mão do Ethan se move do botão para o meu pulso, em um aperto firme, mas gostoso. Em um movimento rápido, ele se aproxima e me prende gentilmente contra a parede de metal frio do elevador. Nossos rostos estão a centímetros de distância, nossas respirações se misturam, seus olhos procuram nos meus um sinal, qualquer sinal que lhe diga que está tudo bem. Será que está tudo bem? Não consigo respirar, muito menos pensar, com ele tão perto.

— No seu apartamento ou no meu, Hart?

De repente, temos vinte e um anos de novo, estamos no estacionamento do Ascent, e o Ethan me pergunta a mesma coisa, pouco antes de irmos para casa juntos pela primeira vez. Eu daria tudo para poder voltar no tempo e saber como as coisas terminariam. Só não tenho certeza se seria diferente.

O elevador apita e anuncia o meu andar, e junto coragem para dizer exatamente o que estou pensando.

— No meu.

A atitude é ousada e revela um misto de medo e desejo. Eu o puxo comigo, meus dedos entrelaçados aos dele, e o conduzo para fora do elevador e pelo corredor até o meu apartamento.

Uma onda de expectativa me percorre enquanto mexo nas chaves, minhas mãos traindo o comportamento casual que estou tentando manter. Lembro a mim mesma que eu causei isso, que as coisas estão nos meus termos e que estou no controle desse momento. Bom, mais ou menos no controle. Ethan Brady ainda me tem na palma das mãos, e sei que ele também sabe.

— Esse layout é diferente do nosso. Vocês têm muito mais espaço — ele comenta assim que entramos no apartamento.

— Aposto que os dois são do mesmo tamanho. Acho que você só se ferrou com o espaço da sala de estar, já que tem o terceiro quarto — comento. — Quer beber alguma coisa?

— Na verdade, não — responde ele.

— Vamos pro meu quarto — sugiro. Nós dois sabemos que isso é errado, mas ele me segue e fica na porta, examinando tudo ao redor.

— Vai pra algum lugar? — pergunta ele, apontando para a mala no chão, que parece ter sido saqueada.

— Não, eu voltei hoje — digo, descartando a pergunta.

Sentar na cama parece, de alguma forma, algo muito íntimo e não tão íntimo assim. Eu o convido para se juntar a mim com um tapinha no edredom.

— Posso te perguntar uma coisa?

— É por isso que você me convidou? Pra me interrogar? — Ele ri. — Pode perguntar.

— Por que você nunca conseguiu ficar comigo? — A pergunta paira no ar, à espera de uma resposta.

Ele suspira.

Tenho certeza que não era isso que ele imaginava quando meu nome apareceu no seu celular depois da meia-noite. Provavelmente ele pensou que eu estava ligando para transar. Embora ele não estivesse necessariamente errado, o sexo vem com algumas condições. Preciso encerrar esse assunto se algum dia quiser seguir em frente.

— Não sei, Sloane. — O fato de ele usar o meu primeiro nome, em vez de Hart, me diz que não estamos mais em águas rasas. — Não consigo explicar. Não é você. Sou eu. Simplesmente não consigo estar com ninguém. Se eu conseguisse, seria com você — ele admite com uma sinceridade tão crua que me conforta.

Isso é tudo o que preciso ouvir. Eu me viro para ele, pouso a mão em sua perna, dizendo o que eu quero sem precisar de palavras. Ele entende melhor a linguagem dos nossos corpos, e finalmente me beija.

— Senti falta disso — murmura ele contra minha boca, e meu coração parece que vai explodir para fora do peito.

— Eu também — digo.

Eu costumava me perguntar se algum dia beijaria o Ethan novamente. Não consigo acreditar que o estou beijando agora.

Quando me dou conta, estamos só de roupas íntimas. Fico arrepiada quando seus dedos sobem e descem pela minha barriga.

— Você quer que eu te toque?

Preciso ser honesta. Sei que o que estou fazendo com Reese é errado, mas estar com Ethan parece muito certo. Pega mal se eu disser que não sinto nem um pingo de culpa? Mas é isso o que o Ethan faz comigo: ele me faz jogar fora a minha moral, como um sutiã que eu esperei o dia todo para tirar.

A tensão aumenta dentro de mim e, em vez de responder com palavras, pego sua mão e a coloco exatamente onde eu quero. Ele aproxima a boca da minha orelha, ciente de que ali é o meu ponto fraco. Minhas costas se arqueiam e meu corpo treme. Eu me perco nele.

— Eu quero você — imploro.

— Estava esperando que você dissesse isso. — Sua voz é grossa.

Minha mão encontra o caminho até sua cueca, e posso sentir sua ereção. Eu a tiro, depois pego uma camisinha.

Ele me penetra com uma sensação de familiaridade, e um alívio toma conta de mim. Nos últimos meses sem ele, senti saudades de casa e, agora, me sinto em casa.

Depois do sexo, permanecemos deitados e muito quietos. A respiração dele é pesada e a minha é curta. Me viro de costas para ele e puxo os lençóis sobre o meu corpo.

— Ethan? — O nome é um sussurro nos meus lábios.

— Sim? — Sua voz é baixa.

— Acho que sempre vou deixar você voltar — confesso. — Não que eu vá ficar te esperando, mas se você me dissesse que estava preparado e que me queria de volta, não sei se existiria alguma coisa que eu não faria por você.

Ele não diz nada, mas me puxa e se molda a mim, minhas costas curvadas em seu peito. Senti falta do abraço dele. Senti falta do cheiro dele. Senti falta da energia dele. Senti falta dele.

Adormecemos assim, e é como um sonho do qual nunca quero acordar.

• • •

Na manhã seguinte, abro os olhos e meu rosto está pressionado no peito do Ethan. Ergo a cabeça para ter certeza de que não babei nele. Seu ronco leve me acalma por um segundo, até que me lembro de onde estamos e que não deveríamos estar aqui. Levanto da cama para colocar uma roupa, jogando as dele no colchão durante o processo.

— Bom dia pra você também — ele grunhe.

— *Shhh*. Você precisa ir — digo. — Mas preciso ter certeza que não tem ninguém em casa ainda. A Jordan pode ter dormido aqui. Já volto.

— A Jordan está aqui? — Ele boceja.

Visto uma camiseta antes de sair do quarto e avaliar a situação. Não vejo nenhuma bolsa no balcão ou sapatos jogados na entrada, exceto os do Ethan. Sinal que elas não voltaram para cá ontem à noite.

— Tudo bem, a barra tá limpa — grito para ele.

— Não são nem oito da manhã, e você achou que aquela duas já estariam em casa? — Ele pega seus sapatos, mas não se dá ao trabalho de calçá-los.

— Você não lembra como elas eram na faculdade?

— Eu não sabia se a Jordan ia dormir fora ou não; por isso estava preocupada — explico.

— Não se preocupa tanto. — Ele me puxa para um abraço e beija a minha testa. — Tchau, Hart.

— Tchau — respondo e fecho a porta atrás dele.

Sinto meu rosto inteiro se abrir em um sorriso. Não consigo evitar de me sentir animada e esperançosa em relação a ter um futuro com Ethan, mesmo depois do que acabei de fazer com Reese.

Ah, meu Deus, o Reese.

Encontro meu celular e, para a minha surpresa, não tenho nenhuma chamada perdida ou mensagem dele. Resolvo tomar um banho e pensar em como vou lidar com essa situação. Ligo a água e espero que ela fique quente ao toque antes de entrar. Fico ali um minuto e deixo a água escaldante atingir a minha pele antes de diminuir um pouco a temperatura. Uma ducha quente geralmente corrige todos os meus erros. Mas esse não.

Não sei o que o Ethan tem que me faz esquecer tudo e todos. Sempre tivemos essa ligação que não faz muito sentido. Acho que no fundo eu sempre soube que talvez não déssemos certo no final. Mas, ainda assim, não posso deixar de torcer para as coisas serem diferentes.

26

Ethan
Fevereiro de 2018

É difícil de admitir, mas eu sei exatamente o que estou fazendo com a Sloane. Eu sei que não deveria estar aqui — em Nova York, no apartamento dela, na vida dela. Eu deveria deixá-la em paz, mas não consigo. Bom, eu consigo, mas não sei se quero.

Eu a observo andar pela cozinha enquanto pega um copo d'água e depois me oferece uma bebida, que eu recuso. Ela perdeu peso desde o último verão, não que ela tivesse muito para perder, mas seu rosto está mais fino, e suas pernas mais ossudas. Me pergunto se tenho algo a ver com isso.

Percebo pela forma como ela tropeça até a sala de estar que ela bebeu mais do que o normal. Não sei exatamente como me sinto por estar por perto quando ela está bêbada e vulnerável, mas minhas tentações vencem, e decido segui-la pelo corredor até o seu quarto.

— Por que você nunca conseguiu ficar comigo? — Seus olhos cor de avelã estão tristes.

Fico sentado em silêncio por um segundo, pensando em como responder a isso. Quero ser sincero, mas não sei como. Qual é a melhor hora e o melhor lugar para contar a ela que os meus pais foram presos quando eu era mais novo e, por causa disso, eu cresci com a família do Graham? Como posso dizer a ela que a minha família não me amava o suficiente para ficar por perto? Como posso dizer a ela que me pergunto se um dia irei deixá-la, assim como os meus pais me deixaram?

Eu imagino como é o amor para as outras pessoas. É fácil? Eu sei que não deveria ser tão difícil. Mas tudo isso parece pessoal demais para dizer em voz alta. Então digo um monte de merda que eu sei que ela quer ouvir.

— Não é você. Sou eu. Simplesmente não consigo estar com ninguém. Se eu conseguisse, seria com você. — Dou uma maquiada na verdade.

E assim, ela é minha novamente.

27

Sloane
Abril de 2018

Já faz um mês que eu transei com o Ethan, e ainda não consigo tirar aquela noite da cabeça. Não contei para o Reese nem para a Lauren. Não é que eu não queira — até tentei algumas vezes —, só que é muito mais difícil do que eu imaginava. A ideia de decepcionar qualquer um deles me deixa arrasada. Também não tive mais notícias do Ethan, a menos que a mensagem de duas palavras que ele me enviou no meu aniversário conte. Estou errada por esperar mais?

— Sloane? — Lauren me chama. — Você e o Reese podem jantar hoje à noite?

— Com você e o Miles? — pergunto, saindo do quarto.

— Dã. O Miles conseguiu uma reserva no Dante às nove. Dá pra você? Acho que já está na hora de sairmos juntas com os nossos namorados.

— Namorado, é? — Levanto uma sobrancelha.

— Finalmente, né? Eu estava com medo de ter que seguir a regra dos três meses, mas ele me pediu em namoro antes disso. Graças a Deus!

— A regra dos três meses?

— Você nunca ouviu? — pergunta ela. — Alguns podcasts que eu ouço falaram sobre isso. Existem três regras dos três meses. Uma é que se alguém está atrás de você por três meses, normalmente significa que essa pessoa quer te namorar. A outra é que se você está saindo só com um cara, você dá no máximo três meses pra ele assumir a relação. E se o cara não te pedir em namoro, é melhor dar o fora.

— Interessante. Gostei. — As engrenagens na minha cabeça começam a girar.

— Desculpa, não tive a intenção. Bom, você sabe. — Sei que ela está se referindo ao Ethan.

— Não, eu sei que não. Gostei da regra dos três meses. Acho que o problema é que às vezes, quando você já está três meses junto, você olha pro relacionamento e pensa "bom, já estou há três meses junto", sabe? É o que eu teria dito se alguém me dissesse isso na época da faculdade. Eu teria esperado, e foi aí que fiz besteira. Eu esperei que ele voltasse atrás. Eu esperei pra ver se as coisas iriam melhorar. Eu esperei muito. E antes que eu percebesse, já tinha se passado quase um ano e eu ainda estava esperando.

— Eu sei, e é por isso que essa regra é tão boa. Ela evita que pessoas como você percam mais tempo com alguém que não deve ficar na vida delas por mais de três meses.

— Sim, é verdade — respondo, sabendo que se alguém me dissesse aos vinte e um anos como as coisas com o Ethan se desenrolariam, eu ainda teria feito tudo da mesma forma.

Nunca vou me arrepender do que vivi com ele.

• • •

Chegamos ao restaurante, e ele é exatamente como eu imaginava. Os azulejos xadrez revestem o piso, e os detalhes em verde-sálvia se espalham por todo o espaço. Amigos e casais riem enquanto bebem seus drinques e aperitivos. Talvez seja o único restaurante de Nova York que capta tão perfeitamente a aura da cidade e a sensação de viver aqui.

O garçom nos leva a uma mesa perto da janela, e os casais optam por se sentar um ao lado do outro, em vez de ficarem de frente. Examino o cardápio de coquetéis, e Reese pousa a mão na minha perna e me beija no rosto.

Olho para cima para ver se Lauren ou Miles estão prestando atenção, mas eles estão muito encantados com a companhia um do outro, apontando e rindo para o cardápio de bebidas enquanto decidem o que experimentar primeiro. Reese tem viajado muito a trabalho esse mês, por isso não temos passado muito tempo juntos. Para falar a verdade, tenho usado isso como desculpa para ganhar tempo antes de contar a ele o que aconteceu com o Ethan. Sei que preciso falar; só precisamos passar por esse jantar primeiro.

Depois que limpamos os nossos pratos, Reese entrega seu cartão para pagar a conta, e eu gostaria de poder impedi-lo sem fazer uma cena. Não apenas me sinto culpada por ter transado com o Ethan, mas agora estou mentindo na cara dele e deixando que ele pague uma conta cara. Nunca me senti tão mal. Nós nos separamos da Lauren e do Miles na calçada e caminhamos em direção à casa dele, que fica perto do restaurante.

— Você está bem? — pergunta ele, pega minha mão e entrelaça os dedos nos meus. — Quase não conversou no jantar.

— Sim, estou bem. Só cansada — respondo, dando um sorriso hesitante.

— O Miles é legal, e parece que a Lauren está feliz. O que você acha dele? — pergunta ele.

Pauso, considerando.

— Acho ele legal, e parece que gosta bastante dela. Só fico preocupada que eles estejam indo rápido demais. — As palavras escapam, ecoando minhas próprias dúvidas de estar apressando as coisas com Reese.

— Rápido demais? — Reese me lança um olhar inquisitivo, a sobrancelha franzida em uma leve surpresa. — Eles não estão saindo há alguns meses?

— Sim, mas... sei lá, só parece rápido. — Dou de ombros, tentando ignorar o assunto.

— Você lembra que a gente começou a namorar depois de duas semanas, né? — Ele ri.

Não respondo.

Caminhamos pelos próximos quarteirões de mãos dadas, até que chegamos ao apartamento do Reese. Não quero nem entrar no prédio, quanto mais passar a noite aqui. Mas também não quero ter essa conversa com ele. Não sei o que é pior.

— Você quer um vinho ou alguma coisa? A gente pode terminar aquele episódio de *The Walking Dead* que estávamos vendo — sugere Reese quando nos aproximamos da entrada.

— Podemos ir pra cama? Estou exausta — digo.

— Sim, claro. Tem certeza que está bem? — Seus olhos procuram os meus.

Concordo com a cabeça. Ele me segue até o quarto e me entrega uma das suas camisetas para eu dormir. Tiro a calça jeans, a blusa de gola alta e o sutiã, e fico só de calcinha e com a camiseta dele. Deslizo para a sua cama e me pergunto se será a última vez que estarei nela. Me sinto mal por tudo terminar assim, mas não importa o quanto eu tenha tentado amar Reese, nunca será igual ao que sinto pelo Ethan.

Reese sobe na cama e tenta me tocar; não fazemos sexo desde Boston. Não suporto a ideia de estar com ele depois de ter transado com Ethan. Sei que preciso contar para ele.

— Tem alguma coisa errada. Por favor, só me conta? — ele pede.

— Eu transei com o Ethan.

As palavras saem da minha boca antes de eu me dar conta do que estou dizendo. Estou de costas e, de alguma forma, encontro coragem para me sentar e fazer contato visual com ele. Ele está ao pé da cama com um olhar vazio.

— Porra, eu sabia! — Posso ouvir a decepção no seu tom de voz. — Eu não sou burro, Sloane. Eu sabia que isso ia acontecer; só tinha esperança de que estivesse errado. Eu esperava que eu significasse mais pra você do que isso.

— Não é que você não signifique nada pra mim...

— Mas eu não sou ele. Ninguém consegue competir com um fantasma, Sloane. Você persegue um cara que nunca teve certeza sobre você, enquanto eu fico aqui, te vendo, te esperando, te escolhendo, e você não se importa.

Suas palavras machucam.

— Você não entende — sussurro.

— O que eu não entendo, Sloane? Que você faria qualquer coisa por alguém que tá cagando pra você? — Sua pergunta é retórica. — O que foi tudo isso comigo, então? Você me amou? Ou eu era alguém que serviu pra te distrair até você voltar pra ele?

Sinto uma lágrima escorrer pela minha face, e, pela primeira vez, Reese não se importa.

— Não é assim. Eu te amei; eu realmente te amei. Mas agora que ele está perto, é só... diferente. Eu não posso estar em um relacionamento com todos esses sentimentos mal resolvidos. Não é justo, pra nenhum de nós — digo, tentando manter a compostura.

Eu me levanto e levo as minhas roupas para o banheiro para me trocar, porque a ideia de ficar nua perto dele novamente faz a minha pele arrepiar. Dobro a camiseta, a devolvo para a cômoda e sinto que ele observa cada movimento que eu faço.

— Espero que um dia você perceba — diz ele. — Ele nunca vai mudar. Eu sei que você acha que ele vai, mas ele não vai. Ele vai te machucar de novo.

Minha garganta se aperta enquanto ele continua.

— Ele vai te machucar de novo e, da próxima vez, eu não vou estar lá pra juntar os cacos.

A próxima coisa que sei é que estou sentada nos degraus da frente da sua casa, no meio do West Village, pensando no que fazer em seguida. Peço um Uber porque pegar o metrô sozinha tão tarde foi uma coisa que prometi aos meus pais que nunca faria. Coloco a corrida no cartão de crédito da minha mãe enquanto espero o carro chegar.

Enquanto olho pela janela do Toyota Camry preto que cheira a cigarro, me pergunto se estou tomando a decisão certa. No papel, Reese tem tudo para ser um bom marido. Ele é gentil, atencioso, confiável, me ouve — e entende o que eu quero e preciso. Essa qualidade é algo raro de encontrar em um homem hoje em dia. Só acho que nunca vou conseguir me livrar da sensação de que ele não é a pessoa certa.

Talvez Ethan também não seja, mas com certeza tenho que me dar outra chance de descobrir.

Hesito em sair do carro quando ele para na frente do meu prédio. Estou sozinha. Será que isso é bom? Ou acabei de abrir mão do tipo de pessoa com quem a maioria das mulheres deseja passar a vida? O que eu acabei de fazer?

O saguão está totalmente vazio; nem mesmo Phillip está por perto. Espero o elevador e aperto o botão que me leva ao sexto andar. Faço uma pausa diante da porta do apartamento do Ethan. Por que achei que isso era uma boa ideia? Provavelmente ele nem está em casa.

Penso em voltar para o andar de baixo, mas bato na porta mesmo assim. Segundos depois, ele abre.

— Que surpresa — cumprimenta-me Ethan. — Tudo bom?

Vou direto ao ponto.

— Terminei com o Reese. Posso dormir aqui hoje?

— Por que você fez isso? — pergunta ele, abrindo a porta para eu entrar.

— O que você quer dizer? Nós transamos, Ethan. Eu traí o meu namorado. Como eu poderia continuar num relacionamento com alguém pra quem eu estava mentindo?

— Eu não sei. Sinto muito, Hart.

— Por que você não me mandou mensagem depois que a gente transou? — pergunto.

— Bom, até agora eu pensei que você tinha namorado. Eu já estava me sentindo mal o suficiente pelo que aconteceu. Então realmente não queria piorar as coisas.

Não digo nada.

— Você terminou com ele por minha causa? — pergunta Ethan.

— Não — digo, sem precisar pensar muito. — Eu só sabia que ele não era para mim. Mas, pra ser sincera, não sei se os meus sentimentos por qualquer pessoa vão chegar perto do que eu sinto por você.

— Não fala isso. Não me ponha num pedestal. Eu não mereço.

— Não consigo. Mesmo antes de trombar com você de novo, eu ficava pensando no quanto sentia sua falta. Estou ligada a você de um jeito estranho... Como se nossos caminhos estivessem destinados a se cruzar e continuassem lado a lado até a hora de isso acontecer.

— Eu entendo. — Sua voz é baixa, como se não quisesse admitir que sente a mesma coisa.

Nenhum de nós diz nada por alguns minutos, e então que Ethan vai até a cozinha para pegar um copo d'água para mim. Quando ele volta para o sofá, senta tão perto de mim que nossas pernas quase se tocam.

Mesmo depois de anos conhecendo-o, seu corpo perto do meu me deixa extremamente nervosa. Levanto as pernas para ficarem sobre suas coxas, e ele pousa a mão no meu joelho. Falamos sobre o trabalho e como a vida está ultimamente. Por um segundo, parece que começamos exatamente de onde paramos. Ele me leva até o seu quarto. Eu me enfio debaixo dos seus lençóis azul-marinho e ele me puxa para perto.

Não transamos. Em vez disso, adormecemos com nossas pernas entrelaçadas, minha cabeça em seu peito e seus braços ao meu redor. Eu queria dormir assim todas as noites.

• • •

Na manhã seguinte, entro sorrateiramente no nosso apartamento, sem acordar Lauren e Miles. Visto uma calça de moletom e uma camiseta e me arrasto para a cama. Não tento dormir de novo e fico olhando o meu feed. Graham e Emily montaram o site do casamento deles, Jordan foi comer sushi com alguns colegas de trabalho e Reese não postou nada — o que não estranho, especialmente considerando todos os acontecimentos da noite passada, mas digito o nome dele na barra de pesquisa mesmo assim.

Nenhum usuário foi encontrado.

Ele me bloqueou. Jogo o celular longe e puxo as cobertas. Talvez eu precise de mais algumas horas de sono antes de encarar o dia de hoje. Afinal de contas, sei que Lauren não vai ficar feliz quando eu contar a ela o que aconteceu.

• • •

— Você fez o quê? — Seus olhos se arregalam, sem acreditar. — Por que você terminou com ele?

Miles para. Um leve desconforto passa pelo seu rosto, então ele dá um beijo no rosto da Lauren.

— Eu vou... embora. Te mando mensagem. — Com isso, ele se vira e vai direto para a porta, saindo como se o próprio apartamento estivesse desabando.

— Começa do começo — pede ela.

Respiro fundo.

— No fim de semana que a Jordan veio visitar e vocês foram embora do bar, eu liguei pro Ethan. Eu estava bêbada. Nós transamos, e eu não falei mais com ele depois disso.

— Mentira. — Um olhar cético cruza o seu rosto.

— Juro. Eu queria contar pro Reese logo que aconteceu, mas ele estava viajando quase toda semana a trabalho, e quanto mais eu esperava, mais difícil ficava. Depois do jantar, não consegui mais segurar. Então contei pra ele.

Lauren toma um gole de café, a fumaça saindo da caneca enquanto ela processa minhas palavras.

— Como ele reagiu? — pergunta ela.

— Ele disse que sabia que isso ia acontecer. Quer dizer, ele ficou puto, mas não estava surpreso. Não sei se isso foi bom, mas acho que o fato de ele já estar meio que esperando talvez faça com que seja mais fácil de superar. — A lembrança machuca conforme digo tudo em voz alta.

Há uma pausa entre nós.

— Vocês só pareciam... bem. Antes de você descobrir que o Ethan estava aqui.

— Talvez tenha sido assim que eu aparentava, mas o meu relacionamento com o Reese não era uma coisa recíproca. Eu sabia que ele me amava, e eu ia levando porque era bom ser o tudo de alguém. Mas ele nunca foi tudo pra mim — explico.

Lauren absorve as minhas palavras antes de perguntar:

— Então, o que está rolando com o Ethan?

— Não sei. Tenho sido mais aberta com ele desta vez. Isso ainda não o assustou, então acho que é um bom sinal — confesso.

— Ele mudou de alguma forma? O que seria diferente desta vez? — Ela se inclina para a frente, claramente frustrada.

— Ainda não sei — repito. A seriedade da sua pergunta é excepcionalmente intensa. — Não se passaram nem vinte e quatro horas desde que terminei com o Reese. Preciso de um tempo pra processar as coisas antes de pensar no futuro.

— Por que você ainda está fazendo isso depois de todos esses anos? — Ela balança a cabeça. — O que ele tem? Parece que ele exerce uma influência sobre você ou algo do tipo.

Suspiro antes de tentar racionalizar o irracional.

— Às vezes parece que é isso. Pode parecer loucura, mas algo me diz pra esperar um pouco mais. Que um dia, alguma coisa vai acontecer. Sei que ele ainda pensa em mim e tem sentimentos por mim; só estou esperando que ele esteja pronto pra agir de acordo com eles.

— É exatamente isso. Provavelmente ele ainda sente algo por você, mas não é isso que importa. O que importa é o que ele está fazendo em relação a isso, ou seja, nada. Se ele não está fazendo nada, você certamente devia fazer a mesma coisa. Não terminar com o seu namorado quase perfeito por causa dele. Você merece alguém que se esforce pra deixar claro que quer você na vida dele. — A verdade de suas palavras é inegável.

— Se eu não tivesse terminado com o Reese, eu estaria fazendo com ele a mesma coisa que o Ethan fez comigo. Não era justo.

Seu olhar se suaviza.

— Só espero que você saiba o que está fazendo.

Atravesso o corredor, fecho a porta do meu quarto e ligo para Graham. Depois de falar com Lauren, preciso ter certeza de que não cometi um grande erro, e sinto que Graham é a única pessoa que entende o meu relacionamento com o Ethan. Provavelmente porque ele é a única pessoa no mundo que entende o Ethan. Tenho inveja dele por isso.

— Oi!

— Oi, desculpe ligar assim, do nada. Como vão os planos pro casamento? — Tento começar a conversa de forma casual.

— Estão indo bem. O que rolou? Normalmente, quando você me liga, é com um propósito. — brinca ele.

— Você me faz parecer uma péssima amiga — digo. — Você sabe que eu estou com o Reese há um ano? Bom, eu fiquei com o Ethan recentemente e finalmente contei pra ele ontem à noite.

— Meu Deus, Sloane... — Sua voz vai sumindo.

Tento ignorar sua clara decepção e continuo:

— Eu terminei com ele. Quer dizer, acho que era o que eu queria fazer desde o começo. Eu gostava como as coisas eram confortáveis com ele, mas nunca gostei dele da mesma forma que gosto do Ethan.

— Posso dizer uma coisa? — Ele me interrompe. — Você nunca vai gostar de ninguém da mesma forma que gosta do Ethan. Sinceramente, não seria bom se você gostasse. Vocês são o primeiro amor um do outro. Ninguém quer passar por isso duas vezes, porque geralmente é muito tóxico.

Não posso deixar de defender os meus sentimentos, embora uma parte de mim se pergunte se ele está certo.

— Nós não somos tóxicos — argumento, mais para mim do que para ele.

— Você não está entendendo. Você conversou com o Ethan? Ele está pronto pra um relacionamento? — Sua pergunta é incisiva.

— Bom, não — admito.

— Exatamente. Então, você está de volta à estaca zero. Não estou dizendo que você não devia ter terminado com o Reese, porque claramente você não quer ficar com ele. Mas você não precisa voltar pro Ethan. Você pode ficar sozinha ou conhecer outra pessoa. Você sabe disso, né?

Solto um suspiro.

— Eu sei. Mas você acha que algum dia poderia dar certo com ele?

O Graham expira pesado do outro lado da linha.

— Eu não sei. O Ethan é uma pessoa difícil de amar. — Ele suaviza o tom. — Ele passou por muita merda nessa vida. Não sei se ele vai querer sossegar ou casar. E você não pode ficar esperando pra sempre pra descobrir.

Compreendo a verdade de suas palavras. Ele está certo.

— Obrigada, Graham.

— É pra isso que eu estou aqui, né? — Ele ri, tentando melhorar o clima. — Os convites de casamento vão chegar em breve na sua caixa de correios. Ah, eu e a Emily estamos planejando uma viagem pra Nova York nos próximos meses. A gente ia adorar sair pra jantar ou algo do tipo.

— Que legal! É só me avisar quando, e eu faço uma reserva para a gente.

Depois que nos despedimos, desligo o celular e me sinto mais confusa do que antes de falar com qualquer um deles. Sei que Graham e Lauren estão certos. Se eu começar a sair com Ethan novamente, preciso estabelecer algumas regras básicas. Ele precisa estar seguro do que quer. Só não sei se sou forte o suficiente para dar um ultimato.

28

Sloane
Junho de 2018

Senti saudade de transar com Ethan.

A química entre nós é diferente de tudo que já experimentei, e o sexo é ainda melhor. Talvez eu goste tanto de transar com ele porque é o único momento em que ele realmente baixa a guarda. É o único momento em que realmente sinto que estamos em pé de igualdade.

— Pega uma toalha pra mim?

— Tudo bem — murmura Ethan.

Depois que terminei com Reese, eu e o Ethan continuamos de onde paramos há praticamente um ano. Nunca tive coragem de falar com ele sobre o que somos. Deixei que continuasse do jeito que sempre foi, porque isso significa que ele está de volta à minha vida e, no momento, isso me basta. Ele me entrega uma toalha e volta para debaixo dos lençóis antes de ligar a minha TV.

Seu celular está virado para baixo na barriga, e ele o deixa tocar.

— Não vai ver quem é? — pergunto.

Ele me mostra a tela para eu ver que é um número desconhecido com um código de área de Wilmington. Ele vira o celular de volta e continua procurando algo para assistirmos na Netflix.

— Você não quer atender? — pergunto novamente.

— Deve ser alguma empresa — responde ele, sem se incomodar.

Deixo para lá e deito a cabeça em seu peito. Ele escolhe a nossa temporada favorita de *Breaking Bad* e desliga a luz ao seu lado, de modo que a única coisa que ilumina o quarto é o brilho da minha tela plana de trinta e duas polegadas. Inclino a cabeça para cima para olhá-lo, porque às vezes pequenos momentos como esses não parecem reais. Eu costumava me deitar nessa cama com saudades dele, e agora ele está de volta como se nunca tivesse ido embora. Ele sorri e acaricia meu cabelo enquanto adormeço nele.

• • •

— Tá, então o Graham chega por volta do meio-dia. Vou encontrar com eles no hotel depois do almoço com o pessoal do trabalho — recita Ethan, com a boca cheia de pasta de dente.

— Ele disse qual? A gente provavelmente vai precisar de uma reserva. É sexta-feira — sugiro, enquanto me apresso para arrumar minha bolsa para o trabalho e encontrar um par de sapatos que possa ser usado de dia e de noite.

— Não sei. Por isso que eles vão tentar chegar lá às três da tarde. Que horas costumam começar os happy hours da sua empresa?

— Por volta das duas. Eu queria voltar aqui pra trocar de roupa, mas acho que só vou levar outra roupa na bolsa.

— Por que trocar de roupa? Você está ótima. — O elogio me arrepia.

Ethan vem por trás de mim quando me olho nas portas espelhadas do meu armário. Escolhi um minivestido azul-claro com pequenas flores bordadas e um blazer branco *oversized*, porque o escritório está sempre gelado. Eu só tinha que decidir entre botas brancas de cano curto ou tênis.

— Vai de tênis — sussurra ele no meu ouvido e começa a me agarrar pela cintura e beijar o meu pescoço.

— Tudo bem, eles são mais confortáveis mesmo. — Eu me viro e o beijo de volta. — Desse jeito vou chegar atrasada.

— Vai valer a pena. — Posso senti-lo enquanto ele se pressiona contra mim.

— Sério, Ethan — peço. — Não é a manhã certa pra isso.

Algo no Ethan com camisa de botão e calça social me excita. Dou um beijo de despedida e deixo que ele termine de se arrumar no meu apartamento. Eu lhe entreguei uma cópia da nossa chave cerca de um mês depois que começamos a sair de novo. Lauren não gostou muito da ideia, mas também não disse "não". Ela tem passado tanto tempo na casa do Miles que é como se morasse lá agora.

Chego cedo no trabalho, na esperança de poder sair antes do horário. O escritório está deserto, a agitação normal do dia ainda não começou. A divisória da minha mesa se tornou uma colagem de post-its, um painel com prazos e lembretes. Hoje parece ser um bom dia para organizá-lo, então começo removendo os que estão desatualizados e elaboro novos lembretes.

— Gem hoje à noite? — A voz da Mila quebra o silêncio quando ela se acomoda em seu cubículo, em frente ao meu.

— Uns amigos nossos da faculdade vão chegar e querem ir a um terraço, mas com certeza vou tentar convencê-los de ir ao Gem depois — respondo, ainda digitando.

...

— Sloane, você tem um minuto? — Annie me chama, e um familiar nó de expectativa se aperta no meu estômago. Normalmente, só nos encontramos no seu escritório para as nossas trocas de trabalho semanais, por isso estou um pouco nervosa por não saber do que essa conversa se trata. Entro no seu escritório, meu notebook como uma espécie de escudo, e paro no batente da porta.

— Senta.

Sua expressão é ilegível.

— Então — começa ela, apoiando as mãos na mesa —, você, sozinha, aumentou o tráfego do nosso site para quinze milhões de visualizações em menos de um ano. Toda a equipe está impressionada, então falei com o RH e... vamos te dar um aumento.

— Um aumento?! — digo, completamente surpresa.

— Sim. — A Annie confirma com a cabeça. — É um reconhecimento do seu trabalho e do impacto que você teve na *The Gist*. O seu salário precisa refletir o crescimento da importância das suas contribuições.

— Eu não sei o que dizer — comento. — Muito obrigada!

— Você mereceu. — Seu sorriso é caloroso e genuíno. — Agora vai. Começa o seu fim de semana mais cedo e comemora.

Volto para a minha mesa com a cabeça leve e rapidamente termino o restante das minhas tarefas. Passado um tempo, decido que está na hora de ir embora. Conforme caminho para o metrô, mando uma mensagem para Ethan, pensando se deveria ligar para os meus pais para contar a boa notícia. Quando estou prestes a ligar, meu celular vibra com uma nova mensagem.

12:45

Ethan Brady: Saindo do almoço agora. O Graham e a Emily estão insistindo em ir no Mr. Purple. Encontra a gente quando sair?

12:45

Eu: 🐱 Sei como você se sente em relação ao Mr. Purple...

12:46

Eu: Zoeira (mais ou menos). Saí mais cedo, então logo, logo encontro vocês!

Envio a mensagem enquanto desço os degraus do metrô para pegar o próximo trem para o Lower East Side. De acordo com todos os nova-iorquinos que conheci, o Mr. Purple só foi legal nos primeiros meses depois que abriu. Ninguém vai mais lá, principalmente por causa de todos os turistas. Mas, como ex-turista, entendo por que a Emily quer ir.

— Sloane! — Emily acena do outro lado da cobertura.

— Oi, pessoal! — digo ao me aproximar da mesa.

— É um prazer finalmente te conhecer! — Ela logo me abraça.

Emily é uma brisa de ar fresco, muito mais a cara do Graham do que a Lauren. *Sem querer ofender, Lauren.* Ela tem lindos e longos cabelos castanhos e um sorriso que nunca parece sair do rosto. Pelo que ouvi do Graham, ela é gentil, autêntica e bem-humorada. Embora eu a conheça há apenas alguns minutos, vejo logo de cara que eles foram feitos um para o outro.

— O que você quer beber? — pergunta Ethan.

— Pega um mojito de amora! Eles são muito bons! — diz Emily.

— Vou querer um. — Sorrio e o vejo caminhar até o bar. — Então, como vocês estão?

— Ah, meu Deus, você não imagina como planejar um casamento é difícil. É uma coisa atrás da outra. Nem vou começar a falar como as flores são caras. Quem diria? — Emily ri.

— E você? — Graham interrompe antes que a conversa sobre casamento continue por uma eternidade.

— Na verdade — faço uma pausa até o Ethan chegar à mesa com a minha bebida —, recebi um aumento hoje! Eu não esperava, e a minha chefe disse que foi bem merecido, então eu diria que as coisas estão ótimas.

— Estou superorgulhoso de você — sussurra Ethan, depois beija o meu rosto.

O sucesso no trabalho é ótimo, mas o orgulho que ele sente de mim é melhor. Ele pousa o braço no meu ombro enquanto todos me dão os parabéns e o Graham pede uma rodada de shots para comemorar.

— A Lauren está me ligando — murmuro e olho para o celular.

Peço licença e vou para um lugar mais calmo antes de atender.

— Oi!

— Ei, onde você está? — Ouço a voz da Lauren.

Merda. A culpa me atinge. Não tive oportunidade de dizer a ela que o Graham estava vindo a Nova York nesse fim de semana.

— Você vai trabalhar até tarde? Quero sair!

— Não fica brava, mas... — começo. — Esqueci completamente de te falar que o Graham vai passar o fim de semana aqui. Estou com ele e com o Ethan.

— A Emily está aí? Seria estranho se eu fosse? Não quero ficar em casa hoje à noite. — Ela parece ansiosa para participar.

— Ela está aqui, mas acho que não tem problema. O Miles está com você? Por que ele não vem também? — sugiro, tentando lidar com a situação.

— Tenho certeza que consigo convencê-lo. Onde você está? — Sua voz está animada agora.

— Mr. Purple. — Dou risada.

— Você tá brincando, né? — diz ela. — Tudo bem, a gente chega em meia hora.

Volto para a mesa e penso na melhor maneira de dizer a todos que a Lauren e o namorado dela estão a caminho. Depois que nos mudamos para a cidade, Graham parou de falar dela, assim como ela parou de falar dele, até que ele ficou noivo. Agora que ela tem o Miles, acho que está sentindo menos ciúmes.

Olho de relance para o meu celular e, hesitante, dou a notícia ao grupo.

— A Lauren está vindo com o namorado, tudo bem?

— Sim, tudo bem. Estou feliz por ela. Ele é um cara legal? — pergunta Graham.

Aceno com a cabeça, um sorriso se abrindo em meus lábios.

— É, sim.

— É tudo o que preciso ouvir.

Depois de algumas apresentações incômodas e outra rodada de drinques, decidimos jantar antes de ir para o Gem.

A duas quadras fica um dos melhores restaurantes mexicanos da cidade, segundo o Miles, que se autodenomina um apaixonado por gastronomia. Pedimos margaritas, shots de tequila, queso e guacamole, e em seguida os pratos principais. Quando estamos prontos para ir embora, já estou mais do que alegrinha, mas a noite ainda é uma criança, então tento me controlar.

— Que merda essa fila — reclama Lauren quando chegamos ao Gem.

— Não tá tão ruim assim — rebate Graham, tentando manter a paz.

Eu e Ethan trocamos um olhar carregado, uma conversa inteira em um único olhar. Olho pela janela, observando todos lá dentro, dançando e interagindo. De repente, meu pulso se acelera quando meus olhos pousam no Reese.

— E se a gente fosse no Flying Cock? — O desespero se toma conta da minha voz enquanto tento encontrar uma desculpa para não entrar.

— É muito parado. Vamos pra lá depois daqui — diz Ethan.

— Tem certeza? Lá quase nunca tem fila, e aqui está demorando muito — digo, pedindo que alguém concorde comigo.

— Já estamos esperando há tanto tempo... — Graham rejeita a ideia.

Eu me viro para Ethan antes de sussurrar:

— O Reese está lá dentro.

Ele me tranquiliza.

— Vai ficar tudo bem, tenho certeza que a gente nem vai se encontrar.

Dentro do bar, a multidão nos engole. A mão do Ethan na minha é uma âncora na multidão. Ele nos leva até o bar e pede uma rodada de bebida com uma confiança que me faz esquecer como estou desconfortável. Mas, quando voltamos para o meio da multidão, o ombro do Ethan esbarra em alguém. Paraliso. É o Reese.

Sua voz é áspera, com um toque de raiva.

— Então, o que é isso? Agora vocês estão namorando ou ainda estão só transando?

A resposta do Ethan é imediata e ligeiramente surpreendente.

— Não fala assim com ela, Reese — adverte ele.

— Ou o quê, Brady? Você vai foder ela pelas minhas costas de novo? — diz ele, claramente mais embriagado que o restante de nós.

— Estou falando sério, cara, deixa isso pra lá. Você está bêbado. — O tom do Ethan é firme e seguro.

Em um piscar de olhos, a mão do Reese manda a bebida do Ethan pelos ares, quebrando o copo no chão. Meu coração bate forte no peito, e eu me jogo entre eles.

— Parem com isso, vocês dois! — peço.

Em segundos, nossos amigos se juntam a nós. Graham convence o Reese a encontrar seu grupo, e decidimos que é hora de terminar nossa bebida e voltar para casa.

• • •

Deslizo para debaixo das cobertas, sentindo o contraste dos lençóis frios contra a pele ainda quente da noite que passamos fora. Ethan já está na cama, olhando para o teto, perdido em pensamentos.

— Sinto muito pela situação com o Reese — digo, antes de mudar de assunto. — O Graham e a Emily pareciam tão felizes.

— Sim, pareciam. Não acredito que o Graham vai casar. — Ethan se vira para mim.

O nó no meu peito se aperta, e crio coragem.

— Ethan, você acha que vamos juntos ao casamento do Graham?

Ele faz uma pausa, seus olhos procurando os meus.

— Não sei, Sloane; é, tipo, daqui a um ano.

— E daí? O que estamos fazendo, então? Não podemos continuar evitando o inevitável. Parece que nada mudou desde a faculdade.

— Faz um mês que você terminou com o Reese e, levando em conta o que rolou essa noite, tudo ainda está muito recente. Sem falar que estou morando na cidade há menos de seis meses. As coisas estão indo bem agora, Sloane. Você pode focar no lado bom das coisas em vez de no lado ruim? — Ethan suspira, com uma pontada de frustração na voz.

— O que você quer dizer com isso?

— Só me lembra como era no tempo da faculdade... Você sempre caçava uma briga ou encontrava uma maneira de transformar uma noite boa em uma noite ruim. Eu respondo uma pergunta de uma forma que você não espera, e é como se o resto da noite não valesse nada — diz ele.

Sinto uma onda de raiva e mágoa.

— Fico muito feliz em saber que você pensa assim.

Ethan não responde, apenas vira as costas para mim e tenta dormir.

Aquele ditado sobre nunca ir para a cama com raiva da outra pessoa passa pela minha cabeça, mas não vou deixar essa passar. Quando tenho certeza de que ele está dormindo, pego meu travesseiro e um cobertor e vou para o sofá. Lauren não está em casa, e quero que Ethan perceba minha ausência quando acordar.

A manhã chega com cheiro de café.

Abro os olhos, ainda no sofá, e vejo Ethan na cozinha, com cara de arrependido.

Ele me entrega uma xícara e seu olhar encontra o meu.

— Desculpa por ontem. É claro que vamos ao casamento juntos. Eu só não estava pensando no futuro.

Quero acreditar nele, confiar em suas palavras, mas uma ponta de dúvida ainda persiste. Com um leve aceno de cabeça, aceito seu pedido de desculpas, deixando o calor do café envolver minhas mãos e me perguntando como estará o nosso relacionamento daqui a um ano.

29

Ethan
Julho de 2018

Viver em Nova York é exaustivo. Dez horas diárias no escritório, seguidas de happy hours, seguidos de noites na casa da Sloane não deixam muito tempo para mim. Eu costumava ir à academia todos os dias; agora, tenho sorte se consigo ir uma vez por semana. Posso ver e sentir a diferença, e não gosto, para ser sincero.

Desde a nossa última briga, as coisas com a Sloane têm parecido estranhas. Eu não esperava retomar as coisas tão rapidamente, mas acho que é isso que acontece quando você transa com a sua ex enquanto ela está em outro relacionamento. Ela abriu mão de outra pessoa por mim, então sinto que devo isso a ela, preciso pelo menos tentar. Sloane tem me questionado sobre o nosso relacionamento mais do que nunca. Toda vez que toma mais de duas taças de vinho, começa com o interrogatório. Entendo o que ela quer dizer, mas não sei quanto tempo mais vou aguentar.

A academia está lotada, e eu me pergunto por que pago quase duzentos dólares por mês para não conseguir usar uma máquina sequer. Vir aqui deveria clarear a minha mente, não me deixar mais estressado. Depois de uma hora levantando peso, sento na sauna e encosto a cabeça nas tábuas de madeira. Esqueci o quanto senti falta desse tempo sem interrupções. Sem telefone, sem pessoas, sem pensamentos. Fecho os olhos e fico ali até sentir que vou desmaiar, então pego minha mochila no armário e o metrô para casa.

— Oi! — Sloane me cumprimenta da cozinha, antes mesmo que eu consiga fechar a porta. — O Noah me deixou entrar. A Lauren e o Miles estão cozinhando na minha casa, então pensei em trazer comida pra cá, pra você não se preocupar em cozinhar. Sei que foi um dia longo.

Não só estou um pouco irritado por ela ter se convidado, mas, no geral, também por ela estar aqui. Acabei de suar muito na academia e pegar um metrô sem ar-condicionado; estava ansioso por um apartamento tranquilo e uma ducha gelada. Forço um sorriso ao entrar.

— Obrigado, você não precisava fazer isso — digo. — Estou todo suado, então vou tomar um banho antes de comer. Mas você pode começar.

Sigo para o banheiro sem me virar para olhar para Sloane, porque sei que vou ver decepção em seu rosto. Ela tem boas intenções, e eu agradeço o esforço, mas às vezes é demais. Tomo uma ducha mais demorada que o normal, para tentar melhorar o meu humor, mas continuo me sentindo um lixo depois. Visto uma cueca boxer e um short de basquete antes de voltar para a sala de estar, onde a Sloane está me esperando.

— Você quer que eu vá embora? — pergunta ela. — Desculpa. Eu devia ter mandado mensagem antes de vir.

— Não, não, tá tudo bem. Desculpa. Só estou cansado. — Minto, tentando tranquilizá-la. Eu a puxo para um abraço e apoio o queixo no topo da sua cabeça. Às vezes, esqueço como ela é baixinha.

— Tudo bem, tem certeza? Quer que eu esquente a sua comida?

— Seria ótimo. Vou procurar alguma coisa pra gente assistir. — Eu a beijo e me acomodo no sofá. Me sinto mal por ter agido meio indiferente.

Minutos depois, ela me entrega uma tigela de frango e arroz hibachi, e então senta do outro lado do sofá. Percebo que está chateada com a minha atitude de mais cedo, mas tento não pensar muito nisso. Assistimos a um novo filme que está no top dez da Netflix. Quando termina, vejo que Sloane bebeu mais da metade de uma garrafa de vinho sozinha. Com vinho, geralmente vem uma briga ou um jogo de vinte perguntas, mas antes que ela comece qualquer um deles, eu a beijo. Eu a levanto do sofá e a beijo durante todo o caminho até o meu quarto, onde tiro suas roupas e fico olhando para ela sob o brilho das luzes da rua. Sloane se apoia nos cotovelos e, embora eu não possa ver, sei que ela está corando.

Ela está deitada de costas enquanto estou em cima dela e, entre respirações e gemidos, ela diz as palavras que eu temia ouvir.

— Eu amo... — Ela para, assim que percebe o que está prestes a dizer. — Transar com você.

Imediatamente, trago sua boca até a minha para evitar qualquer outra conversa até eu terminar. Ficamos em silêncio em nossas posições por alguns segundos, então eu me levanto e vou ao banheiro.

Quando volto, ela está deitada com uma das minhas camisetas no outro lado da cama, de costas para mim. Aproximo meu corpo do dela. Percebo que ela está chateada comigo, mas, em vez de abordar o assunto, deito atrás dela até ela adormecer. Depois me viro e fico olhando o celular por um tempo, até meus olhos começarem a pesar.

No que eu me meti?

30

Sloane
Setembro de 2018

E, de repente, as estações mudaram. Outono em Nova York é um tipo diferente de descarga de serotonina. O ar fresco, as folhas alaranjadas queimadas, os dias chuvosos e as temperaturas mais frias trazem à tona um lado diferente dos nova-iorquinos. Juro que as pessoas só sorriem para mim no metrô entre os meses de setembro e dezembro. A cidade nunca perde sua magia, especialmente no outono.

Resolvo ir até o SoHo depois do trabalho para fazer umas comprinhas em homenagem ao clima mais frio. Entro e saio das lojas até comprar um novo par de jeans, alguns suéteres e uma jaqueta. Depois de gastar o que parece ser metade do meu salário, ligo para Lauren para saber se ela quer sair para jantar.

Ela atende quase que imediatamente.

— Onde você está? Estou em casa há duas horas e estou morrendo de fome.

— Quer me encontrar no SoHo? A Annie estava fora hoje, então saí uma hora mais cedo e fiz algumas compras.

— Sem mim? Você é péssima! — brinca Lauren. — Sim, claro, te vejo daqui a pouco.

É cedo e o restaurante está quase vazio, por isso, consigo um lugar para nós no bar e peço dois dirty martinis, os favoritos da Lauren.

— Martíni numa quarta-feira? — Ela se aproxima sorrateiramente por trás de mim, com sua voz brincalhona. — Qual o motivo da comemoração?

Sorrio para ela, sentindo o calor da nossa amizade.

— Apenas um tempo de qualidade entre colegas de quarto. Sinto que a gente não tem passado muito tempo juntas ultimamente — digo, com um leve suspiro. — Eu odeio isso.

— Eu sei, eu também. Os meninos estão nos atrapalhando! — Sua risada é contagiante. Nós brindamos e tomamos um gole.

— Então, como estão as coisas com o Miles? — pergunto.

— Ele é ótimo, Sloane. É realmente a melhor pessoa que eu já conheci... além de você, é claro — ela acrescenta rapidamente, com um toque de cor nas bochechas. — Eu vejo futuro com ele.

— Fico feliz por você! — digo, levantando o copo novamente, em um brinde silencioso.

— E o Ethan? Como está indo? Parece que vocês estão passando muito tempo juntos, então isso é bom! Certo? — Suas sobrancelhas se arqueiam, com um toque de preocupação.

— As coisas estão bem! — Minto. — O mesmo de sempre.

À medida que o tempo passa, nossa conversa fácil preenche o espaço. O álcool dos martínis nos torna mais falantes e risonhas.

O celular da Lauren toca, e a vibração rompe a nossa bolha. Com um leve aceno de cabeça, indico que ela atenda a ligação, pois vejo que é do Miles.

— Oi! — ela diz. — Estou bebendo com a Sloane. Sim, a gente deve pedir a conta logo; estamos na terceira taça. Beleza. Te encontro do lado de fora do nosso prédio. Também te amo.

Eles já dizem "eu te amo"? Conto mentalmente os meses que eles estão juntos. Bom, acho que já faz uns seis. Seis meses justificam um "eu te amo"?

Quando chegamos em casa, Miles já está esperando Lauren do lado de fora. Eles sobem por alguns minutos para ela fazer uma mala com uma muda de roupa. Eu me despeço e entro no quarto para ligar para o Ethan, esperando que ele queira fazer alguma coisa hoje à noite.

— Oi. — Ele atende. — Está tudo bem?

— Sim, tem que ter alguma coisa errada pra eu te ligar? — pergunto, mais na defensiva do que pretendia.

— Não foi isso que eu quis dizer. E aí?

— Quer sair hoje à noite? — Meu tom é esperançoso.

A conversa que se segue me deixa com uma sensação de vazio que está se tornando familiar demais.

— Hoje não — responde ele enquanto suspiro ao telefone. — Amanhã? Vai ter jogo. A gente pode assistir junto e pedir comida. Eu levo vinho.

— Tudo bem — resmungo, sem vontade de passar mais uma noite longe.

— Dorme um pouco, bebinha. Boa noite. — Sua risada deveria ser reconfortante, mas ecoa a distância entre nós.

— Boa noite — sussurro, antes de desligar.

Às vezes, amá-lo é como se eu estivesse na porta do quarto dele, esperando que ele me deixe entrar. Será que algum dia ele vai me deixar entrar?

• • •

Na noite seguinte, Ethan aparece no meu apartamento com uma pizza grande e uma garrafa de cabernet. Há algo estranho nele, até mesmo distante, mas não consigo identificar.

— Seu celular está tocando — digo e gesticulo em direção à mesa de centro. Observo quando ele pega o aparelho e imediatamente o coloca de volta na mesa.

Indiferente, diz:

— Cobrança.

Nos últimos meses, notei que ele tem recebido ligações do mesmo número. Não tenho certeza se ele sabe que eu percebi, mas eu percebi. Sempre que falo sobre isso, ele diz que é alguma empresa ou engano, mas não sei se é verdade. A parte lógica do meu cérebro diz que ele está mentindo, e a parte emocional diz que talvez a história seja mais complexa do que eu gostaria de saber.

Será que ele tem outra pessoa?

Não consigo me livrar da sensação de que é uma possibilidade, mas vou continuar a ignorar por mais algum tempo, se isso significar não perder Ethan. Na mesma hora, em meio a pensamentos, meu celular toca.

Atendo e vou para o meu quarto.

— Oi, mãe. Tudo bom?

— Você já tem planos para o Dia de Ação de Graças? Estamos pensando em ir para Londres por algumas semanas e, bom, coincidiria com o Dia de Ação de Graças. Eu não queria deixar você, mas...

— Com certeza você deve ir! Ainda não pensei no que vou fazer no Dia de Ação de Graças, mas, na pior das hipóteses, posso ficar com o pai. Eu sempre quis ir pra Londres.

— Eu também — diz ela. — Tem certeza, querida?

— Tenho. Te amo, mãe.

— Também te amo. — Ela desliga.

Volto a sentar no sofá, mais perto do Ethan desta vez. Ele me abraça, e eu deito a cabeça no seu ombro. Gostaria de poder ficar assim para sempre.

— O que você vai fazer no Dia de Ação de Graças? — pergunto, com um pouco de medo da resposta.

— Ainda não sei direito — diz Ethan. — Por quê?

— A minha mãe está indo pra Londres. Acho que posso ligar pro meu pai, mas não sei... — divago.

— Com certeza vou ficar na cidade, então poderíamos fazer isso? — Ele oferece casualmente. — Pedir comida e assistir a alguma coisa.

— Seria bom.

Talvez todos os sentimentos de incerteza estejam na minha cabeça. Talvez ele se importe. Talvez ele esteja tentando. É difícil saber quando ele não me diz nada e, mesmo que ele me tranquilizasse, será que eu realmente acreditaria? Ele quebrou a minha confiança quando veio para Nova York, mentiu na minha cara sobre querer ficar longe, depois terminou comigo por uma mensagem de texto. Como alguém consegue superar isso?

...

Na manhã seguinte, chego cedo no trabalho, porque tenho um prazo para cumprir, de um trabalho que adiei a semana toda: "Será que metade de todos os casamentos realmente termina em divórcio?"

Entrevistei seis pessoas, algumas casadas, outras divorciadas; algumas tiveram pais que permaneceram juntos até a morte, e outras tiveram pais que se separaram antes mesmo de elas nascerem. As entrevistas foram mais difíceis para mim do que eu esperava, por isso, fiz uma pausa de uma semana na escrita, e agora só tenho nove horas para terminar o artigo. Abro meu notebook e leio o que escrevi até agora:

> Casar com o amor da sua vida deve ser realmente incrível. Acordar e dormir ao lado da sua alma gêmea parece que é a maneira perfeita de começar e terminar bem o dia. Imagino que seus conflitos sejam menos difíceis de resolver quando você tem alguém com quem superá-los. Espero que todos possam experimentar esse tipo de amor algum dia. Inclusive eu.

> "Eu e minha esposa estamos juntos há dez anos, casados há seis, e ainda fico animado para vê-la todos os dias, quando chego em casa do trabalho. Ela faz com que até os piores dias sejam suportáveis, só pelo fato de existir."

Fecho o notebook e enfio a cabeça entre as mãos. Por que sugeri essa pauta? Não apenas parte o meu coração pensar em como um dia o casamento aparentemente perfeito dos meus pais virou fumaça, mas também me faz questionar um futuro entre mim e o Ethan.

Um dia, daqui a cinco anos, se ele fosse parado na rua e lhe pedissem para falar sobre o amor da sua vida, o que ele diria? Presumindo que ele estivesse pensando em mim, é claro. Ele diria que nunca conheceu ninguém como eu? Que eu o faço se sentir como uma versão diferente e melhor de si mesmo? Que ele se sente seguro quando está comigo? Eu me pergunto se algum dia ele vai me amar como eu o amo, se ele é capaz de sentir um amor tão profundo.

O relógio no meu celular marca sete e dezoito da noite quando finalmente envio o artigo para a revisão final e arrumo as minhas coisas. O escritório está morto, os cubículos estão vazios e posso ouvir o zumbido de um aspirador de pó no corredor. Espero que nunca mais eu seja a última a sair. Não se parece em nada com as séries de TV. Me sinto menos como uma *girlboss* e mais como uma vítima de assassinato em potencial.

Conforme saio apressada do prédio, meu celular vibra na bolsa. Eu a vasculho para encontrá-lo e, quando o faço, vejo o nome da Lauren na tela.

— Oi, desculpa, acabei de sair do trabalho — respondo.

— Eu imaginei. Acabei de chegar em casa com sushi e vinho. Te vejo em vinte minutos?

— Te vejo em vinte minutos — asseguro a ela.

...

— Você chegou! — A voz da Lauren ecoa da cozinha.

— Finalmente. — Rio alto quando deixo o longo dia e os meus sapatos na porta.

Entro na cozinha, que foi transformada em um cantinho aconchegante. Lauren acendeu uma vela, serviu duas taças de vinho tinto e arrumou quatro sushis na tábua que normalmente usamos para colocar frios.

— O que vamos comemorar? — pergunto, porque sei que ela não se esforça tanto em um jantar aleatório de dia de semana.

— Ah, só senta — insiste ela.

Eu obedeço e tomo um gole do vinho, com medo do que vem pela frente.

— Você está indo embora de Nova York? — As palavras simplesmente saem.

A resposta da Lauren é rápida.

— Não, meu Deus. Só do apartamento. Miles quer que eu vá morar com ele. Eu sei que é cedo, mas é isso que eu quero. Eu passo quase todas as noites lá, então faz sentido, mas não é só por isso. Eu amo o Miles, Sloane. Amo ele demais. Acho que é o cara certo pra mim.

Faço uma pausa, deixando que suas palavras se acomodarem no espaço entre nós, enquanto tomo outro gole.

Minha voz é firme, porque quero que ela saiba que o que estou prestes a dizer é sério.

— Estou feliz por você. De verdade.

— Ah, vai se foder — brinca ela, ignorando a gravidade do momento.

Dou risada, mas meu coração está pesado.

— Não, sério, estou feliz por você! Só vou sentir sua falta. Os últimos dois anos passaram tão rápido, e acho que, graças a *New Girl* e *Friends*, eu pensei que a gente moraria junto até os trinta.

— Eu entendo. Eu também pensei. Não achei que eu conheceria alguém tão rápido. Ou que conheceria alguém, na verdade. — Ela acena com a cabeça.

Estou realmente muito feliz pela Lauren. Só não consigo deixar de comparar o relacionamento dela com Miles ao meu com Ethan. Será que algum dia seremos mais do que um quase?

31

Ethan
Outubro de 2018

Encaro meu celular enquanto ele toca na minha mão. Embora seja um número desconhecido, sei exatamente quem está do outro lado da ligação. Só não consigo atender. Sento na beira da cama e fico olhando para a tela até que a chamada seja enviada para o correio de voz. Nos últimos meses, acumulei mais de onze novas mensagens que nunca vou ouvir e frequentemente me pergunto quando isso vai acabar.

Em junho, a sra. Clark me ligou para avisar que o meu pai estava saindo da prisão. Ela e o sr. Clark achavam que ele apareceria na porta da frente deles, pedindo para falar comigo, mas depois do que a minha mãe fez, ou melhor, depois do que a minha mãe não fez, eu duvidava muito. Um mês depois, eles ligaram para dizer que ele estava na casa deles, e eu deixei que eles passassem o meu número, sem nunca esperar que ele fosse ligar, e sem saber se eu atenderia, caso ele ligasse.

Noah e Alex estão viajando a trabalho essa semana, e Sloane saiu para beber com a Lauren, então tenho a noite só para mim, o que é uma boa mudança de ares. Encontro meu bong e coloco o futebol de quinta na TV. De vez em quando, dou uma olhada no meu celular, que está virado para baixo ao meu lado, no sofá de couro e, depois de algumas tragadas no bong, finalmente o pego. Hesito antes de clicar na primeira mensagem de voz que recebi e levo o celular ao ouvido.

— Ethan, é o seu pai... se é que posso me chamar assim. Tenho tentado entrar em contato, e sei que você tem ignorado as minhas ligações, mas eu realmente queria falar com você. Os Clark me disseram que você está em Nova York agora. Nunca imaginei que você fosse ser um garoto da cidade, mas, por outro lado, não conheço sua versão adulta. Enfim, espero que esteja se cuidando. Se puder, me ligue de volta. Certo, bom, tchau. — Sua voz está diferente do que eu esperava. Mais velha, mais rouca. Fico imaginando como ele é agora.

Em vez de jogar o celular do outro lado da sala, como eu achava que jogaria, ouço a próxima mensagem de voz. Depois a próxima, e a próxima, até chegar à que ele deixou essa noite. Fico andando pela sala, me perguntando o que fazer em seguida. Será que ligo para ele? O que ele teria para dizer?

Sinto muito por ter estragado a sua vida?
Sinto muito por ter parado de ligar?
Sinto muito que a sua mãe nunca tenha voltado para você?

Enfio a cabeça entre as mãos e fecho os olhos, antes de tomar uma decisão. Percorro meu registro de chamadas até encontrar o nome do Graham e ligo para ele.

— Oi, Brady, estou surpreso que você não tenha saído essa noite — responde ele.

— Precisava de uma noite em casa. Você tem alguns minutos pra conversar? — pergunto, com a voz num tom mais baixo que de costume.

— Sim, claro, o que tá pegando? Parece sério.

Hesito, porque detesto tocar no assunto.

— O meu pai anda me ligando.

— Que porra. Pra falar o quê? — Sua resposta é incisiva, o oposto do seu tom normalmente relaxado.

— Não sei, exatamente. Ele disse que precisa falar comigo, e não consigo decidir se devo ligar de volta. Os seus pais mencionaram alguma coisa?

A linha fica em silêncio por um momento, até que ele diz:

— Eles me disseram que ele estava saindo da prisão há alguns meses. O que você vai fazer?

— Não sei, cara. — Sinto que começo a ficar tenso.

— Se você quer saber a minha opinião, acho que você devia ligar pra ele. Eu sei que os dois te ferraram, e não tem problema não perdoar, mas talvez falar com ele ajude. Talvez ouvir exatamente o que aconteceu, ou por que ele parou de ligar, te ajude a entender a situação pelo ponto de vista dele. — Seu conselho é surpreendentemente perspicaz.

— É, pode ser. — Suspiro.

— Como estão as coisas com a Sloane? — pergunta ele.

— Estão bem, eu acho — respondo.

— Áhã. — Graham não acredita. — Só saiba que se você continuar com essa merda por muito mais tempo, você vai perder ela de vez e, pelo que posso notar, você realmente gosta e se importa com ela. Uma garota como a Sloane não vai ficar esperando pra sempre.

— Tá, beleza. Depois a gente se fala mais, cara. — Desligo o celular e o devolvo para a mesa de centro antes de dar outra tragada.

Será que estou pronto para desenterrar algo que aconteceu há mais de dez anos? Tudo o que quero é esquecer o que aconteceu, mas parece que ligar para o meu pai seria exatamente o contrário. Resolvo dormir — não preciso decidir nesse exato momento, então por que estou agindo como se precisasse?

Mando uma mensagem para a Sloane e digo que a porta está destrancada, porque não quero dormir sozinho essa noite, e, menos de quinze minutos depois, ela está enrolada ao meu lado. Às vezes, não percebo o quanto preciso dela.

32

Sloane
Novembro de 2018

Lauren anda de um lado para o outro pela sala, o som do zíper da sua mala cortando o silêncio. Então ela para e olha preocupada para mim, esparramada na cama.

— Só pega o trem amanhã. Não quero que você fique sozinha no Dia de Ação de Graças! A mãe do Miles te convidou. Eles têm comida mais do que suficiente — insiste ela.

Na semana passada, exatamente dez dias antes do Dia de Ação de Graças, Ethan me contou que iria para Wilmington. Ele não perguntou se eu queria ir, e acho que eu não esperava que ele perguntasse, mas isso não fez com que doesse menos. Era oficial: eu passaria o Dia de Ação de Graças sozinha.

— Está tudo bem, sério! Vai ser bom ter um dia só pra mim. Pensei em ver o desfile, mas alguns colegas de trabalho disseram que chegam lá antes das cinco da manhã, o que é um grande "não" pra mim. — Meu riso é genuíno, embora um pouco forçado, na tentativa de esconder a decepção.

— Ano que vem, você devia convidar o seu pai ou a sua mãe pra ver o desfile. Talvez os meus pais venham, então podemos ir todos juntos! — ela sugere. — Eu sempre quis ir!

Lauren está indo para Connecticut conhecer os pais do Miles pela primeira vez e, por mais que seja legal que eles tenham me convidado, esse é o último programa que eu quero atrapalhar. A parte boa de estar na cidade no Dia de Ação de Graças é que nada fecha, então minhas opções de comida são infinitas.

— Então, o que você vai fazer amanhã? — pergunta Lauren.

— Provavelmente assistir *Sex and The City* e tomar uma garrafa inteira de vinho — respondo, o plano parecendo mais interessante quando o digo em voz alta.

Lauren se acomoda ao meu lado na cama, e o colchão se inclina ligeiramente sob o nosso peso. Ela olha para mim e sua expressão se suaviza.

— Isso me faz lembrar da época da faculdade — diz ela, com um toque de nostalgia no tom de voz. — Lembra quando a gente ficava deitada na cama durante horas sem dizer uma palavra? Mexendo no Instagram e jogando *Candy Crush*?

— Vou sentir falta de morar junto — admito.

— Eu também — diz ela.

Acho que esse é o momento mais íntimo que já tivemos. Nossa amizade é profunda, mas nunca foi muito emotiva. Essa é a beleza da Lauren: ela torna a vida leve. Mas agora é diferente. Eu sinto que a nossa amizade está começando a mudar. Isso me deixa com medo do futuro e me faz pensar se eu preciso levar o meu relacionamento com o Ethan mais a sério. Embora eu odeie a ideia de ter essa conversa com ele, odeio mais ainda a ideia de estar solteira enquanto todas as minhas amigas estão apaixonadas, se casando e tendo filhos.

Com Ethan, sei que haverá mais do que apenas um Dia de Ação de Graças sozinha. Haverá casamentos sem acompanhante e festas de final de ano no escritório em que me perguntarão onde está meu namorado, ou se sou solteira. Lembro dos dias em que eu adorava ser solteira. Acho que posso me sentir assim novamente. Não é a ideia de ficar sozinha que me assusta, é a ideia de perder o Ethan.

Amá-lo é difícil, mas deixá-lo seria mais difícil ainda.

Por que não pode ser fácil?

• • •

A TV pergunta se ainda estou assistindo enquanto pego o controle para dar "play" no quarto episódio de *Sex and The City* da noite. Antes de dizer "sim", pego meu celular para ver se Graham ou Ethan postaram alguma coisa. É provável que eles estejam no centro da cidade ou nos bares da praia. Afinal, é véspera de Ação de Graças na cidade natal deles. Minha ansiedade me domina, então vou até a cozinha e me sirvo de outra taça de vinho. Esvazio o resto da garrafa na taça e a jogo no lixo.

Sento no meu lado favorito do sofá e resolvo colocar o filme em vez da série. Toda vez que vejo a cena em que o sr. Big deixa a Carrie no altar, eu choro. E, nesse momento, estou precisando de um bom choro.

Fico aninhada debaixo do cobertor enquanto assisto a um personagem fictício passar por algo que me mata de medo. Se tenho pavor disso, por que uma pequena parte de mim ainda acredita que isso pode acontecer entre mim e o Ethan? Por que quero estar com alguém que acho que me abandonaria no altar? Até o menor indício desse sentimento deveria me dizer que não é com ele que eu deveria ficar. Então, por que ainda estou com ele?

"Algumas histórias de amor não são romances épicos. Algumas são histórias curtas, mas isso não as torna menos cheias de amor", diz Carrie.

Pela primeira vez, a frase faz sentido.

As lágrimas escorrem pelo meu rosto. O Ethan é o meu sr. Big? Sempre odiei o Big, mas essa cena evidenciou o que andei pensando nas últimas semanas. Tenho tanto medo de deixar o Ethan, mesmo sabendo que é a coisa certa a fazer. Não posso continuar esperando que alguém que não me ama um dia me ame. Talvez ele me ame. Mas só isso não basta.

Normalmente, odeio sentir pena de mim mesma, mas não posso deixar de sentir um pouco esta noite. Estou passando o Dia de Ação de Graças sozinha, no meu pequeno apartamento em Nova York, enquanto duas das minhas pessoas mais queridas estão na nossa cidade universitária sem mim. Provavelmente o Ethan nem se dá conta de como é uma merda o fato de ter me deixado aqui. Mas é. É uma merda gigantesca. Ele pode não saber como é ter alguém que quer amá-lo, alguém que não quer deixá-lo, mas isso não lhe dá o direito de me tratar como se eu não existisse.

Acordo na manhã seguinte com uma forte dor de cabeça (*obrigada, vinho*) e sem chamadas ou mensagens perdidas. Que ótima maneira de começar o Dia de Ação de Graças.

Vou lentamente até a sala para assistir ao desfile e preparo uma xícara de café. Enquanto espero a cafeteira fazer o trabalho dela, ligo para a minha mãe.

— Oi, querida, feliz Dia de Ação de Graças! — O calor de sua voz me faz lembrar como sinto sua falta.

— Oi, mãe. Feliz Dia de Ação de Graças pra você também! Como estão as coisas em Londres? — digo.

— Ah, aqui é incrível, querida. Como você está? Você está no desfile? — pergunta ela, esperançosa.

— Não, acabei de acordar. — Um bocejo acompanha minha resposta.

— Bom, seu porteiro deve ter um champanhe esperando por você lá embaixo. Me desculpa de novo por não estarmos juntas hoje, mas te vejo em poucas semanas pro Natal. Encomendei pijamas iguais pra nós duas. Sua tradição favorita!

— Acho que você quis dizer *sua* tradição favorita. — Eu a provoco.

— Se você diz… Bom, querida, tenho que ir, mas espero que você tenha um ótimo dia. Te amo!

Encerro a ligação com um suave "também te amo, mãe".

Pelo menos isso matou cerca de quatro minutos do meu dia. Quando pego o celular para ligar para o meu pai, ele vibra na minha mão. Acho que é uma mensagem em algum dos grupos, mas fico agradavelmente surpresa quando vejo o nome do Ethan surgir na tela.

10:11
Ethan Brady: Feliz Dia de Ação de Graças, peru. Mal posso esperar pra chegar em casa e pra te devorar como um banquete ☺

10:12
Eu: Meu Deus, você é tão brega.

10:13
Eu: Feliz Dia de Ação de Graças, fala pro Graham que eu disse oi!

10:15
Ethan Brady: Você não viu nada ainda.

Pelos próximos segundos, sorrio incontrolavelmente para a mensagem e esqueço que ele é o motivo pelo qual estou passando o feriado sozinha.

33

Ethan

Novembro de 2018

Odeio aeroportos e viajar de avião. Não entendo como as pessoas podem gostar disso. Todo mundo está com pressa, meus voos quase sempre atrasam sem motivo e geralmente acabo sentado na frente de uma criança que chuta o meu assento durante toda a viagem. Esse voo não foi diferente. Espero que os passageiros saiam, jogo a minha mochila no ombro e os sigo. Por sorte, o Graham vai me buscar, o que significa que vamos beber antes de ir para a casa dele. Deus sabe que eu preciso.

— Onde está seu terno? — pergunta ele.

O Graham está me esperando em seu Jeep Wrangle com o capô aberto. É um dia quente para o final de novembro, mas essa é a Carolina do Norte, sempre imprevisível.

— Pensei que os caras da cidade só usassem ternos em todos os lugares. Pelo menos é o que os filmes mostram — acrescenta ele.

Ignoro sua piada sem graça.

— Quem em sã consciência usaria um terno num voo que custou oitenta dólares ida e volta?

— É verdade. Quer ir ao Dockside? A gente podia sentar do lado de fora e tomar um balde de cerveja antes de ver meus pais.

— Achei que você nunca perguntaria. — Aumento o volume e ouvimos "Stir Fry", do Migos, além de outras músicas do mesmo álbum, até chegarmos ao estacionamento do restaurante.

— É bom estar de volta?

Dou de ombros.

— Não estou fora há tanto tempo assim.

— Cara, já faz quase um ano — comenta Graham.

Merda, ele tem razão. Em janeiro vai fazer um ano desde que fiz as malas, deixei Wilmington e me mudei para uma cidade que eu achava que odiava.

— Passou tão rápido. — Eu o sigo até o bar ao ar livre, onde sentamos e pedimos um balde de Corona.

O ar tem um cheiro salgado e nostálgico. Por um lado, sinto falta da praia, de pegar onda, de encontrar areia no meu carro, de ter um carro. Mas não sinto falta das lembranças que esse lugar me traz.

— Então, como estão as coisas? Onde a Sloane foi passar o Dia de Ação de Graças? — pergunta ele.

Eu sabia que isso iria acontecer. Graham não levou nem uma hora para perguntar dela. Isso sempre acontece que vou a algum lugar sozinho. É como se fôssemos um pacote. Do que adianta não estarmos em um relacionamento se todos presumem que estamos? Estou ficando cansado das pessoas se preocuparem mais conosco do que comigo. Isso é egoísmo? Talvez. Eu me importo? Não.

— Podemos falar sobre outra coisa? Às vezes parece que toda conversa que tenho hoje em dia gira em torno da Sloane. — Tomo um gole da cerveja. — Como você está?

— Foi mal, cara, não pensei nisso — diz Graham. — Estou bem. Mas morar em casa está ficando chato. Queria poder acelerar o casamento pra morar logo com a Emily. Os pais dela são tão tradicionais que chega a doer.

— Você já deu uma olhada em novos lugares?

— Temos um apartamento de dois quartos em Mayfaire, mas só ela está morando lá até o casamento. Mas eu passo a maioria das noites lá... loucura, eu sei. Provavelmente vamos morar lá por um ou dois anos, depois vamos procurar uma casa. — Há um toque de entusiasmo em sua voz.

— Parabéns, cara.

Terminamos o balde de cerveja e seguimos para a casa dele. Já posso prever que será um fim de semana longo, para o qual não sei se estou minimamente preparado.

• • •

— Tem certeza que não quer ir com a gente? — pergunta Graham uma última vez, antes de sair do carro.

— Talvez mais tarde. Eu te aviso. Mais uma vez, obrigado por emprestar o carro — respondo.

— Quando quiser. Só encontra a gente mais tarde ou vem nos buscar. Boa sorte. — Ele bate a porta do passageiro e eu observo enquanto ele e a Emily entram no bar de mãos dadas.

Digito no Maps o endereço de um motel a vinte minutos de Wilmington. Aumento o volume do rádio para não ter que ouvir meus próprios pensamentos, mas eles se infiltram de qualquer maneira.

O que eu estou fazendo? Já se passaram dez anos. Dez anos e ele não tentou ligar ou escrever. Então por que agora? Será que estou apenas ajudando-o a limpar a consciência pesada? Será que devo dar meia-volta e ir embora? Passar a noite com Graham, o cara que esteve comigo durante todo esse tempo? Ou devo simplesmente encarar e ouvir, para não passar o resto da vida imaginando o que ele queria dizer?

Quando paro no estacionamento do Motel 6, as palmas das minhas mãos começam a suar. Fico sentado no carro por mais alguns minutos antes de finalmente desligar o motor e sair. Examino os números nas portas até ver o número 105. Hesito antes de bater.

Quando a porta se abre, fico chocado. Não sei como eu esperava que seria a aparência do meu pai depois de dez anos na prisão, mas, por algum motivo, achei que ele seria o mesmo cara de quem eu me lembrava. Em alguns aspectos, ele é, mas está mais velho e menor do que antes.

— Olha só pra você — diz ele, sorrindo levemente.

Fico no batente da porta, ainda olhando para ele. Consigo dar um meio-sorriso antes de ele me abraçar. Dou um tapinha nas suas costas e espero, sem jeito, que ele se afaste. Isso é muito pior do que eu imaginava.

Percebo que ele bebeu, mas, relutantemente, concordo em ir jantar mesmo assim. Enquanto crescia, nunca pensei nos meus pais como alcoólatras. Eles eram donos de um bar, então eu achava que beber fazia parte do trabalho deles, ou pelo menos do trabalho do meu pai. Foi só quando fiquei mais velho que entendi que ele tinha um problema.

Ele entra no carro do Graham e vamos até um restaurante a alguns minutos do motel. A viagem de carro é silenciosa, mas meu cérebro não desliga. Não consigo acreditar que o cara no banco do passageiro é o mesmo que me criou. O cara que eu chamava de pai, que me ensinou a jogar futebol e a andar de bicicleta. Ele é uma casca do cara que eu me lembro, e agora é um ex-presidiário de cabelos grisalhos e rosto afundado cheio de rugas.

Sentamos de frente um para o outro na mesa, e ele pede duas Miller Lites. Seus dedos percorrem o gargalo da garrafa, até que ele faz a pergunta que eu temia.

— Você já conversou com ela? Sua mãe, quero dizer.

— Não. Desde que ela saiu. E você? — Tomo um grande gole de cerveja.

— O número dela está desligado há anos. Eu achei que você poderia ter o novo — continua ele, antes de processar as palavras que acabaram de sair da minha boca. — Você disse que não fala com ela desde que ela foi solta?

— Foi exatamente isso que eu disse — confirmo.

Ele desvia o olhar, claramente decepcionado.

— Ela devia ter voltado pra te buscar. Era o nosso acordo.

— Bom, ela não voltou. Vi no Facebook que ela mudou pro Texas, casou de novo e tem uma filha — respondo, com um tom amargo.

— Que porra. — Ele esfrega a têmpora antes de tomar outro gole de cerveja. — Ela que se foda. Quer dizer que você morou com os Clark esse tempo todo?

— Sim. — Minha resposta é curta.

Ele suspira, parecendo aliviado.

— Eles são pessoas boas. Pessoas realmente boas.

— Então, o que era tão importante que você precisava falar comigo depois de anos sem me ligar? — finalmente pergunto.

Ele olha para mim, uma seriedade no olhar que não estava ali antes.

— Filho, eu parei de te ligar porque era isso o que a sua mãe queria. Ela queria esquecer o passado, e uma vida que não me incluísse, porque ela me odiava pela confusão que eu causei. Ela me odiava porque nós perdemos você.

— É óbvio que ela não se importava muito em me perder, porque ela nunca mais voltou — bufo, terminando a minha cerveja.

Ele se inclina para a frente.

— Sei que não é muito, mas estou aqui agora. Eu queria começar de novo. Te conhecer.

— Você tem um emprego? — pergunto, cético.

— Na marina. Tenho trabalhado todos os turnos, tentando fazer hora extra, pra poder alugar um lugar e sair daquele motel.

O garçom nos traz outra rodada, e eu considero a oferta. Será que ele está sendo sincero? Seria bom ter um pai de novo.

34

Sloane

Dezembro de 2018

Ethan não retornou nenhuma das minhas ligações ou mensagens desde o Dia de Ação de Graças. O que, apesar do seu jeito fechado, é algo incomum para ele.

Tudo o que eu senti nas últimas semanas não era apenas fruto das minhas inseguranças; eram sinais de alerta, meu instinto me dizendo exatamente o que eu não queria ver: *você está perdendo o Ethan de novo e não tem nada que possa fazer a respeito.*

Por mais que eu queira, não posso implorar pelo amor de alguém, nem o convencer de que sou boa o suficiente ou que vale a pena investir na relação. Isso é algo que ainda estou aprendendo.

Enfio a chave na fechadura e giro, o clique familiar sinalizando minha volta para casa. A porta se abre e sou recebida pelo cheiro de manjericão fresco, um toque de alho e a vela de baunilha nova que comprei semana passada.

— Você está cozinhando? — grito, esperando que minha voz seja ouvida no apartamento inteiro.

— Pizzas caseiras! — Lauren retribui com a mesma energia.

— Quatro? — pergunto, apontando para a mesa à nossa frente. — Quem vai comer tudo isso?

— Pensei no Miles e no Ethan. Uma pra cada um! Podemos fazer nossas próprias coberturas.

— Ah, hum... — gaguejo, tentando pensar numa desculpa para a ausência do Ethan. Não quero contar para ela a verdade: que ele está me evitando. — O Ethan está preso no trabalho, então não vamos precisa fazer pra ele.

— Sobra mais! — responde Lauren, indiferente. Um peso é tirado dos meus ombros ao saber que ela não suspeita de nada. Odeio esconder coisas da Lauren, mas sei o que ela vai dizer. Ela vai dizer exatamente o que eu estou pensando.

Ele está se afastando de novo. Desta vez, porém, estou completamente ciente.

Depois do jantar, lavo a louça para a Lauren, depois vou para o meu quarto. Sento na beirada da cama e olho para a tela de bloqueio do celular.

Seis dias. Já faz quase uma semana que as minhas mensagens foram entregues, mas não lidas. O que é ainda mais frustrante, considerando que eu sei que ele viu a notificação. Odeio o fato de ele ter tanto controle sobre mim. Ele conhece a minha rotina, quando saio para o trabalho e quando chego em casa, então sei que ele tem saído cedo e ficado até tarde para evitar me encontrar.

Jogo o celular e ele cai no espaço entre o colchão e a parede. Lágrimas silenciosas caem pelo meu rosto e encharcam o travesseiro onde Ethan geralmente dorme.

Por que eu tinha que me apaixonar por alguém que não consegue me amar de volta? No início, eu estava convencida de que ele era a "pessoa certa na hora errada". Agora, estou começando a pensar que essa pode ser apenas uma frase que as pessoas usam quando amam alguém profundamente, mas sabem que essa pessoa não as ama e nunca poderá amá-las da mesma forma. Então, em vez disso, elas inventam desculpas sobre momentos e lugares, para evitar o inevitável.

Toc, toc.

Antes que eu enxugue as lágrimas, Lauren está parada na porta. Uma cena muito familiar.

— O que aconteceu? — Há preocupação em sua voz.

— Nada, estou bem. Não é nada. — Fungo.

— É claro que aconteceu alguma coisa.

— Ethan está me ignorando há quase uma semana. — Eu me abraço.

— Uma semana? Por que você não falou nada? — Ela parece surpresa.

A confissão escapa:

— Porque eu fiquei com vergonha. Está acontecendo de novo... Eu estou perdendo o Ethan e não tenho absolutamente nenhum controle sobre isso. Como estou nessa situação de novo? Por que eu não aprendo? Eu estava convencida de que não segui em frente porque devíamos tentar de novo. Mas por que não damos certo? Pode parecer loucura... Nem sei se acredito em Deus, mas às vezes eu penso que ele não continuaria colocando o Ethan de volta na minha vida se não fosse pra dar certo um dia.

— Ah, Sloane. — O toque da Lauren no meu ombro é gentil. — Ou ele está tentando te ensinar uma lição. É horrível dizer isso, mas você precisa deixar o Ethan. Olha o que ele tem feito com você nos últimos dois anos. Você não pode continuar vivendo assim, sempre à disposição dele. É a sua vida; não é ele que dá as ordens; é você quem decide.

Embora duras, suas palavras estão repletas de amor e de um desejo de me libertar desse ciclo sem fim.

Não consigo dizer nada.

Após alguns minutos de silêncio e mais soluços, Lauren apaga a lâmpada da minha mesa de cabeceira e sai do quarto. Adormeço em cima do edredom com a mesma roupa que usei para sair de casa e lágrimas secas em ambas as bochechas.

Na manhã seguinte, entro no chuveiro e deixo a água o mais quente possível, na esperança de queimar qualquer vestígio do Ethan. Eu me seco e fico me olhando nua no espelho, pensando em todas as vezes que ele me tocou. Por que não consigo me lembrar da última vez que ele me beijou? E se a última vez tiver sido a última vez mesmo? Fico enjoada com o pensamento e me ajoelho na frente do vaso sanitário.

Termino de me arrumar e pego meu celular debaixo da cama, onde o deixei ontem à noite. Eu o ligo, pego minha bolsa de trabalho e saio. Quando deixo o elevador, fico olhando para a única mensagem que recebi.

> 7:42
> **Ethan Brady:** Oi. Desculpa não responder antes. Eu precisava de espaço.

É isso? É só isso que ele tem a dizer? Enfio o celular de volta na bolsa e, pela primeira vez, leio os anúncios espalhados por todo o vagão do metrô.

• • •

Minha voz é uma misto de mágoa e frustração quando o confronto.
— Você não pode simplesmente me ignorar por uma semana e esperar que eu esqueça o assunto, Ethan.
— Eu sei, e já pedi desculpas — diz ele, sem convicção. — O que mais você quer de mim?
— Quero que você pare de me evitar. Que pare de nos evitar.
— Eu não estou evitando. Eu precisava ficar sozinho. — O argumento dele é fraco, e ele evita olhar para mim.
— Você pode avisar isso, então, antes de desaparecer. — Eu o lembro. Ele olha para cima.
— Eu não desapareci, Sloane. Estou aqui agora, não estou?
Sentada no banquinho, observo o Ethan andar pela cozinha.
— Sim, mas por quanto tempo? — pergunto.
— Não sei — diz ele. — Se eu pudesse responder, estaríamos namorando.
Fico olhando fixamente para ele e sinto uma lágrima rolar pela minha face. Há dois anos, sempre que eu estava perto do Ethan, ficava preocupada em dizer a coisa errada e assustá-lo. Agora, no meio do meu minúsculo apartamento em Nova York, nunca estive tão vulnerável.
— Eu não quis dizer isso de uma maneira ruim. — Ele senta ao meu lado e pousa a mão na minha perna. — Só não sei o que eu digo pra você entender como eu me sinto.

— Eu não posso continuar mais nesse chove não molha com você, Ethan. Nós não estamos mais na faculdade. Eu quero um relacionamento. Não quero nada mais do que isso — digo, lutando contra as lágrimas.

Ele me ignora por um momento e coloca a cabeça entre as mãos. É agora; é esse o momento em que tudo acaba. Eu me preparo para o término. Sei que é isso o que ele está pensando.

Como posso falar pra ela que não posso dar o que ela quer?

— Eu já disse isso antes, Sloane. Preciso fazer isso no meu próprio ritmo e no meu próprio tempo. — Seu tom é cheio de certeza.

Aceno com a cabeça; o gesto é pequeno, mas aceito, e meu coração se afunda com a familiaridade dessa frase.

— Você pode me prometer uma coisa? — pergunto, olhando-o nos olhos.

Ele engole, visivelmente inquieto.

— Depende.

— Por favor, não me deixa no escuro assim de novo. Eu quero estar aqui pra você. Estou do seu lado, mas não posso fazer isso se você me ignorar por semanas a fio.

— Foi menos de uma semana — responde ele, tentando minimizar a situação.

— Estou falando sério. Isso dói — digo com firmeza.

Ethan olha para mim, finalmente percebendo a dor que causou.

— Vou tentar — diz ele.

Ethan nunca faz promessas que não possa cumprir, e é por isso que ele não me promete nada.

Esvazio a máquina de lavar louça e me sirvo de uma taça de vinho, sabendo que provavelmente ele está revirando os olhos pelas minhas costas. Ele se acomoda no sofá e joga no celular. Será que a nossa vida vai ser assim — aquele futuro com o qual tenho sonhado? Péssima comunicação, promessas pela metade e incômodos silêncios? Eu gostaria de pensar que o nosso relacionamento seria diferente quando ele estivesse pronto para se esforçar e se comprometer completamente.

— Vamos ver *Breaking Bad*? Posso pegar uma taça pra você — ofereço, segurando a garrafa de vinho tinto.

— Não estou com vontade de beber hoje — diz ele, e seleciona o episódio.

O corpo do Ethan se molda ao meu enquanto nos deitamos no sofá. Bebo meu vinho rápido demais, e encho a taça mais três vezes durante os dois episódios a que assistimos. Não importa o quanto eu tente, não consigo tirar a nossa última conversa da cabeça. Ele envolve a minha cintura com um dos braços, enquanto o outro apoia a minha cabeça.

— Vamos pra cama. — Sua boca se aproxima do meu ouvido.

Viro para ficar de frente para ele, embora ele ainda esteja um pouco longe. Minha mão agarra sua nuca, eu o puxo para mim e começamos a nos beijar.

Nossa boca se torna uma só durante o que parecem horas. Não lembro da última vez que nos beijamos de um jeito tão demorado. Talvez da primeira vez, no meu quarto em Ascent. A lembrança é tão fresca na minha memória que parece que aconteceu horas atrás. Tenho medo de que seja algo que eu jamais consiga esquecer.

— Meu quarto? — pergunto.

— Quero transar com você aqui — sussurra ele. — No sofá.

Então eu deixo. Deixo que ele me foda no sofá de canto que compramos no Facebook Marketplace e, o tempo todo, tento não chorar.

De alguma forma, parece diferente de todas as outras vezes que fizemos sexo. Parece menos íntimo, como se eu fosse apenas um objeto para ele. Tento não deixar isso transparecer, mas algo me diz que ele sabe. Quando terminamos, nós dois ficamos deitados. Nus e completamente imóveis.

Mesmo que ele tenha estado dentro de mim há apenas alguns minutos, parece que ele está a um mundo de distância. Como posso sentir falta dele quando ele está bem aqui?

— Tudo bem se eu dormir em casa hoje? — pergunta ele, como se a minha opinião tivesse alguma importância.

— Tudo bem. — É tudo que consigo dizer.

Ele se veste, lava a minha taça de vinho e calça os sapatos, enquanto fico deitada no sofá, nua. Ele beija a minha testa e sai. Eu esperava chorar, mas não choro.

Levanto do sofá e vou para o meu quarto. Visto meu pijama favorito e me deito. Embora pareça que algo entre nós está prestes a se romper, algo dentro de mim está em paz.

Não quero passar o resto da minha vida, pensando: *Essa é a minha grande história de amor?*, porque eu quero mais. Eu mereço mais.

Não quero ligações não atendidas nem mensagens nunca lidas. Não quero passar os feriados, ou qualquer outro dia, implorando para alguém me escolher. Eu mereço alguém que me escolha sem questionar. Alguém que me ame e não tenha dúvida disso. Quero alguém que esteja sempre por perto e percebo que o meu relacionamento com Ethan não é nada disso. Provavelmente nunca será.

Talvez esse seja mesmo o fim.

35

Sloane
Dezembro de 2018

Phillip me entrega um envelope rosado. Meu nome está escrito à mão e, mesmo sem abrir, sei que é o convite de casamento do Graham e da Emily. O casamento é só no verão, mas estarem adiantados é a cara deles.

Entro no nosso apartamento, que está cheio de caixas de mudança pela metade, e evito abrir o envelope. Coloco em cima do balcão e fico olhando para ele pelo que parece uma eternidade.

Estou pronta para abrir?

Com cuidado, tiro o lacre e o abro sem hesitar. Isso é tudo o que eu quero — alguém que me ame o suficiente para me assumir. Mesmo que eu saiba que nem todos os casamentos duram para sempre, as pessoas não se casam pensando em se divorciar. Elas se casam pensando em passar o resto da vida juntas. Por que o Ethan não pode me dar isso?

Pego um ímã da gaveta ao lado da pia e prendo o convite na geladeira. Meu celular começa a vibrar em cima do balcão.

18:38
Ethan Brady: Estou esperando a nossa comida. Chego em trinta minutos.

Por um segundo, esqueci nossos planos para esta noite. Envio uma resposta rápida e me recomponho.

Embora a maior parte dos utensílios da nossa cozinha esteja empacotada, deixamos algumas taças de vinho para fora, sabendo que precisaríamos delas. Pego uma no armário acima da pia, me sirvo de cabernet até a boca e tomo tudo antes que ele chegue. Algo me diz que vou precisar.

Ethan pega dois sachês de ketchup e os despeja nas batatas fritas. Comemos em silêncio enquanto a TV passa a cobertura esportiva na sala de estar. Eu me sirvo de outra taça de vinho.

— O que a gente vai assistir? A gente precisa começar uma série nova, mas não ouvi falar de nada bom que tenha saído na Netflix ultimamente. Você ouviu?

Ele me interrompe no meio da frase.

— Não consigo mais, Sloane. Acho que isso precisa acabar.

A taça de vinho cai da minha mão, e eu corro para recolher os cacos. Lágrimas enchem os meus olhos enquanto pego cada pedaço e os coloco na minha outra mão.

Aqui estou eu novamente, chorando no chão da cozinha.

— Que porra! — grita Ethan enquanto corre para o meu lado. A urgência da situação fica evidente, mesmo quando minhas emoções obscurecem a realidade.

Olho para a minha mão e percebo que há um grande caco de vidro preso na palma. Por que eu não consigo sentir? Vejo o vidro e o sangue, mas não sinto nada. O sangue escorre pela minha mão e cai no tapete da cozinha. Tomara que Lauren não estivesse planejando levar a taça com ela. Ethan pega o celular e me ajuda a levantar.

Observo enquanto ele chama um Uber e pega a minha mão para inspecioná-la.

— Melhor não mexer. Pode ser pior se a gente puxar. Não quero que sangre mais. — Ele envolve a minha mão com um pano de prato. Estou sem reação, em estado de choque. Não por causa do sangue, mas por causa do meu coração, que se partiu.

• • •

— Sloane, eu sinto muito — diz ele ao abrir a porta do carro. Entro no banco de trás e ele senta ao meu lado.

Chegamos ao pronto-socorro no que parecem segundos. Ainda não consigo falar nada, então não consigo dizer que quero que ele vá embora. Ele preenche a minha ficha e senta ao meu lado na sala de espera, segurando o pano de prato sobre a minha mão, aplicando uma leve pressão ao redor do vidro para estancar o sangramento.

— Sloane Hart? — uma médica chama, entrando na sala de espera.

Nós a seguimos por uma ala de portas duplas, e ela me mostra uma maca, onde me sento enquanto ela fecha a cortina. Não faço contato visual com Ethan, porque, se fizer, acho que vou vomitar.

Ela examina a minha mão e me tranquiliza:

— Não parece muito ruim. Vou remover o caco e depois limpar a ferida, antes de enfaixar. A limpeza vai ser a pior parte.

Concordo com a cabeça em vez de responder.

Não sinto dor quando ela retira o vidro e limpa a minha mão. Estou tentando compreender o que o Ethan disse depois do jantar. Ele teve tantas chances de terminar. Eu lhe dei tantas oportunidades. E é assim que ele resolve acabar com tudo.

A volta para casa é silenciosa. Nem o rádio está tocando. Tudo o que ouço é "não consigo mais, Sloane".

Odeio a forma como ele diz o meu nome. Espero nunca mais ouvi-lo dizer.

Chegamos ao nosso prédio e, antes de entrar, ficamos do lado de fora por um momento.

— Vou até o seu apartamento pra gente terminar de conversar? — pergunta ele, hesitante.

— Não, acho que não temos mais nada pra conversar.

Finalmente olho para cima e o encaro. Faço uma pausa e digo:

— Só espero que você saiba que não pode continuar fazendo isso comigo. Não tem volta depois de hoje à noite. Não posso continuar me tratando assim. Eu te amo tanto que chega a doer. Já fiquei doente mais de uma vez por isso. O amor não deveria doer. O amor não deveria te deixar doente. Sei que você não está pronto, e nada que eu diga ou faça vai mudar isso. A única pessoa que pode mudar isso é você. Eu teria feito qualquer coisa por você...

Uma lágrima cai pelo meu rosto.

Fico esperando que ele diga algo, mas ele não diz. Olhamos um para o outro por alguns segundos, então quebro o contato visual, me viro e entro no prédio sem olhar para trás.

A subida de elevador parece durar uma eternidade. Assim que fico cara a cara com o apartamento vazio, desabo. Tudo está exatamente como deixamos. Nossas caixas de delivery esperando para serem levadas para o lixo, os restos da minha taça de vinho quebrada, toalhas de papel manchadas de sangue. Faço o possível para limpar tudo sem me machucar novamente.

Sempre acreditei que encontraríamos o caminho de volta um para o outro todas as vezes que as coisas acabassem. Só que, desta vez, parece definitivo — como se eu nunca mais fosse vê-lo novamente. Posso sentir isso. Desta vez é realmente o fim.

Ainda dói. Perdê-lo e sentir sua falta ainda dói, mas de uma forma diferente, dessa vez. Não parece que vou morrer, mas sinto uma dor sutil e persistente.

Fico acordada a maior parte da noite, repensando o nosso relacionamento, desde o instante em que nos conhecemos até hoje. Nosso primeiro beijo, nosso primeiro encontro, nosso último beijo e nosso último encontro. Gostaria que as coisas tivessem acontecido de forma diferente. Sei que, no fundo, ele me ama e se importa comigo, mas ainda não é suficiente.

Algumas pessoas não crescem em uma casa cheia de amor e, embora os meus pais não estejam mais juntos, durante dezoito anos da minha vida, eles tiveram um bom relacionamento. Odeio o que sei sobre o passado do Ethan e gostaria que ele sentisse que sou digna da sua confiança e se abrisse comigo. De mais de uma forma, odeio os pais dele. Eu os odeio por eles o terem abandonado, mas os odeio ainda mais por fazerem Ethan sentir que não merece ser amado.

36

Ethan
Dezembro de 2018

Quando volto para a cidade, evito responder às mensagens da Sloane. Eu precisava clarear a mente, processar o caos do fim de semana. Agora, depois de dois dias de silêncio, ainda estou tentando encontrar a maneira certa de falar com ela. Mesmo que ela não admita, sei que está chateada comigo por tê-la deixado sozinha no Dia de Ação de Graças. Então posso imaginar como ela está se sentindo agora.

Por que é que eu não consigo acertar? Com ela, com qualquer coisa? Estou preso na minha própria cabeça, o que não é nenhuma novidade, eu acho.

Dia de lavar roupa — o epítome de Nova York. Com o cesto pendurado no ombro, entro no elevador e, finalmente, envio uma mensagem para Sloane. Só um "me desculpa, eu só precisava de espaço", direto ao ponto, sabendo que, de qualquer jeito, ela vai me encurralar mais tarde, pedindo uma explicação completa.

Entro no seu apartamento e percebo que há uma garrafa de vinho meio vazia em cima do balcão. Parte de mim já esperava por isso — ela sempre bebe quando está nervosa. Normalmente, eu não me importo, mas, por alguma razão, hoje isso me incomoda e me pergunto se o álcool é um mecanismo de defesa para ela. Não posso construir uma vida com alguém que recorre ao álcool quando as coisas ficam difíceis. O álcool é a única razão pela qual a minha vida acabou do jeito que acabou, e realmente não quero viver uma reprise.

— Quero que você pare de me evitar. Que pare de nos evitar. — Ela se dirige a mim.

Escolho me defender.

— Eu não estou evitando. Eu precisava ficar sozinho.

— Você pode avisar isso, então, antes de desaparecer.

— Eu não desapareci, Sloane. Estou aqui agora, não estou?

— Sim, mas por quanto tempo?

Estou contra a parede, sem um plano, e posso perceber que ela vê tudo dentro de mim.

— Não sei — admito. — Se eu pudesse responder, estaríamos namorando.

Posso ver a tristeza em seus olhos. Tenho que pegar mais leve — ela está a um passo de um colapso, e eu sou o único com a marreta.

Tento recuar, mas me atrapalho.

— Eu não quis dizer isso de uma maneira ruim. — Sento ao seu lado, ainda sem saber como consertar isso. — Só não sei o que eu digo pra fazer você entender como eu me sinto.

— Eu não posso continuar mais nesse chove não molha com você, Ethan. Nós não estamos mais na faculdade. Eu quero um relacionamento. Não quero nada mais do que isso. — Pela primeira vez, ela é firme nas palavras.

— Vou tentar. — As palavras escapam, e eu me arrependo delas assim que saem da minha boca.

Eu sei que nunca vou ser a pessoa que ela quer ou merece. Eu só preciso deixá-la ir e parar de tentar ser alguém que não sou. Vai ser melhor para nós dois.

• • •

Passo os dias seguintes pensando sobre tudo. Na minha infância, antes de eu conhecer a Sloane, nos momentos que eu passei com ela. Tento me lembrar da última vez que me senti verdadeiramente feliz, e me dói saber que não consigo. Será que a maioria das pessoas consegue? A minha vida inteira tem sido uma série de acontecimentos infelizes. Um após o outro. Existe merda pior que isso? Mas pior ainda é ter que explicar essas coisas para as pessoas — pessoas como a Sloane.

Não é que eu não queira contar para ela, eu só não consigo. Não quero ver aquele olhar de pena em seus olhos. Não quero que ninguém tenha pena de mim, mas principalmente a Sloane. Ela que deveria se apoiar em mim, e não o contrário. Nunca vou depender de alguém da maneira que ela quer. Nunca vou depender de alguém que não seja eu mesmo, porque, mais cedo ou mais tarde, as pessoas me decepcionam. Elas sempre me decepcionaram e sempre decepcionarão.

Fico na fila, esperando para pagar nosso jantar, e não consigo me livrar da sensação de desconforto. Sei que preciso fazer isso.

— Pedido para o Ethan?

O garçom me entrega uma sacola plástica com duas embalagens para viagem e eu estendo meu cartão de crédito.

O restaurante fica a seis quadras do nosso prédio, o que me dá tempo para pensar em como quero que isso aconteça. Odeio o fato de que vou magoá-la, e é por isso que estou adiando esse momento há tanto tempo. Organizo a conversa e a repasso centenas de vezes na cabeça.

As portas do elevador se abrem e um nó na minha garganta começa a se formar. Não quero fazer isso, realmente não quero, mas, ao mesmo tempo, sei que não tenho escolha. Nada vai mudar entre nós se eu não conseguir me recompor primeiro. Só espero que ela entenda isso.

Entro no apartamento da Sloane e a cumprimento com um abraço.

Ela desempacota a sacola e me entrega a embalagem. Coloco um pouco de ketchup nas batatas fritas antes de dar uma mordida no wrap. Mastigo devagar para adiar ao máximo a conversa inevitável.

— O que a gente vai assistir? A gente precisa começar uma série nova, mas não ouvi falar de nada bom que tenha saído na Netflix ultimamente. Você ouviu?

Eu a interrompo antes que ela finalize a frase.

— Não consigo mais, Sloane. Acho que isso precisa acabar.

Observo a cor se esvair do seu rosto quando ela deixa cair a taça de vinho da qual estava prestes a tomar um gole. Imediatamente, ela se abaixa para limpar, e é aí que eu percebo o sangue.

É tudo muito pior do que eu imaginava que seria.

A visita ao hospital é rápida, embora pareça longa. Talvez porque ainda estou evitando a conversa que, inevitavelmente, ainda precisaremos ter.

A viagem de volta para casa é dolorosamente silenciosa, e tento me colocar no lugar dela. Fico imaginando o que ela está pensando e sentindo. Ela me odeia? É egoísmo pensar nisso? O motorista para na frente do nosso prédio, e a Sloane hesita um segundo antes de abrir a porta do carro. Rapidamente, estamos cara a cara, no meio da calçada.

— Vou até o seu apartamento pra gente terminar de conversar? — pergunto, hesitante.

— Não, acho que não temos mais nada pra conversar.

Não me dou ao trabalho de discutir, porque sei que ela está certa. Ela merece alguém melhor que eu. Alguém que possa lhe dar tudo que eu nunca serei capaz.

Desanimado, observo enquanto ela se vira e entra no saguão. Espero que ela olhe para trás, mas ela não olha. Não sei se imaginei que as coisas com a Sloane realmente terminariam, mas isso parece definitivo. Odeio magoá-la, mas, mais ainda, odeio não conseguir ser honesto com ela. Espero que ela saiba que não tinha nada que ela pudesse ter feito diferente.

O ar frio é reconfortante enquanto a espero entrar, para depois eu entrar também. Meus colegas de quarto estão sentados no sofá, fumando maconha e vendo basquete universitário, então me junto a eles.

— Quer um trago? — Noah estende o bong.

Eu o pego sem dizer nada e trago uma, duas, três vezes.

— Uau, cara, dia ruim? — pergunta Alex.

— É, acho que posso dizer isso — respondo.

Nenhum de nós fala mais nada pelo resto da noite. Em vez disso, ficamos chapados, evitando os nossos problemas e vendo esportes na TV. Três das coisas que eu faço melhor.

• • •

Na manhã seguinte, rolo na cama para pegar o celular e olhar meu feed. Só quando vejo um post que quero mandar para a Sloane lembro tudo o que aconteceu na noite passada. Sinto mais a falta dela do que pensei que sentiria. Sei disso porque me sinto um pouco mais vazio do que o normal.

O que tem de errado comigo? Por que sou tão fodido? Quer dizer, eu sei porque sou tão fodido — os meus pais fizeram isso comigo. Mas por que não posso deixar que alguém me ame quando isso é tudo o que eu mais quis a minha vida inteira? Tudo o que eu sempre quis foi me sentir amado, e, assim que alguém tenta, eu simplesmente afasto.

Eu pensei que se deixasse Sloane me amar, eu conseguiria amá-la de volta. Mas, em vez disso, estamos aqui. Três términos, dois anos, e um coração realmente partido depois.

37

Sloane
Dezembro de 2018

Hoje decido voltar do trabalho a pé, porque não consigo lidar com um metrô superlotado nesse momento. O ar está excepcionalmente quente para meados de dezembro. Ainda fecho o zíper do meu casaco até o queixo para evitar ficar doente. A última coisa que preciso agora é perder mais tempo de trabalho. Fico pensando nos últimos três, quase quatro anos, enquanto caminho pela Park Avenue. Tiro os fones de ouvido da bolsa, conecto no celular e procuro no Spotify uma boa playlist de término, com a quantidade certa de Taylor Swift.

Lembro da noite que tentei convencer Ethan de que deveríamos caminhar quase onze quilômetros até em casa, porque eu teria feito qualquer coisa para ficar mais tempo com ele. É engraçado como alguns detalhes nunca mudam. Agora, aqui estou eu, anos depois, em uma cidade diferente, desejando a mesma coisa.

Entro no apartamento e sou recebida pela Lauren que, no típico estilo Lauren, já tem uma bebida esperando por mim.

— Vai se arrumar — exige ela com firmeza. — Nós vamos sair.

Sorrio ao entrar no quarto, observando as poucas peças de roupa que ainda não empacotei. Tiro meu body favorito do cabide, junto com o jeans que me servia perfeitamente, mas que agora fica um pouco largo na parte de trás, e me visto.

Lauren aparece na porta.

— Quer falar sobre isso?

Ela senta na minha cama, como se dissesse que eu não tenho escolha. Balanço a cabeça.

— Não muito. Não tem nada pra falar.

Ela insiste mesmo assim.

— Como você está se sentindo?

— Estranhamente, não tão mal quanto eu esperava — confesso. — Eu sabia que ia acontecer. Acho que só esperava estar errada.

Vestimos nossos casacos e Lauren chama um Uber para deixar algumas caixas de mudança na casa do Miles antes de me levar para o barzinho que abriu em Chelsea. Seu loft é um sonho na cidade de Nova York. É onde eu imaginava que moraríamos até perceber que a maioria das pessoas não pode pagar por um apartamento assim. Tijolos expostos, pé-direito duplo e uma escada em espiral que leva ao quarto e ao banheiro.

— É incrível — digo, sentindo uma ponta de inveja.

— Não é? — Lauren concorda, orgulhosa, enquanto descarrega suas caixas.

— Cadê o Miles? — pergunto.

Sua resposta vem com uma inclinação de cabeça em direção ao armário de bebidas.

— Saiu com alguns clientes. Quer tomar um drinque antes de irmos? Podemos sentar na cobertura.

— Claro. — Dou de ombros.

Percorro o loft, admirando cada detalhe, esperando que um dia eu possa morar em um desses. Eu a sigo até o elevador, e subimos dois andares. Nós nos deparamos com um corredor vazio com uma porta no final. Quando saio para o terraço, tenho uma vista deslumbrante da cidade.

— Uau! — Suspiro.

Ela me leva até duas cadeiras de praia e nos sentamos enrolando cobertores nos ombros, apesar de estarmos com nossos casacos de inverno. A cidade se estende diante de nós, uma tela de histórias sem fim. Posso ver pessoas festejando em outras coberturas, casais preparando o jantar pelas suas janelas, carros no trânsito lá embaixo.

Lauren quebra o silêncio.

— Você vai ficar bem? — Eu me viro, sem saber se ela está brincando ou não, mas a preocupação nos seus olhos me diz que ela está falando sério. Ela está preocupada comigo.

— Lauren. — Estendo a mão para tranquilizá-la. — Eu vou ficar bem.

Ela solta o ar, o som carregado de culpa.

— Eu só me sinto uma merda — confessa ela, cabisbaixa. — É claro que é normal isso acontecer, afinal estou me mudando. Mas tinha que acontecer *tudo agora*? Que merda.

— Pois é. — Não posso deixar de rir.

Acabamos não saindo. Em vez disso, Lauren traz uma garrafa de tequila, um aquecedor e uma extensão, enquanto vasculhamos as lembranças de toda a nossa amizade.

— Acho que a minha lembrança favorita de você, uma história que com certeza vamos contar aos nossos filhos quando eles estiverem indo para a faculdade, é das férias de primavera do primeiro ano — conta ela.

— Qual parte? — Passo a garrafa de volta para ela.

— Quando você quase foi presa naquele bar em Key West. Nunca vou esquecer da sua cara quando o segurança pegou a sua identidade e disse pra você ficar de lado. Eu nunca te vi correr, exceto naquele dia. — Ela quase se engasga com o riso e a tequila.

— Eu não acredito que ele não reconheceu a gente quando voltamos uma hora depois. A gente só trocou de óculos e camiseta.

— Espera, lembra no segundo ano, quando a gente estava muito empolgada pra usar nossas novas identidades falsas, então o segurança do Jerry's as tirou do plástico e mandou a gente vazar dali? — Sua risada é contagiante.

— Acho que esse foi um dos momentos mais constrangedores da minha vida. Todo mundo que estava na fila atrás da gente olhou como se a gente tivesse perdido a cabeça.

— A gente *tinha* perdido mesmo — diz ela, tomando um grande gole de tequila e enrugando o rosto em resposta ao álcool.

Balanço a cabeça, incrédula com a nossa atual situação.

— Não acredito que estamos tomando uma garrafa no gargalo.

— Não começa. A gente fazia isso todo fim de semana com Burnetts e Bacardis. — Lauren ameniza o meu comentário com outra risada.

— Ah, meu Deus, não me lembra disso. — Eu me engasgo de brincadeira; o passado tem um sabor agridoce agora.

Perdemos a noção do tempo até não termos mais histórias para contar. O dia em que nos conhecemos na moradia estudantil, a primeira vez em que ficamos bêbadas juntas, o último ano, quando passamos horas nos candidatando a qualquer emprego que pudéssemos encontrar, pensando que nunca conseguiríamos uma vaga em uma cidade como essa. No entanto, aqui estamos nós — sentadas no terraço do apartamento que agora ela divide com quem eu gosto de acreditar que é sua alma gêmea.

Como ela é uma garota de sorte por ter encontrado o amor aos vinte e três anos!

Olho para o celular. Está ficando tarde, até para nós.

• • •

Do lado de fora, um aperto da Lauren no meu ombro me faz parar.

— Sloane? — Sua voz é suave, mas firme.

— Oi? — Eu me viro para ela.

— Um dia ele vai acordar e perceber que perdeu a melhor coisa que já teve. Ele perdeu a única pessoa que o teria amado em qualquer situação. Espero que ele sofra. Espero que ele se arrependa. Mas, mais do que isso, espero que ele aprenda. Espero que ele aprenda que o amor nem sempre é fácil. O amor é um compromisso. É compreender e aceitar. Um dia, outra pessoa vai te dar tudo isso e muito mais, e mal posso esperar pra ver quem é.

Seu discurso é um bálsamo para o meu coração partido e, quando a abraço, o mundo parece um pouco menos frio.

— Eu te amo — digo, e com isso entro no Uber.

Após alguns minutos de viagem, uma onda de náusea me atinge. Estou mais bêbada do que eu pensava. Eu me pergunto se é porque dormi pouco ou não comi. De qualquer forma, tento fechar os olhos e ficar longe do celular, para não vomitar e ter que pagar uma taxa de limpeza.

A viagem de carro é excepcionalmente demorada, então abro os olhos e percebo que estamos pegando um caminho mais longo, pelo West Village. Normalmente, eu ficaria preocupada, mas estou tão enjoada que deixo passar. Antes que eu feche os olhos de novo, avisto o prédio do Reese. No banco de trás do Uber, começo a chorar porque terminei com um cara que me amava por um cara que nunca me amou. Por que eu sou assim?

Percorro meus contatos até ver "Reese Thompson". Meu dedo oscila sobre o botão de chamada, mas, por fim, coloco o telefone no ouvido. Ele toca e toca. Ninguém atende. Bloqueio o celular e fecho os olhos até chegar ao meu apartamento.

Quando finalmente vou para a cama, ponho o celular para carregar. Antes de ajustar o horário do despertador e dormir, abro o Instagram e digito o nome do Reese na barra de pesquisa. Fico surpresa ao ver que ele me desbloqueou. E então, lá está ela: uma foto dele com o que presumo ser sua nova namorada, em um casamento, algumas semanas atrás. A legenda clichê, "meu date pra todos os casamentos, pra sempre", confirma o fato. Fico olhando para a tela e pensando no meu próximo passo. Antes que eu possa me conter, envio uma mensagem para Ethan.

00:20
Eu: Você pode dormir aqui? Só hoje? Não quero ficar sozinha.

Coloco meu celular no modo "não perturbe", mesmo que eu fique tirando de tempos em tempos, para ver se ele responde.

Eu me reviro a noite toda, incapaz de desligar o cérebro. Tudo o que consigo pensar é no Ethan. E se eu nunca superar? E se eu for para a cama e acordar todos os dias desejando-o, pelo resto da vida? E se eu continuar esperando uma ligação, uma mensagem ou um sinal que nunca vai chegar?

A manhã chega e verifico meu celular mais uma vez, só para não encontrar nenhuma mensagem nova.

38

Sloane
Janeiro de 2019

É uma manhã de domingo, em janeiro, então o West Village está frio e quieto.

Dou uma gorjeta aos funcionários da mudança e agradeço, depois volto para dentro de casa. Conforme entro no meu novo apartamento, sou recebida pelo cheiro da tinta fresca que ainda paira no ar. É um espaço pequeno e aconchegante, com pouco mais de trinta e sete metros quadrados, mas é meu. Pela primeira vez, sou só eu, e a ideia de morar sozinha é, ao mesmo tempo, terrível e libertadora.

Fico no meio do cômodo, já que há apenas um, tremendo mais do que apenas pelo frio. Os ecos do Ethan ainda ressoam no meu coração. Faz cerca de um mês; nosso término é uma ferida aberta que ainda não cicatrizou completamente, e eu pergunto se algum dia vai cicatrizar.

O primeiro amor é mesmo engraçado. Nos ensina tudo, desde a amar e sofrer a nos curar. No entanto, não importa o quanto você esteja magoado, você nunca o odiará e, dependendo de quem perguntar, vai confessar que, de certa forma, ainda o ama. Gosto de pensar que ensinei a ele o significado de amor incondicional, enquanto ele me ensinou a me amar.

O apartamento é pequeno, mas é uma tela em branco para a minha nova vida. Vejo oportunidade em cada canto, uma chance de me reconstruir e me redefinir. Ele é meu refúgio, meu santuário, um lugar para me curar, crescer e redescobrir quem eu sou sem o Ethan. Não percebi o quanto de mim mesma tinha perdido até a outra noite, quando sentei para ler. Eu não conseguia lembrar da última vez que pegara um livro, muito menos que tinha feito algo por mim, que não fosse relacionado ao Ethan, à Lauren ou ao trabalho. Esse é um novo capítulo na minha vida, no qual finalmente sou a protagonista.

Quando começo a desempacotar as caixas, não consigo evitar de chorar. A cidade começa a acordar do lado de fora da minha janela, e eu respiro fundo e digo a mim mesma que consigo fazer isso. Eu consigo prosperar sozinha, e essas caixas e esse apartamento são um lembrete de que já estou conseguindo.

Epílogo

Sloane
Setembro de 2019

Faz nove meses que Ethan terminou tudo entre nós. Nove meses podem realmente mudar uma pessoa. Nove meses atrás, Ethan me conhecia como a palma da mão. Ele podia prever todos os meus movimentos. Com certeza ele ainda consegue reconhecer o meu rosto na multidão, mas não sabe quais são as coisas que definem quem eu sou agora.

Não o vi nem tive notícias dele, nem mesmo uma mensagem de "Feliz aniversário", o que aprendi que é uma coisa boa. Meu terapeuta diz que a gente não deve aceitar um ex que tenta voltar para a nossa vida com um "parabéns".

Penso em quem eu era em dezembro — uma versão perdida de mim mesma, alguém que eu não conheço mais. Perder Ethan me fez perceber que eu não estava sofrendo pelas lembranças dele. Eu estava sofrendo pela imagem que criei dele. Sofrendo pelo futuro que construí na minha cabeça, com os nossos melhores momentos. Sofrendo pelo potencial que vi nele e pela vida que imaginei para nós.

Na primavera, adotei um gato e o chamei de Ollie. Ele está empoleirado no parapeito da janela, observando os vizinhos começarem o dia. Nunca me considerei uma pessoa que gosta de gatos, mas sei que um cachorro é demais para a cidade.

Ligo a cafeteira e pego um muffin da caixa de doces que a minha mãe me deu de presente de "casa nova". Depois que o café fica pronto, me sirvo de uma xícara e me sento à mesa tipo bistrô onde normalmente começo todas as manhãs.

Logo depois do término do nosso relacionamento, se é que posso chamar assim, comecei a escrever nos meus diários de novo. Coloco os meus sentimentos nas páginas todos os dias, às vezes mais de uma vez, e já preenchi quase dois diários. Annie me deu a ideia de começar um blog, para todo o meu trabalho profissional não girar em torno da minha decepção amorosa. Gostei tanto da ideia que trabalhei nele a noite toda.

Em apenas três meses, ganhei cerca de vinte e cinco mil assinantes. No início, foi assustador me expor para o mundo, pois me senti muito vulnerável, mas eu vi quantas pessoas se identificaram com o artigo que escrevi no ano passado, então resolvi transformar a minha mágoa em algo que valesse a pena. Agora, todas as manhãs, eu acordo e escrevo por trinta minutos antes de ir para o escritório. Tomo o meu café e fico olhando para a tela em branco enquanto tento pensar no post de hoje:

> A coisa mais importante que aprendi nos últimos seis meses é que você precisa se comprometer com você mesmo. Sei que pode parecer desanimador, mas a única pessoa que realmente temos no fim das contas somos nós mesmos. É você quem se levanta da cama todas as manhãs e você quem se deita para dormir todas as noites. É você quem se levanta do chão do banheiro depois de tomar algumas doses a mais. Você sempre deve amar essa pessoa mais do que aquela que partiu o seu coração.
>
> Se você sentir que se perdeu em um relacionamento passado (ou até mesmo presente), dedique um tempo para conhecer quem você e. Encontre novos hobbies ou se apaixone novamente por antigos.

Os meus são a leitura e a terapia. Ambos têm sido lembretes de como a vida é bela, às vezes triste, mas principalmente bela.

Leio as palavras na tela e tento me convencer de que acredito nelas. Claro, estou orgulhosa por ter progredido tanto em nove meses, mas não tem sido fácil, e há dias em que ainda choro porque sinto falta dele. Lembro de quando pensei que não conseguiria viver sem ele, de quando pensei que nunca encontraria alguém como ele, quando, na verdade, ele era apenas mais uma pessoa que entrava e saía da minha vida. Ele é alguém que me ensinou coisas que eu nunca poderia ensinar a mim mesma. Ele me ensinou a me apaixonar. Ele me ensinou a ser vulnerável, comigo mesma e com os outros. Ele me ensinou que sou confiante demais para chorar por alguém que não está pronto para mim. Ele me ensinou a me amar da maneira que ele nunca conseguiu.

• • •

A sexta-feira chega e eu saio da cama mais tarde do que o normal, porque tirei o dia de folga do trabalho. Lauren deve chegar ao meu apartamento dentro de uma hora, porque foi quando agendei o Uber para nos levar até o aeroporto.

Fiquei meses pensando no que fazer com relação ao casamento do Graham. Na verdade, perdi a data de confirmar presença, e foi por isso que Graham me ligou no meio do dia, no mês passado. Eu estava evitando as suas mensagens; para ser sincera, não queria pensar no casamento. Eu queria evitá-lo, e ao Ethan, pelo maior tempo possível. A contragosto, entrei no saguão e atendi sua ligação.

— Oi, Graham — respondi, cansada.

— Nossa, até que enfim — disse Graham, em tom de brincadeira. — Por que tem me ignorado? Bom, acho que posso adivinhar, mas prefiro ouvir de você.

— Desculpa. Sei que perdi a data da confirmação. Só não consegui pensar nisso — falei.

Seu tom se suavizou.

— Não me importo com isso, Sloane. Saiba que eu e a Emily nos importamos mais com você do que com a sua confirmação de presença. Sei que é uma situação constrangedora, por isso que estou ligando. Eu e a Emily conversamos e achamos que você devia trazer a Lauren.

— Sério? — Lembro de como fiquei chocada ao ouvir isso.

Além daquela única noite na cidade no verão passado, o Graham e a Lauren não se viram mais. Eles também não se falaram. Acho que eles realmente não têm motivos para se falar, mas fiquei surpresa ao saber que ele não achava ruim que ela fosse ao casamento.

— Sim, são águas passadas. Nós namoramos alguns meses na faculdade e terminamos; não é como se tivéssemos nos divorciado. Nós dois estamos com outras pessoas agora; deu tudo certo, como deveria. — Sua explicação foi objetiva.

Sorri, embora ele não pudesse ver.

— Eu adoraria ir com a Lauren. Obrigada, Graham.

Quando estávamos prestes a encerrar a ligação, a voz do Graham me deteve.

— Sloane, só mais uma coisa.

— Sim? — Minha pulsação acelerou. Qual era a bomba agora? Ethan estava saindo com alguém? Pior: ele iria levá-la ao casamento?

Graham soltou um suspiro pesado, e quase pude imaginá-lo passando as mãos nos longos cabelos ondulados.

— Sei que isso soou péssimo. Não, o Ethan não vai levar nenhuma garota, mas não era isso que eu ia dizer. Tenho acompanhado o seu blog e só queria pedir desculpas — disse ele.

— Como assim? Pedir desculpas pelo quê?

— Sinto que tive um papel importante nisso tudo. Eu te incentivei a esperar pelo Ethan, a dar um tempo pra ele. Eu devia ter feito o contrário. Eu só queria a mesma coisa que você. Eu queria que fosse você. Todos nós queríamos — confessou ele.

Eu sabia que ele tinha boas intenções, mas ouvir aquelas palavras me fez engasgar. Senti um nó se formar na minha garganta enquanto lágrimas brotavam nos meus olhos.

— Não é culpa de ninguém, exceto minha e dele — assegurei.
— Então te vejo mês que vem?
— Eu não perderia por nada.
— Você tentou. — Ele me lembrou.

Agradeço a Deus pelo Graham e pela Lauren. Eles me ajudaram a passar por momentos difíceis e, se não fossem tão maduros, as coisas teriam sido muito diferentes.

• • •

— Meu estômago está começando a doer — sussurro para a Lauren quando chegamos ao local do casamento.

Ela pousa uma mão no meu ombro e me diz, com firmeza:
— Você vai ficar bem! Mas lembra, nada de contato visual. E nada de chorar.

Dois recepcionistas nos conduzem até uma parede de champanhe e nos incentivam a pegar uma taça antes de encontrarmos nossos assentos. De alguma forma, conseguimos dois lugares na terceira fileira. Giro a taça entre os dedos enquanto aguardo ansiosamente o início da cerimônia.

Os padrinhos descem pelo corredor e eu observo um por um até notar a parte de trás da cabeça dele. Quando ele se aproxima do altar, fica à direita do padrinho principal, o irmão do Graham, e eu o vejo examinar a multidão. Será que ele está me procurando? E, sem mais nem menos, ele me encontra.

Um leve sorriso enfeita o seu rosto, e meu corpo inteiro se fecha. Meu coração afunda quando percebo que estou no meio da multidão, observando-o em um altar, e não é o nosso casamento. Nunca será. Eu costumava sonhar com o dia em que resolveríamos os nossos problemas — ele me pediria em namoro, nós moraríamos juntos depois de mais ou menos um ano e, em seguida, ele me pediria em casamento, em um parque ou em um terraço, quando eu menos esperasse. Pensei em como seria se o cara que não tinha certeza sobre amor ou compromisso finalmente decidisse se casar, porque sabia que eu era a pessoa com quem ele queria passar o resto da vida. Mas não é o que estamos vivendo.

Em vez disso, nós dois estamos no mesmo ambiente e agimos como se fôssemos estranhos agora. Um sorriso educado é o único momento que compartilhamos. Nada de conversa fiada ou de perguntar como o outro tem passado, porque dói demais saber. Dói muito voltar para esse lugar novamente. Sei que ele também sente isso.

Inúmeras noites eu me revirei na cama, imaginando se o nosso término o afetou na mesma medida que afetou a mim. Ou pelo menos um pouco. Observo seus olhos se voltarem para os pés, e sei exatamente o que ele está sentindo. A mesma dor que tenho sentido quase todas as noites desde que nos separamos naquela calçada em Murray Hill. A dor de querer algo que você nunca poderá ter. A dor de se perguntar se era a pessoa certa na hora errada, ou apenas a pessoa errada. A dor do seu primeiro coração partido.

Muitas vezes me perguntei se ele realmente me amou, porque ele nunca foi capaz de dizer. Às vezes, porém, eu sentia que sim — em viagens tranquilas de carro, na forma como o seu coração batia mais rápido sempre que a minha cabeça descansava no seu peito, nos pequenos momentos, dos quais mal consigo me lembrar agora. Sei que ele me amava, e gostaria de pensar que uma parte dele ainda ama. Talvez, assim como eu, uma parte dele sempre amará.

O pianista toca as primeiras notas de "Can't Help Falling in Love", do Elvis Presley, e os convidados se levantam para assistir à grande entrada da noiva. Trêmula, agarro a mão da Lauren, e ela me tranquiliza com um leve aperto. O salão inteiro fica deslumbrado quando a Emily desce graciosamente pelo corredor. Ela está linda.

— Estamos aqui hoje reunidos para testemunhar a união de Emily Miller e Graham Clark. O casamento é uma jornada com altos e baixos. Nem sempre é fácil, mas vale a pena. Para que um casamento dê certo, é preciso amor, paciência, compreensão e perdão. É um vínculo que se fortalece a cada dia.

— Graham, você me demonstrou amor incondicional desde o dia em que o conheci. Durante todo o nosso relacionamento, seu amor por mim nunca vacilou. Você nunca me fez questionar ou duvidar de como sou importante para você, porque você me mostra isso todos os dias — diz Emily.

Enquanto fico sentada na terceira fileira, ouvindo cada palavra dos seus votos, lágrimas escorrem pelo meu rosto. Não que eu não esteja feliz pelo Graham e a Emily; na verdade, estou muito feliz de vê-los tão apaixonados. Mas, ao ouvi-la falar sobre amor incondicional, não consigo deixar de pensar na maneira como eu amava Ethan. Eu era a única pessoa na vida dele que o amaria em qualquer situação. Mesmo depois de anos sendo ignorada, confundida e magoada, eu ainda o amava.

Mas eis o problema do amor incondicional: ele não é uma via de mão única. Ele não é ficar na porta de alguém, implorando para entrar. Ele não é tirar seu coração do peito, sangrando e batendo, e entregá-lo a alguém para esse alguém fazer o que quiser com ele. Amor incondicional é alguém quebrar a gaiola que guarda o seu coração, e você confiar que esse alguém o protegerá da mesma forma.

Essa não é uma daquelas lindas histórias de amor em que o casal apaixonado volta a ficar junto no final. Essa é uma daquelas histórias em que a mágoa e a confusão os consomem. É uma daquelas histórias em que a pessoa que está sofrendo acorda, se recompõe e percebe seu valor.

Por mais que eu quisesse ter ficado com o Ethan, acho que eu sabia que ele nunca seria o cara ideal para mim. É assustador pensar em me apaixonar novamente? Abrir meu coração para alguém que poderia machucá-lo ainda mais do que ele fez? Claro que sim. Mas o amor é isso, não é? Amor é correr riscos, independentemente do resultado.

Nosso relacionamento pode não ter sido convencional. Não foi o romance de conto de fadas que contaríamos aos nossos filhos e netos um dia. Ele era feito de silêncios confortáveis, risadas familiares e abraços que pareciam um lar. O que tivemos não era algo que eu pudesse colocar em palavras. O que tivemos era apenas um ao outro.

Pode rotular como quiser, mas, para mim, era amor.

Agradecimentos

Em julho de 2022, tive a ideia inusitada de escrever um livro. Ela surgiu do nada. Eu tinha acabado de sofrer uma decepção amorosa e peguei um voo na esperança de fugir de todos os meus problemas. Peguei uma pilha de livros, enfiei os pés na areia e li. Consegui terminar três romances em uma viagem de cinco dias, e a única coisa que me lembro deles é que não me curaram. Eu queria um livro que me entendesse. Queria um livro que parecesse um abraço de um dos meus pais quando eles estavam longe demais para me abraçar. Dois anos depois, esse livro está nas suas mãos, e tenho que agradecer a muitas pessoas por isso.

A todos vocês que, pelo apoio, comentários, resenhas, publicações e mensagens, tornaram tudo isso possível. Vocês curaram o meu coração e mudaram a minha vida. Por isso, sou eternamente grata.

À minha irmã, Natalie, que é quatro anos mais nova do que eu, mas muitas vezes juro que ela é a irmã mais velha. Eu desmoronaria sem ela. Obrigada, minha irmã, por atender a todos os meus telefonemas às duas da manhã, por firmar meus pés no chão e por ser um ombro amigo sempre que eu precisei. Mais importante ainda, obrigada por me achar legal o suficiente para ser admirada. Ser sua irmã é minha maior realização, e espero que você sempre saiba disso.

Sem a minha melhor amiga, Michaela, esse livro não existiria, porque, de certa forma, ele se escreveu sozinho toda vez que liguei para ela. Conversamos sobre cada ideia, cada capítulo, cada cena. Sua sinceridade gentil, seu coração bondoso e suas gargalhadas me ajudaram a superar meu primeiro coração partido. Seu apoio inabalável e sua paciência infinita transformaram esse livro de uma pequena ideia em uma grande realidade. Michaela, nunca conheci uma amizade como a nossa, ou uma pessoa como você. Obrigada por ser minha alma gêmea platônica.

Minha mãe é a razão pela qual eu amo livros. Ela sempre disse que eles são uma fuga da realidade quando você mais precisa. Quando eu era mais jovem, ficava acordada depois da hora de dormir para ler no escuro, o que explica os óculos e as lentes de contato, mas sempre que eu era descoberta, ela não ficava brava. Mãe, você é a pessoa mais forte que eu conheço. Obrigada por ser uma inspiração, a pessoa que valida as minhas ideias e a minha crítica mais dura. Você me ensinou que ser capaz de aceitar críticas construtivas é algo essencial para crescer, e esse é um dos meus conselhos favoritos até hoje.

Meu pai é meu fã número um. Da ginástica ao hóquei, dos shows de talentos a escrever livros, ele sempre estava sentado na primeira fila com o sorriso mais orgulhoso do mundo, e minha mãe com a gritaria mais alta. Meu pai é a pessoa mais motivada, apaixonada e trabalhadora que eu já conheci, e certamente ele passou essas qualidades para mim. Pai, obrigada por estabelecer o padrão para o tipo de amor que eu mereço, e o tipo de homem pelo qual devo esperar. Eu nunca imaginei que poderia fazer metade das coisas que fiz, mas você sempre acreditou. Obrigada por sempre se orgulhar de mim.

Para Kristyn e Tia, que mudaram a minha vida com apenas um e-mail. Vocês seguraram a minha mão durante todo o processo. Vocês me apoiaram e acertaram em cheio. Obrigada por me ensinarem a ter paciência e persistência. Estou muito feliz por termos nos encontrado.

À Kate, minha editora, que se arriscou por mim. Obrigada por me incentivar a ir mais fundo, pensar mais e sentir mais. Você lidou com essa história com tanto cuidado e ama esses personagens tanto quanto eu. Eu não poderia ter pedido uma parceira melhor.

Aos meus avós, que deixavam a minha imaginação correr solta e guardaram todas as cartas que escrevi para eles. Obrigada pelas festas do pijama, pelas idas à Barnes and Noble (onde ainda uso o desconto de vocês) e pelas noites de cinema. Obrigada por terem comprado aquele apartamento em Marco Island há tantos anos, porque foi naquela varanda que escrevi a primeira página deste livro.

Para Jenna, Brie e Kayla, que sempre estiveram presentes desde os tempos constrangedores do ensino médio. Vocês queriam ser minhas amigas mesmo quando eu tinha um permanente e usava aparelho. Quando me mudei para a Carolina do Norte, a oitocentos quilômetros de Nova Jersey, vocês enviaram mensagens todos os dias, fizeram FaceTime todas as semanas e me visitaram de três em três meses. Quinze anos me incentivando a sonhar alto, guardando os meus segredos e me amando sem julgamentos (na maioria dos dias), vocês três são a razão pela qual eu acredito em almas gêmeas. Vocês são as minhas almas gêmeas.

Aos meus amigos — vocês sabem quem são —, obrigada por me apoiarem. Obrigada por me dizerem que foi difícil me ver voltar para o mesmo ciclo vicioso diversas vezes, mas que entendiam por que eu fazia isso. Obrigada pelos conselhos, pelas risadas, pelas lágrimas e pelas lembranças (muitas das quais estão nestas páginas). Eu os amo mais do que vocês jamais saberão.

Para a Hailey, que criou a capa mais bonita que eu já vi. Obrigada por ouvir dezenas de áudios e decifrar centenas de mensagens até chegarmos a essa obra-prima. Esse livro não existiria sem você. Sei que dizem "não julgue um livro pela capa", mas, nesse caso, espero que todos o leiam apenas pela beleza da capa.

Uma versão mais nova de mim teria chorado durante dias por causa deste livro. Ela teria que comprar uma segunda cópia, talvez até uma terceira, porque as páginas estariam repletas de anotações e manchas de lágrimas. Nunca acreditei que fosse boa o suficiente para um compromisso. Durante a maior parte da minha vida, acreditei que o amor era passageiro. Levei anos para perceber que as pessoas certas nunca vão embora. Portanto, para uma Alissa mais jovem, lamento que você tenha passado anos duvidando de si mesma. Todos esses sentimentos e experiências te trouxeram a este livro. Estou muito orgulhosa de nós.

Impresso no Brasil pelo Sistema Cameron da Divisão Gráfica da
DISTRIBUIDORA RECORD DE SERVIÇOS DE IMPRENSA S.A.